アメリカ作家の理想と現実

——アメリカン・ドリームの諸相——

里見繁美
池田志郎
編著

開文社出版

まえがき

このたび、「アメリカ作家の理想と現実」というタイトルのもとに、熊本アメリカ文学研究会のメンバーを中心にして蓄積してきた研究成果の第二弾を公刊する運びとなった。『アメリカ作家の異文化体験』という第一弾を世に問うたのは一九九九年三月であるから、およそ七年ぶりの第二弾ということになる。

今回はアメリカが内包する「理想」と「現実」ということに焦点を当て、取り上げたそれぞれの作家がどのように理想を追い求め、あるいはどのように現実を直視したかを探ってみることにした。今や二一世紀となり、一昔前のように、大きな「理想」や「夢」を現実化させてくれるアメリカの姿はぼんやりとかすみ、あるいは大きく後退してどこかへ消え失せてしまった感を覚えなくもないが、今回この本で取り上げたものはそれ以前の、二〇世紀までのアメリカ作家たちが、いわば理想と考えかつ魅力と捉えていたアメリカン・ドリーム的要素を追求していった軌跡を考察した論考と、逆にその追及の過程で阻止・阻害され、「現実」をまざまざと思い知らされる姿を考察した論考とによって構成されている。いずれにしても、「理想」や「夢」をキーワードにして、取り上げたそれぞれの作家がそれぞれの人生の中で固有に思考した人生観や文学観を浮き彫りにすべく、論じられたものが本書ということになる。

一九世紀の作家として先ずルイザ・メイ・オールコットを取り上げて「理想」との関連で考察を開始し、次にアメリカ生まれながら国際経験を充分に蓄積してヨーロッパで人生の大部分を暮らしたヘンリー・ジェイムズを考察、そしてアメリカ作家と断定するには疑問は残るが、ジェイムズとは対照的に、ヨーロッパからスタートして、人生の中核である二〇年間をアメリカで暮らしたラフカディオ・ハーンを取り上げてアメリカン・ドリーム的要素との関連性を追及した。更には、これまであまり焦点の当たることのなかった一九世紀から二〇世紀にかけての作家スーザン・グラスペルを取り上げて俎上にした。また二〇世紀に入って、これからますます脚光を浴びていくであろうと思われるE・L・ドクトロウを取り上げ、次に一九四〇年生まれの四人の作家たち、ネイティヴ・アメリカン作家のジェイムズ・ウェルチ、マキシーン・ホン・キングストンそしてラッセル・バンクス、また最近頻繁に研究されるようになってきたボビー・アン・メイソンを考察してみた。最後に、これら三人の作家よりほぼ一〇年後に生まれたカリブ海出身のジャメイカ・キンケードを取り上げて、「理想」と「現実」に関する考察を締めくくっている。

限られた作家ではあるものの、「理想と現実」というテーマのもとに各論者が趣向を凝らしてそれぞれの作家の固有の特徴を抽出すべく論じてみたが、本書の分析が今までのこの種の研究領域に新たなスペースを付け加え、研究がより活発になって深まっていくことを心より望みたい。

これまで積極的に研究活動を支えてきた関係者と、本書刊行のためにご尽力頂いた多くの方々に心より御礼申し上げる次第である。

二〇〇六年一〇月

里見　繁美

目次

アメリカ作家の理想と現実——アメリカン・ドリームの諸相——

娘たちのアメリカン・ドリーム
——オルコットの『若草物語』再読——

鈴木　幹樹

はじめに

「アメリカン・ドリーム」を定義することは難しい。敢えて、多少乱暴に定義すれば、いかなる夢も、努力がむくわれる豊かで自由な国アメリカにおいては実現可能である、ということになろうか。その概念は二〇世紀のアメリカで形作られてきたが、『オックスフォード英語大辞典』（*OED*）によれば、「アメリカン・ドリーム」という言葉が文献上初めて登場したのは、一九三七年のアーネスト・ヘミングウェイ（Ernest Hemingway 1899–1961）の作品『持つと持たぬと』（*To Have and Have Not*）である。その後、二〇世紀後半には意味も多様化してきたが、その原型をたどっていけば、コロンブスのアメリカ大陸発見にまでさかのぼることができよう。なぜならば、ピューリタンによる新天地の開拓自体も、ある意味で、アメリカン・ドリームの実現であったと言えなくもないのだから。旧大陸の身分制度や宗教の桎梏から逃れた貧しい移民は、新大陸アメリカで自由と平等の標語のもと、精神的あるいは物質的繁栄を夢見た。アメリカにおいて、精神的な自由を手に入れるという夢も、あるいは億万長者になる夢も、はたまたハリウッドスターになる夢さえも、その源流をたどれば、おそらくはこのあたりに行き着くのではないだろうか。

文学上の脈絡でいえば、ラルフ・W・エマソン（Ralph W. Emerson 1803–82）の講演「アメリカの学者」（一八三七）における、いわゆるアメリカの知的独立宣言も一種のアメリカン・ドリーム宣言といえるだろう。さらに、アメリカン・ドリームを実現した女性としてルイザ・メイ・オルコット（Louisa May Alcott 1832–88）を挙げることができるであろう。彼女は『若草物語』（*Little Women* Part I 1868, Part II 1869）の中で、自己の生き様をジョーという人物を通して描き、文学史に名を残した成功者の一人である。

ルイザが作家を目指すことになったひとつの契機として、父ブロンソン・オルコットの存在は注目に値する。彼には夢があった。彼は哲学者で、夢想家で、超絶主義者であった。オルコットの家にはエマソンやナサニエル・ホーソーン（Nathaniel Hawthorne 1804–64）などの文豪が集まり、活発に議論を行っていた。ブロンソンは、人を惹き付ける力があったようで、その超絶主義に傾倒した友人たちと独自の共同体ユートピアを創ることを目標とし、土地の開墾を始めた。しかし、ユートピアの建設は失敗に終わり、オルコット一家は危機的な貧困状態に陥ったのである。

理想の生き方を目指したブロンソンに対して、その家族は同じ夢を見ることはできなかった。貧困を目の当たりにして、娘ルイザは誓いを立てた――「そのうち何かを成し遂げよう。それが何かは問題ではない。教師、お針子、女優、作家、家族を助けられるなら何でもいい、死ぬまでには金持ちで、有名になってみせる。見ていてごらんなさい」（ショウォールター　四七）。ブロンソンの夢は、家族にとっては厄介なものでしかなかったが、娘ルイザが夢を紡ぎ出す契機にはなった。すなわち、父の夢の挫折が、『若草物語』の作家ルイザ・メイ・オルコットの誕生にあずかるところ大であったといえる。父親の共同体ユートピア建設が一種のアメリカン・ドリームであるとすれば、その夢の挫折から、新たなアメリカン・ドリームが生まれたのである。

ルイザは、誓いのとおり、『若草物語』で大いなる成功を収め、作家としての地位を不動のものとする。しかし『若草物語』の成功は、真の意味でルイザにとって夢の実現を意味したのだろうか。たとえば、この作品を書いたころのルイザの手紙には、「私の生来の好みは、ぞっとするようなスタイルの話だと思う」（スターン　四二）という興味深い記述がある。実際に、『若草物語』を書くまでに、ルイザは多くの作品を、匿名やペンネームで雑誌等に寄稿していた。その頃のルイザの作品は、『若草物語』とはジャンルも大きく異なり、センセーショナルなものが多かったのだが、それらは未発見のまま眠っていた。一九四三年にこれらの作品がまとめて出版されると、多くの批評家の注目を集め、その結果、新たに発見された作品を通して、『若草物語』の再読が行われることになったのである。『若草物語』は、出版当初の成功の後は感傷的な作品と捉えられ忘れかけられていたが、スリラー小説の発見により、多面性を持つ作品として再評価されるようになった。特に一九七〇年代以降、フェミニズム批評家の間で、議論が活発になっている。たとえば、マデロン・ベデルは、『若草物語』は表面上は感傷的な少女向けの本であるが、その下層には男性社会の中で女性の力を主張するための姉妹の闘いがあると述べている(ベデル 一四六—七)。また、アン・ダグラスは『若草物語』のジョーが「半センセーショナルなヒロイン」であり、「彼女の権威主義的野心がオルコット自身の創作生活を示している」(ダグラス 五〇、五三)と分析し、ジョーとスリラーのヒロインとの類似性について言及している。

『日記』やこれらの未発見であった作品から伺えることは、ルイザには書きたい別のジャンルの小説があったということである。注目すべきは、転機となる『若草物語』を書く直前まで、スリラーを書いていたという事実である。スリラーを書き続けている頃、ロバーツ兄弟社の編集者トーマス・ナイルズが子供向けの本を書いてはどうかという提案を行うが、オルコットは大して興味を示さなかった。彼女は『日記』に「やってみると答えた。……好きではないけれども」(『日記』一五八)と書き、気は進まないが、「こつこつ書きためている」(『日記』一六五)と記している。書きたいものとは別の物を書かなければならないという葛藤は、ルイザが「若者向けのくだらない道徳本を書くのにはもう飽きてしまった」（『日記』二〇四）と言っているように、『若草物語』の「第二部」を書いている間も、彼女の胸中に存在していた。

さて、『若草物語』において、作者の分身といわれるジョーは、家族の幸福のために夢を実現させる人物として、生き生きと描かれている。ジョーは早くから自立を目指したアメリカの少女であり、ルイザ自身の経験もこのジョーの姿に織り込まれている。そしておそらくは、ルイザ自身の夢も。そして、その夢の実現こそ、ルイザがジョーに託した「アメリカン・ドリーム」なのではないだろうか。

本論の目的は、ルイザの自伝的作品とされる『若草物語』の底流にあるアメリカン・ドリームに注目しつつ、作家ルイザと対比しながら、主人公ジョーが娘として夢を胚胎し、育み、実現させる経緯に焦点を当て、夢を紡ぎだす契機、またそれを実現することによって得るもの、あるいは失うものなどを考察しながら、『若草物語』を再評価することである。

育まれる夢

ルイザの父ブロンソンは、先述のように、夢想家であり、理想を追求することに熱中するあまり、家庭を運営する力に欠けていた。家計の切り盛りはすべてルイザの母アビゲイルが行っていた。多くの批評家が指摘するように、『若草物語』の舞台が、母と娘だけの設定で、父親は遠い存在（あるいは不在）となっているのも、このことが影響しているように思われる。経済力がなく家庭に貧困をもたらした父親は、子どもたち、とりわけ感受性の強いルイザにとって、多少強く表現すれば、ある面において抹殺すべき存在となり、代わりに母親が子どもたちにとって大いなる影響力をもったということであろう。ルイザは父の哲学を理解したが、一人で家庭と家計を支える母親を見て、父親に対して愛憎こもごものアンビバレントな感情を抱いていたのではないだろうか。一家の貧しさ、母への同情、父への愛憎などが、ルイザを夢の実現へと導く原動力となったのだろう。

『若草物語』では、母親の、あるいは戦地からの手紙による父親の教示により、マーチ家の四姉妹が自らの生活を、ジョン・バニヤンの『天路歴程』になぞらえ、それぞれ自分の「重荷」を背負って成長していく。その「重荷」とは、たとえば性格上の欠点であり、あるいはそれぞれに分担された家事仕事などである。母親と父親は物質的な豊かさよりも精神的な豊かさを説く。開巻劈頭のクリスマスの場面に見られるように、姉妹は自分たちの小遣いで母親にプレゼントを買い、朝食を貧しいフンメル家に分け与える。このことを知った隣人のローレンス氏が、夜食を振舞う。このように姉妹の小さな犠牲や善行は褒章されており、作者の父ブロンソンの「高く思い低く処す」という信条が、あるいはここに反映されているのであろうか。この物語は、ピューリタン的な道徳的小説でもある。

しかし、ジョーの夢に焦点を当てて物語を見るとき、『若草物語』は単に道徳を説いた小説とは別の相貌を見せ始める。すなわち、ジョーの抱く夢は両親の説く道徳とは矛盾しているのである。物語の初期の段階でのジョーの夢は、まだ漠としたものでしかないが、彼女の「夢」の原型はすでにここに見られる。「ジョーの大望は、なにかすばらしいことをなしとげることであった。それが何であるかは彼女にもわからず、そのうち時が教えてくれるだろうと思っていた」(四六)という箇所からは、ジョーが大胆で自由な野心家であり、夢想家であることが感じられる。そして、小説全体を貫いて描かれるジョーのこの自由な生き方に、アメリカン・ドリームの萌芽があると指摘するのはいささか牽強付会にすぎるであろうか。

また、同時に注目すべきは、ジョーの夢が'ambition'という語で表現されており、しかも興味深いことに、かなり好意的な意味合いで捉えられていることである。たとえば「空中楼閣」と名付けられた第十三章では、姉妹が丘に座り、ローリーも交えて夢を語るが、それぞれが自由に語る夢は空想と現実の間を行き来する。長女メグはおいしい食べ物、きれいな着物、りっぱな道具など贅沢なものがどっさりあり、お金もたくさんある「美しい家」に住むことを夢見る。この小説においてメグの裕福でありたいという願いは「虚栄心」としてしばしば非難される。しかし、ここではメグは夢を自由に語ることが許されているし、罪悪感もなく素直に語っている。ジョーは「アラビア馬のたくさんいる厩と、本がぎっしりつまったお部屋があればいいと思うわ。私は魔法のインク壺を使ってお話を書くのよ、そうすると私の本はローリーの音楽と同じくらい有名になる」(一五三―四)と言う。三女ベスは家族そろって暮らすことを、四女エイミーは「世界で一番偉い画家」になることを夢見る。このように、姉妹の夢は、父親や母親の声を反映する精神的な豊かさを求めたものではなく、むしろ富や名声を求めたものであり、ローリーが言うように、ベス以外は「みんなそれぞれ野心家」なのである。ローリーも、姉妹が「野心家」であることをとがめるのではなく、「誰が望みを実現するだろうか」(一五四)とむしろ期待を抱いている。このように、彼女たちの夢はどちらかといえば物質的な豊かさを求めたものであり、ピューリタン的な禁欲主義の背後に、抑圧された物質的な欲望が見え隠れしているのではないか。

慎ましく道徳的に生きることを説いているように見える作品の裏側で、それとは逆に「野心」あるいは「大望」を抱いて自由に生きることをひそかに望む娘たちがいる。ジョーは自分自身をディケンズのピクウィック・クラブの詩人スノドグラス にたとえ、その「眉にかかる大志を見よ」(一一二)と詩に綴り、空想と現実の入り混じった夢を紡ぎだしていくのである。

「だけど私はそのお城にはいり込む前に、何かすばらしいことがやりたいのよ――何かこう英雄的なこととか、世間を驚かすようなこと――死んだあとまで人から忘れられないようなことをね。それが何かってことはわからないけど、でも私機会を待ってるの。いつかはあなたたちをびっくりさせるつもりよ。やっぱり私、本を書くだろうと思うの。お金持ちになって有名になるわ。そういうのが私の性に合ってるの。これが私の大好きな夢よ。」（一五四）

このジョーの言葉から、将来の文学的な成功とそれがもたらす物質的な豊かさを夢見る少女が伺える。彼女の夢は、彼女自身の資質によると同時に夢見る自由を保障するアメリカという土壌が育んだものではないか。作家の父の共同体ユートピア建設という夢も、それがいかに荒唐無稽なものであったにしても、やはりアメリカという自由な土壌が生み出した一種のアメリカン・ドリームであったとすれば、夢見る少女ルイザが夢見る自由を許され、アメリカという土壌で、父とは逆のベクトルを持つ夢を胚胎したとしても不思議ではない。また、その夢を作中の人物ジョーに託したとしても。

夢の具現化

ジョーがアメリカン・ドリームを育むことになる土壌や契機について論じてきたが、次に、彼女がそれを実現してゆく経緯について考察したい。ジョーを夢の実現へ突き動かしているものは、自立への強い願望である。貧しい移民が何もない原野を切り拓き、独立独歩で「アメリカ合衆国」という国を建設してきたという歴史的背景のせいか、アメリカでは自立が推奨される。

たとえば、ローリーがイギリスの友人とマーチ家の姉妹を招待してキャンプをする場面では、イギリスとアメリカの違いがいくつか取り上げられている。メグが学校教育も受けず、家庭教師による教育も受けなかったにもかかわらず、自分が家庭教師をしていることに驚くミス・ケートに対して、ローリーの家庭教師ブルックは次のように言う。

「アメリカの若いご婦人は、ご先祖と同じように独立するということが好きなんですよ。そしてひとりで自分のことをやっていくということが、感心されもし、尊敬もされるんです。」（一四四）

ブルックの発言が興味深いのは、女性の自立を男性も含めたアメリカ全体がある程度認めていることである。このような背景の中で、ジョーは夢の実現へと進んでいく。彼女の夢がとりあえず成就するのは、彼女の作品が新聞に採用されたときである。まだ作品の執筆によって収入は得られないが、ジョーは良い作品は新聞に掲載され、もっと良い作品を書けば原稿料も得られると言う。彼女が将来の成功へ徐々に近づきつつある場面であるが、彼女の夢の実現への原動力となるのは、家族への愛と家族の賞賛、そして自立への願いである。

「ああ！　私うれしいわ。だんだんひとり立ちになって、みんなのこともいろいろしてあげられるようになるかもしれないんですもの」

ジョーは一息にここまで言った。それからその新聞で顔をおおって、ひとりでにあふれ落ちた数滴の涙で自分のお話をしっとりとぬらしたのである。ひとり立ちになって、愛する人たちからの称賛を得る、ということは彼女が何にもまして念願とするところだったし、今日の出来事はその幸せな目的に向かう第一歩であるように思われたのだった。（一六七）

ジョーにとって、家族を自分の力で幸福にしたいという願いは、父親に代わって自分が家計を支えること、一家の大黒柱となることを意味する。父親代わりという意味でいえば、ジョーが髪を切って売ることによって家族の危機を救うエピソードは興味深い。女性性を表す長い髪を切ってお金に代えるということには、金銭的に家計を支えるということ（伝統的には男性の役割）のほかに、髪を切ること自体が、男性化することを意味している。さらに、自分にとって大切なもの、「私の唯一の美しいもの」（一七五）を犠牲にするということには、家族に対する深い愛が感じられる。そして、時には過剰とも思われるほどのこの愛こそが、ジョーを自立へと駆り立てるものでもある。

ジョーの家族への過剰な愛は、裏を返せば家族への執着とも言える。このことは彼女がメグとブルックの婚約に対してかなりの拒否反応を示していることや、またベスが病床にあることが自分の怠慢のせいであると自責の念を感じていることなどからも推測できる。ジョーは、姉妹の結婚や死によって、家族が離散してしまうことに耐えられないのだ。すなわちジョーは家族から独立して自立したいという願いと、家族から離れられないという矛盾した思いに引き裂かれているのである。これは、オルコットがスリラーを書きたいと思いつつ、道徳的家庭小説を書かねばならなかったという作家自身の矛盾とも関連しているだろう。

さて、「第二部」（邦訳では『続若草物語』）において、ジョーが書いた作品の最初の当選によりマーチ家の借金は清算され、富がもたらされる。ジョーは次々と応募し、彼女の「ペンの魔力」（二八七）で書かれた作品によって、肉屋の勘定、雑貨屋の払いは済まされ、新しい敷物やガウンを買うことができるようになる。ジョーは自分の作品がたいした評判にはならないが、売れ行きのいいことに励まされ、一気に富と名声を得ようと、自分の作品を大幅に修正するという出版社の条件をのむ。彼女は編集者の気に入るように自分の作品を切り刻み、家族の意見を取り入れ、解説めいた箇所を削り取り、悲劇的な場面を増やし、陽気な部分を抹殺してしまう。その結果、家族の「誰も気に入らない」（二八九）作品になってしまうのだが、それは一冊の本になり、三百ドルというこれまでに最高の報酬を得る。このことはちょうど、オルコット自身が自分では気の進まない子ども向けの話を書いて、予想以上に成功してしまったことと関連しているように思われる。すなわち、『若草物語』の「第一部」の成功により、作者自身のアメリカン・ドリームが実現してしまったことが、「第二部」に反映されていると解釈できる。高額の報酬を得るというのは、ジョーが十五歳のころ見ていた夢（「お金持ちになって有名になる」）の実現であるといえるのだが、同時にジョーはここで新たな問題に直面することになる。家族の幸福のためには、売れ行きのいい作品を書かねばならず、そのためには自分の好きな文学スタイルを、大幅に修正しなくてはならなくなったのである。

この小説において、ジョーのスタイルの修正はしばしば行われるが、中でも特徴的なものはスリラー小説の修正においてである。ジョーは即座に報酬を得ることのできるスリラーを書き始める。直ちに報酬が得られたということは、ジョーがスリラーを書く才能を持っていることを示しているのであろうが、彼女はオルコットとは逆で、スリラーを書くことに罪悪感や嫌悪感を抱く。ジョーの書くスリラーは編集者の指示によって過度に扇情的に修正されるが、この結果、ジョーの財布は太るのである。ジョーがこのように修正を行うのは、「自分以上に愛するもののため」に「お金と力」を得るためであり、そのことでスリラーの執筆を正当化している。このように、ジョーが望む文学的成功と実際に報酬がからむ創作活動の間には背理が存在する。たとえば、ある批評家は「オルコット嬢は能力にふさわしい本、文学的に永続的な価値のある本を書かなかった。それは、彼女がパンのために、それも最高の作品を書くにはあまりにも急速なスピードで書いたためである」（アルバージーンとクラーク　二五）と評したが、同様にオルコット自身も、生涯で最も影響を受けた作家の一人であるゲーテと比較しながら、「ゲーテは喜びや悲しみを詩に注ぎ込んだけれども、私は自分の人生経験をパンとバターに変えてしまった」（『日記』　一八二一）と日記に書き綴っている。

しかし、なぜジョーの場合とオルコットの場合が逆転しているのか。現実の作家は道徳小説よりスリラーを創作したいと望み、作中では作家の分身といわれるジョーが、嫌悪感を抱きながらスリラーを書かねばならない――このねじれの原因はどこにあるのであろうか。オルコットは、自己の分身であるジョーにスリラーを書くことへの不安や嫌悪感を抱かせ、彼女を道徳的な慣習に従わせることで、著者自身はあくまでも道徳的な小説家であるという仮面をかぶったのであろうか。オルコットは『若草物語』を書く直前に「仮面の影で」("Behind a Mask" 1866）という題名のスリラーを書いている。この作品は、社会が理想とする女性像をたくみに演じる主人公が、上流社会の男性を魅了し、貴族と結婚することで上流階級の仲間入りを果たすという、ある意味で社会の欺瞞を前景化した作品である。この表題はきわめて示唆的なのだが、オルコットにはスリラー作家としての側面が道徳作家としての仮面の裏側にあり、そのことを道徳小説では隠そうとしたのかもしれない。

現象的には、物語と実際は逆転しているが、オルコットとジョーとの間では、本来書きたいと願うものと、実際に書かなければならないものとの間にはジレンマが存在した。オルコットはジョーにスリラーを書くことへの嫌悪感を抱かせるという形でこのジレンマを暗示している。しかも、それに道徳的な仮面をかぶせて示したのである。言い換えれば、告白しながら、半ば隠したのだと言える。作中の構成を現実と逆にしたことは、作家が女性であるという事実、また時代的背景を考えれば、十分に納得されることであろう。

夢の成就

ジョーは商業的成功を優先させ、自分のスタイルを修正することで、少なくはない収入と名声を得ることができた。作品の修正は、家族を経済的に豊かにしたいという思いからであるが、その裏側には、同時に、家族に対して精神的に依存したいという彼女の気持ちがある。しかし、ジョーの文学的成功に必要なものは、家族からの精神的自立にほかならない。すなわち、ジョーは自立への希望と家族への依存との間で引き裂かれているのである。彼女が直面している問題は、家族から自立して本来書きたい作品を自由に書き、同時にその作品が世間の評判を得ることの両方を満たすことである。つまり、ジョーの真の成功は、自分本来の文学スタイルで作品を書き、その成功によって富と名声を得ることなのである。

ジョーに自立を促すものは、ベア教授の存在とベスの死である。ベアは強い嫌悪感を示しながら、スリラーを書くのをやめるようにジョーに忠告する。ジョーはこの助言により、スリラーの執筆をやめ、評論やお説教めいた極端に道徳的な小説を書こうとしたり、「子どもの話」を書こうとしたりするが、試行錯誤の結果、「インク壺に栓をする」(三七九)、つまり一時的に創作活動を休止する。

ジョーの創作活動の中断の契機となったベアに対して、多くの批評家は否定的である。たとえば、ジュディス・フェタリーはベアを「ジョー自身の優れた才能と活力を相殺する重苦しい権威者」（フェタリー　三九）であると分析し、またアン・B・マーフィはベアを「父権的な教授」と捉え、ジョーの想像力を縮小させる父親と同様、選択肢を限定してしまう者であると述べている（マーフィ五八三）。しかしベアの助言によって、スリラー執筆による商業的成功とそれに対する嫌悪感との間で揺れていた精神的不安感を断ち切ることができ、ジョーが新たなスタイルを模索するようになることは否定できない。一時的な休止は、より立派なものを書くための準備期間であり、ジョーの真の意味での家族からの自立につながる。したがって、ベアの助言は、ジョーを家族からの精神的な自立へと導く契機となると考えることもできる。

ジョーが再びペンを執るのはベスが他界してからである。ベスの看病や死を看取ることにより、彼女は精神的な成長を遂げる。さらには両親からも精神的に自立し、父はジョーを大人として扱い始め、「単に父と娘としてのみならず、ひとりの男と女として」（四五九）語り合ったりする。さらに、ジョーは母の助言により、ベスの死という絶望から脱するには、書くことをおいてほかにないと気づく。ジョーはこのとき文壇デビュー以来初めて、家族のためではなく、自分自身のために作品を書くことになる。このような中で書かれた小さな作品は非常な成功をもたらす。作品の発表により稿料が得られ、見識ある人々や知人、未知の人々にも賛辞されるのである。父親はジョーに小説の中に「真理」があり、「とうとうおまえのスタイルを見つけた」（四六二）と語る。ベスとの別離によってジョーは家族から精神的な自立をとげ、家族に依存せずに作品を書くようになる。そして、そのことにより真のスタイルを発見し、さらに世間の評判を得るのである。

ジョーが真のスタイルを発見するためには、一面において家族からの自立が必要であったが、同時に、女性性と知性を獲得することが不可欠でもあった。エレイン・ショウォールターはオルコットの作品において「完全な芸術は性的・知的双方の欲求を満たした女性によって生み出されるもの」（ショウォールター　六一）であると述べている。ジョーの男性的な要素は、彼女自身が好んで演じたものであると同時に、与えられた役割でもある。ジョーは父親に「息子のジョー（'son Jo'）」（二三四）とかつて呼ばれていたが、ここには、「息子」として将来において家計を担う者という期待も暗示されている。

したがって、ジョーの女性性の獲得は、そうした男性性の役割からの解放を意味するのではないだろうか。ジョーの女性性への目覚めの一端を担うのはベアである。彼がマーチ家を訪問する度に、ジョーは仕事をしながら歌い、日に三度も髪を結うようになる。これはジョーの女性性の発現である。ベアという登場人物は、読者がジョーとローリーの結婚を切望したことに反発して、オルコットが登場させた人物である。彼女は「あまりに多くの熱狂的な若いご婦人方が、彼女はローリーか誰かと結婚すべきだとうるさく要求するものだから、それを拒否する勇気がなくて、つむじを曲げて、彼女に風変わりな相手を見つけたのです」（『書簡選集』　一一〇）と友人に書き送っている。さらには、「第二部」において「私の少女たちをひどくばかばかしいやり方で結婚させなければなりません」（『書簡選集』一二一―一二二）とあまりにも結婚が続くことに反発を感じてもいる。こうした筋書きの中で、ベアの登場は物語の新たな展開を狙ったオルコットの挑戦とも言えよう。しかし、ベアは風変わりな結婚相手というだけではない。ベアが友人と議論を行う内容を聞きながら、ジョーは彼の優れた知性や教養を感じ取る。また、ベアの下宿部屋にはシェイクスピア、プラトン、ミルトンの作品が揃っており、ジョーはベアからシェイクスピアの本を一冊譲り受ける。ベアが所持している本は全て、ショウォールターの示すように「父権的古典作品」（ショウォールター　五八）ではあるのだが、ジョーの本格的な創作活動に必要となる知識の源泉でもある。それはまた、ジョーがまだ少女時代の創作段階において、自作の「ピクウィック雑報」を創作していたころから、自分の作品が「感傷的」になりすぎるのを防ぐために模倣していた作品でもある。これらの作品の影響により、ジョーは作品を「感傷的」な部分と、「古典的」、「滑稽的」、「劇的」（一一八）な部分とのバランスを取る必要性を感じていたのである。ジョー自身、スリラー小説の執筆をやめ、様々な形式の作品を探求した結果、「わたしは何も知らないのだわ。もっといろいろなことを知ってから、またやってみましょう」（三七九）と、今以上の知識の必要性を感じている。したがって、シェイクスピアを与えるベアは、ジョーにとって幅広い文学に対する知識や教養の必要性を示唆する人物と言える。

ところで、ジョーのベアとの結婚は他の姉妹の結婚とは性質が異なっている。ジョーはベアに対して「私も自分の分担を担うつもりです。そして家を持つためのお金を稼ぐお手伝いをするわ。あなたもその積りでいて下さらなくては、そうでなかったら私行きませんわ」（五〇六）と自立する自由を宣言している。ジョーは結婚するけれども、自分の独立は守ると主張するのである。それに対してベアは、「とりあえずそうしてみましょう」（五〇六）と答え、それを容認する。ここには、結婚してもなお、精神的・経済的独立を保ちたいというジョーの意識がある。ジョーの夢の実現は結婚により中断されるわけではない。

ジョーは固有の文学的スタイルを発見した後、ベアと結婚して学校を経営することになり、再び筆を休める。図らずも、伯母マーチ夫人の残した邸宅が、遺産として手に入り、その邸宅に移り住んで学校の経営に成功する。オルコットの父ブロンソンはかつて学校経営を行っていたが、その時代にはあまりにも斬新な性教育を行い、黒人の入学を許可したため、生徒数が減り経営が破綻してしまった。失敗したにせよ、新しい教育、特に黒人も入学させるという意味で「自由と平等」というアメリカ建国の理念を実現しようとした父の夢は、まさしくアメリカン・ドリームと言えるものである。オルコットはこの父の夢を、ジョーとベアの学校経営の成功という形で虚構の中で実現させたのではないだろうか。ジョーの学校では父親の学校の場合とは異なり、黒人の受け入れも成功しているからである。学校がひとつの社会であるとすれば、ブロンソンが建設に失敗した理想社会（ユートピア）を物語の中で実現したということになる。ジョーは、自分の夢の実現だけでなく、オルコットの家族の夢の実現も果たしたと言えるだろう。

しかし、ジョーとベアの学校開設が、自分たちの努力の結果というより、伯母マーチ夫人が残してくれた遺産によるところ大であったという点に、ひとつの限界が認められる。夢の実現とは、実現そのものというより、自分で実現させるところに意味があるはずだからである。同時に、夢の実現を遺産の相続という文学的な常套手段に頼らなければならなかったところに、オルコットの創作上の未熟さも感じられる。

さて、ジョーのさらなる文学的成功への夢もまだ捨てられたわけではない。姉妹が新しい家族を伴ってジョーの経営する学校に集まり、少女時代に描いた空中楼閣が実現したかどうかを語るとき、ジョーは「今だっていい本を書きたいという望みは捨ててはいない」（五一五）と言う。「でもね、私、待てるわ。本を書くにしても今のような経験や、あんなふうなさし絵があれば、きっとますますいいものが書けると思うのよ」（五一五）と語るジョーにとって、さらなる文学的成功の糧となるのは、経験によって得られる知識である。ここに暗示されているのは、夢を見続けることができるということ自体が、アメリカン・ドリームの一つのあり方であるということであろう。いずれにせよ、ジョーはさらなる文学的成功を目指して、夢を育んでゆく。その後、彼女が何を実現させたのかは、作品の中では示されていないが、将来においてジョーがさらなるアメリカン・ドリームを実現させるであろうことを読者に期待させて、小説は収束する。

まとめ

オルコットがアメリカン・ドリームを育んだ背景には、独自の夢を実現させようとした父ブロンソンの存在があった。オルコットやその分身のジョーは、アメリカン・ドリームを夢見た者の娘である。父を乗り越えてゆくことに子の成長があるとすれば、ルイザが父の果たせなかった夢を実現させたことには大きな意味がある。それは、親から子へと受け継がれてゆく夢であり、夢が世代間で連続しているということである。

オルコットは『若草物語』の「第一部」が大きな成功を収めた後、気に入らなかったにもかかわらず、直ちに続編の執筆に取り掛かり、翌年には「第二部」を出版した。このことから容易に理解できることは、商業的成功とは別に、オルコット自身が『若草物語』固有の文学的価値を十分に認めていたであろうということである。本来書きたいものとは異なる作品であり、その成功に対して不満を漏らしてはいたが、単にお金儲けだけのために続編を書いたわけではなかった。彼女自身、『若草物語』に関して、「少しも人をあっと驚かすようなものではないけれど、その大部分は私たちが実際に経験したことなので、飾り気がなく真実だ」（『日記』一六六）と述べている。すなわち、スリラーではなく、『若草物語』であるからこそ表現できたものを、作家自身が直感的に感知していたことになる。

ジョーの文学的成功というアメリカン・ドリームは、自由を保障する土壌としてのアメリカに芽生え、家族の幸福への願いによって育まれ、家族との別離による経済的、精神的独立によって成就可能となった。ある程度の時代的な制約こそあれ、ジョーの自由な生き方には先進性が見られる。彼女の自由で進んだ生き方こそ、『若草物語』において、オルコットが見事に表現したものであり、「飾り気のない真実」なのである。『若草物語』は、「少しも人をあっと驚かすようなものではないけれど」、ジョーという主人公を通して夢を見、それを実現していく女性像を示したという点に大いなる意義がある。オルコットが夢を見続けたように、おそらくはジョーも夢を見続けたことだろう。

主要参考文献

Alberghene, Janice M., and Beverly Lyon Clark. Introduction to *Little Women and the Feminist Imagination*. New York and London: Garland Publishing, 1999. xv–liv.

Alcott, Louisa May. "Behind a Mask." Ed. Madeleine Stern. *Behind a Mask: The Unknown Thrillers of Louisa May Alcott*. New York: William Morrow and Company, 1975.

———. *Little Women*. New York: The Library of America, 2005.

Bedell, Madelon. "Beneath the Surface: Power and Passion in *Little Women*." Ed. Stern. *Critical Essays*. 145–50.

Douglas, Ann. "Introduction to *Little Women*." Eds. Alberghene and Clark. 43–62.

Fetterley, Judith. "*Little Women*: Alcott's Civil War." Eds. Alberghene and Clark. 27–41.

Murphy, Ann B. "The Borders of Ethical, Erotic, and Artistic Possibilities in *Little Women*." *Signs: Journal of Women in Culture and Society*. Chicago: Univ. of Chicago. 15 (3), 1990. 575–85.

Myerson, Joel and Daniel Shealy, eds. *The Journals of Louisa May Alcott*. Georgia: Univ. of Georgia P, 1997.

———, eds. *The Selected Letters of Louisa May Alcott*. Georgia: Univ. of Georgia P, 1995.

Showalter, Elaine. *Sister's Choice: Tradition and Change in American Women's Writing*. New York: OUP, 1991.

Stern, Madeleine. *Critical Essays on Louisa May Alcott*. Boston: G. K. Hall, 1984.

エレイン・ショウォールター『姉妹の選択——アメリカ女性文学の伝統と変化』佐藤宏子訳 みすず書房 一九九六年

ルイザ・メイ・オルコット『若草物語』吉田勝江訳　角川文庫　一九九九年

———『続若草物語』吉田勝江訳　角川文庫　一九九五年

成功への願望
――『アメリカ人』と『アスパンの手紙』――

後川　知美

序

アメリカでのヘンリー・ジェイムズ（Henry James 1843–1916）一家の歴史はアイルランドから移住してきた祖父ウィリアムから始まる。文筆家であった父ヘンリー・ジェイムズ・シニアとヘンリー・ジェイムズが二世代に亙り実業に携わることなく「内面生活」（*Autobiography* 35）に没頭できたのは、祖父が一代にして築き上げた富の恩恵による。厳格なカルヴィニストであった祖父ウィリアムは、勤勉の精神に基づきさまざまな日用品の販売を通じて商売を拡大させ、ニューヨーク有数の資産家となった人物である。

ジェイムズはそのような祖父の時代の精神と自分の世代との間に明確な線引きを設けている。彼は南北戦争を祖父の時代との転換期と考える。「南北戦争は、アメリカ精神史における一時代を画すといってよかろう…。アメリカ人は、これから先は、世の中に満足し、自信をもっていた祖父よりはもっと批判的な人間になるであろう。何分にも、知恵の木を食べてしまったのだから。」(*Hawthorne* 114) またジェイムズは自らの生活を次のように語る。「祖父の伝統と態度との決裂は完全だった。多分私たちは二世代にわたってただの一人として、ほんのわずかのビジネスにも手を染めるという罪 (guilty) を犯していないであろう」(自伝 一〇九)。

ジェイムズの父ヘンリー・シニアは厳格な宗教的雰囲気をもっていた祖父ウィリアムに反発した。エマソンらと交流し、神秘思想家スウェーデンボルグに傾倒した父は、自由思想家、文筆家として生涯を送った。ジェイムズがビジネスへの関与を「罪」とみなすのは、このような父の教育方針が大きく影響していると思われる。ジェイムズの作品に金銭と芸術作品のありかたを問うものが多く見られるのは、祖父そして父親の思想が反映されているためであろう。ジェイムズは作家としての成功と一般読者との折り合いを神経質なまでに意識していた。アネスコによれば、ジェイムズのなかには一般読者に作品を受け入れてもらいたいとする「成功への願望」と、大衆に染まってしまうことへの「恐れ」という複雑な意識があったという (一一)。また、ヤコブソンは、ジェイムズが大衆市場を軽蔑しながらも一方で強い関心を抱いていたとし、彼が同時代のベストセラー作家たちの作品を読み、研究していたことに注目している（一四）。

祖父の世代との断絶、また父親の教育方針の影響により、「金儲けの才能に欠けていた」（自伝一〇九）と自己分析するジェイムズであるが、作品を世に売り出すため、出版というビジネスに関与せざるを得なかったことも事実である。それは彼にとって恥ずべきことであっただろう。しかしジェイムズの作家活動は、その「罪」にあえて身を投じてこそ成り立つものである。これらの複雑な意識が彼の作品に投影されていることは十分考えられる。

本章では、芸術作品を創作することに専念したかったジェイムスの成功への願望を、『アメリカ人』（*The American* 1877）、『アスパンの手紙』（*The Aspern Papers* 1888）を通して浮き彫りにしたい。

ビジネスとしての執筆活動

ジェイムズが作家として活躍し始めた十九世紀後半、とくに一八七〇年代から大衆のための市場という概念が顕著になり始める。一八七〇年から一八九〇年にかけて、アメリカの人口はおよそ二倍に膨張している。紙の大量生産、印刷技術の向上、鉄道網の発達といった産業技術面での急速的な発展もほぼ同時期に起こっている。これまで上流階級に限られることの多かった読者層は、本の価格低下や流通経路の拡大により多様化する。文学の流通ルートが広範囲に渡ることで一般読者にも購入可能なものが増え、知的価値が地方にも均一に分配されることになる。大衆市場の概念は文学作品の世界にも浸透し、市場社会のなかで日用品と並び、商業性を帯びたものとなる。ギルモアのいうように、アメリカの文明と芸術は市場経済の広まりの結果、「人間およびその環境が交換の支配下に置かれ、作家と読者の関係も含めあらゆる取引が金銭取引に変わってしまった」（四）のである。

大衆芸術と純粋芸術の分化が顕著になり始めるこの時期、理想を追求するだけで小説が売れるわけはなく、ジェイムズは大衆読者と自分との間に隔たりを感じることになる。隔たりを意識しつつ作品を世に送り出そうと努力した痕跡は、出版社や編集者、著作権代理人たちとのやりとりのなかにみられる。市場というものが現実にある以上、その影響から逃れることは不可能である。芸術の生産と消費の関係の変化、それに伴う批評意識の変化がロマン主義の時代から次第に表面化していく社会では、文化的エリートが必ずしも成功者を意味するとはいえなくなる。一般読者の影響力が増大し、大衆受けする読み物が市場価値をもつこの時代において、ジェイムズも文学作品の商品価値について無関心ではいられなかったのである。そこには、幅広い読者層を視野に入れ市場価値の高い作品を生み出さなければならないという重圧と、芸術家として理想を追求したいという意識の間で葛藤するジェイムズの姿が浮かんでくる。

ジェイムズは、彼自身最初の小説とみなしている『ロデリック・ハドソン』（*Roderic Hudson* 1875）を発表した一八七五年からパリに移り住む。ツルゲーネフやフロベール、ゴンクールやゾラ、ドーデ、モーパッサンらと親交を深めるのもこの頃である。一八七七年、初期の代表作のひとつである『アメリカ人』を発表した後ロンドン、イタリア、パリでそれぞれ生活し、中篇『国際エピソード』（"An International Episode" 1879）、『ある婦人の肖像』（*The Portrait of a Lady* 1881）などを世に出した。これらはジェイムズの国際色豊かな経験を背景として書かれたものである。一八八六年には『ボストンの人々』（*The Bostonians*）、『カサマシマ公爵夫人』（*The Princess Casamassima*）を、一八八八年には『アスパンの手紙』を出版。一八七〇年代から八〇年代にかけてのジェイムズは、作品を次々に送り出しながら作家としての地位を築いていく過程にあった。この時期の作品のなかには『ボストンの人々』や『カサマシマ公爵夫人』のように彼の期待を裏切り読者受けしなかったものある。ジェイムズ作品は必ずしも市場で成功していたとはいえなかった。出版社はゴシップを求めていたがジェイムズはそれを拒んだこともあった。ジェイムズが創作の初期から交渉のあったマクミラン社とのやりとりには、一般読者を想定して枚数を制限して欲しいという出版社側の要請があった。さらにこの時期ジェイムズはパリでの生活に困窮していたため、連載を増やしてもらうよう出版社と交渉したり、父親に金の無心を申し出たりしたことがある。祖父の代からの財産は次第に減り始めており、この援助は結局受け入れられなかった（*Henry James: A Life in Letters*, xxii）。

このような経緯を背景に、ジェイムズは小説を書くことで生計を立てる必要があるという決意を強くする。彼は表面上無関心を装いながらも、自分の本の売れ行きをかなり意識しており、利益、売り上げといった金銭面での成功を切望していた（*The Correspondence of Henry James and the House of Macmillan* 28）。読者の要求に見合うような作品を生産すること、つまり小説という商品を売るビジネスにジェイムズは携わることになるのである。

『アメリカ人』の成功者像

『アメリカ人』では、金儲けという人生の目的を達成した新興成金のアメリカ人、クリストファー・ニューマンが、文化や教養を身につけようとヨーロッパへ赴く。パリでの彼の行動は大胆且つ無謀であり、価値のない模写に大金をはたいたり、因習に縛られた古い貴族社会から妻を娶ろうとしたりする。金銭的成功を収めたニューマンはアメリカのアダム的資質を備え、強い意志、行動力にあふれた筋骨たくましい人物である。ジェイムズは彼を「典型的なアメリカ人」（『アメリカ人』一八）として描いている。秋山氏の言葉を借りれば、「プロティスタンティズム、デモクラティズム、キャピタリズムの結合の代表者」（七〇）である。十四歳の頃より西部の新開地に身を投じ、銅や鉄道で成功を収めたニューマンが「合衆国は世界で一番偉大な国で、ヨーロッパなんか全部そのズボンのポケットに入れてしまうことができる」(四〇)というとき、金銭のもつ力を過信する拝金主義的な傾向と、働くものには平等に報酬の成果がもたらされるという民主主義の理念が強く感じられる。

人生の第一の目的が金儲けにしかなかったことに気付いた彼は、「さてその賞金をどう処理すればよいか」(三二)、「ぼくは成功した。では、その成功をどう使えばよいか？」(四四)と自らに問いかける。金銭的成功はすでにあるものとして描かれており、ハウェルズ作品のように、成功する過程が詳しく描かれているわけではない。むしろそれをどのように生かしていくべきかという問題がより重要なのである。

ニューマンは金銭的に優位な立場を盾にして、「市場で最良の品物」(四〇)に値する女性を求める。彼はフランスでも最も古い家柄と権威を誇るベルガルド家の一人娘、今は未亡人となったクレール・ド・サントレに結婚を申し込む。ベルガルド家の財政は衰退の一途をたどっているものの、実業界の人間と婚姻関係を結ぶことは一族の伝統に反する。「ブルボン家の五番目のアンリにフランスの王位に即く神聖な権利があると信じている」(一五三)という純粋な貴族主義の長兄ベルガルド侯爵、その命令は絶対であるという母親が権威を握る一家に乗り込むニューマンは、巨万の富を交換条件とすればクレールを手に入れることができると信じている。

ベルガルド家の晩餐に招かれたニューマンの存在は、由緒ある一族からみれば異質なものである。財産があるという理由で彼を受け入れざるを得ないほど経済的に困窮しているベルガルド家であるが、実業に携わる人間を迎え入れるのは不愉快なことである。晩餐の席で絵画や彫刻の話題にしか触れず、芸術論に終始する侯爵の姿をみたニューマンは、「最高級の種類の言及を行ってこの場の空気を純化」（一三九）しようとしている彼の排他的な圧力を感じとる。

威圧的な母親や長兄と異なり、次兄ヴァランタンはニューマンに理解を示す。社交性と優雅さを備えた紳士であるヴァランタンは、ニューマンを「成功者」、自分を「失敗者」（九一）とみなしている。貴族社会に生きるヴァランタンには数々の制約があり、職業に従事することは一家の掟により禁じられているのである。因習に縛られた貴族の暮らしを垣間見たニューマンは、アメリカの青年には「年をとった頭と若い心、少なくとも若い道徳」が備わっていると考え、貴族社会に生きる青年を「若い頭ときわめて年をとった心を持ち、道徳はまるで白髪まじりで皺くちゃ」（九三）であると表現する。

クレールとヴァランタンは、ギリシャ神話の「オレステスとエレクトラ」（一〇〇）以来の仲の良い兄妹であると描写されている。このたとえからほのめかされるのは、ティントナーの指摘（一〇二）にもあるように、ベルガルド家の女主人は夫を殺害し、クレールの政略結婚の相手サントレ侯爵との間に姦通の罪を犯しているというものである。母親の命令により年老いたサントレ侯爵と強制的に結婚させられ、さらにニューマンとの結婚も断念せざるを得ないクレールの生活は「煉獄」（七九）になぞらえられる。煉獄は中世に始まった概念であり、天国と地獄の中間に位置し、ある一定期間の修行を経て魂を浄化させる機関である。煉獄に行くのは快楽を享受するという罪を犯した者である。

クレールがニューマンとの結婚を断念するのは、ベルガルド家の「権威」を象徴する母親の「命令」によるところが大きいが、浮世を離れたカルメル会の修道院に入るという決意は、クレール自らの意志によりなされる。ニューマンからみれば修道院生活は「冷酷と怪奇の組み合わせ」（二四四）であり、彼の理解を超えた世界である。彼女はニューマンと結婚していれば得られたであろう俗世での快楽を放棄し、霊的生活を送る決心をする。

現世蔑視の考えは修道士の禁欲主義が支配的であった中世のキリスト教に始まる。聖書の教えでは利子を取って金を貸すことを咎めており、金銭に対する軽蔑を説いていた。金銭的成功を得て力をつけ始めた商人たちは芸術作品の庇護者であり注文主であった貴族や高位聖職者と肩を並べることで、富を所有する不浄さを浄化した（J・ル・ゴフ『中世とは何か』一三二―一三三）。煉獄は天国と地獄の間に存在する浄罪の場であり、定められた期間、さまざまな刑罰を受ける「有期刑の地獄」、金銭にまみれた現世の生活を浄化する場所である（ゴフ、『煉獄の誕生』三四二）。

ベルガルド家の財政は逼迫しているが、労働の対価として得た金銭は軽蔑すべきものという信念は変わらない。ニューマンの「完全に今日的な楽天主義」は「陰鬱な旧世界の手段」（二四六）に打ちのめされる。アメリカ社会における民主主義の理念、金銭優位のビジネス原理は、因習にとらわれた貴族社会では通用しないことをニューマンは身をもって知ることになる。ニューマンはベルガルド家の殺人や姦通の罪を暴露しているとされる手紙を入手するものの、それを公表することなく火中に投ずる。彼は復讐の念に燃えながらも報復行為が下劣で恥ずべきものだということに気付くのである。秘密を握っているという利点をあえて放棄する潔い決断、報復行為に手を染めない「寛大さ」(二二)こそがこの物語の核心であるとジェイムズは「序文」で述べている。

巨大な富の力で貴族社会の権威に対抗し、高貴な妻を戦利品として獲得したいというニューマンの願いはかなわないが、彼がアメリカ実業界における成功者であることに変わりはない。「彼は成功をおさめ、小実業家でなくて大実業家であったことをよろこんだ。金持ちであることが大いにうれしかった」(三〇二)。彼は自分が労働の対価として富を築いたことを誇りに思い、勤勉の成果として金銭を得たことに正当性を感じている。「ぼくは金儲けに心を使いました。しかし、とくに金がほしいと思ったことは一度もありません。ほかに何もすることがなかったし、それに遊んでいるわけにもいかなかったからです」(一六〇)。

ニューマンに足りないのは教養、文化であり、それを彼は金で手に入れようとする。ルーブル美術館で模写の購入に途方もない金額を投資するのもその欲求のあらわれである。美術品の収集はかつてのイタリアの貴族たちがそうであったように、彼らの教養そのものをあらわすことになるが、ニューマンの場合、本物を見分ける目が養われていないことが露呈するだけである。ニューマンが興味を抱くのは本物の芸術品ではなく、模写すなわち偽物である。本物を見分けることができないニューマンは、文化吸収においても結婚においても理想の域を出ず「幻想」を抱いたままであるというティントナーの指摘（一〇三）は的を得ている。ニューマンが金銭の力により入手しようとしたものは表層的なものであり実体を伴っていなかったことになる。

巨万の富を有する成功者でありながら、文化や教養を身につけることのできなかったニューマンは、ヨーロッパにおいては失敗者である。しかし彼の金銭的成功は肯定すべきものであり、その自信に裏づけされた彼の精神性こそ注目に値するとジェイムズは言いたかったのである。

『アスパンの手紙』におけるジャーナリズムとロマンティシズム

『アスパンの手紙』の時代設定は「新聞、電報、写真、インタヴューの発達した十九世紀の後半」（『アスパンの手紙』一一五）となっている。高階氏はジャーナリズムの登場とその機能についておよそ次のように述べる。「ジャーナリズムという語が初めて英語に登場するのが一八三三年である。その後新聞ないし雑誌、定期刊行物が非常に広い範囲でコミュニケーションの手段として使われるようになり、それを舞台にしてさまざまな芸術上の意見交換、ニュースが登場してきた。批評という行為は古代から存在し、ルネサンス時代も盛んであった。十九世紀ではさらに鑑賞者が不特定多数になり、その不特定多数に対して解説をする批評が出てくる。これがジャーナリズム本来の非常に大きな機能である。」（一三二―一四四）。この批評行為が『アスパンの手紙』におけるアメリカ人の「私」、こと「二流どころの批評家兼伝記作家」（一五八）の仕事である。彼は大詩人の秘密を世に発表したいという欲望を抑えきれず、偽名を使い、彼の元恋人が住むヴェニスの屋敷に下宿人として潜入する。彼を突き動かしたのはジェフリー・アスパンの名声を後世に残したいというジャーナリストとしての使命である。この思いが強く純粋であるがゆえに、彼は行き過ぎた行為を犯してしまう。

情報網がいきわたった十九世紀後半、ヴェニスの古びた邸宅に姪のミス・ティータと隠遁生活を送る、大詩人アスパン（イギリス・ロマン派の詩人、バイロンがモデルとされている）の元恋人ジュリアナ・ボルドロー。彼女は、「アスパンのもっとも名高く、もっとも美しい抒情詩の中で唄われているジュリアナ」（二二）と記されているように、過ぎ去ったロマンティックな時代を思わせる人物である。「私」はアスパンの寵愛を受けたジュリアナと接することで、かつての大詩人の神秘を現代に呼び戻し読者に伝えることができるという使命に興奮している。彼はアスパンの創作に込められた美神への熱情を世の中に知らしめることが自分の任務であり、万人にとっての栄光となるのだという信念を抱いている。ジャーナリストとしての勤めを果たすためには、金の力により手紙を手に入れる行為も厭わないと考えるのである。

「全時代の遺物」（三五）という語で形容されているジュリアナはかなりの高齢で、自力では歩くこともできないほどである。彼女が現在に生きているという証は、金銭への執着心によって表される。ジュリアナは一ヶ月分の家賃をヴェニスの相場十倍以上の額で批評家に提示する。彼女の貪欲さはバルザック作品に登場する高利貸しを髣髴とさせる。プライドの高いジュリアナが、超然とした態度で「お好きなだけ部屋をお貸ししましょう――沢山お金を払って下さるなら」（一二五）というとき、彼女は批評家の金を目当てにしていることを隠そうとしない。質素な隠居生活を送るジュリアナの態度には「世間にかかわるまいと努力しているくせに、世間から完全に忘れ去られているという考えを承服しかねていた」（一二二）という矛盾がみられる。

ジュリアナにロマンティシズムの名残を見出そうとする「私」は、彼女の金に対する執着を目の当たりにして幻滅を隠せない。部屋代を執拗に巻き上げようとする彼女の貪欲さ、批評家から毎日贈られていた花が途切れたとたん彼の面会に応じ再び贈ってもらおうとする計算高さ、その花を売って生活費に充てようとする金銭への執着心、さらに姪をゴンドラに乗せて欲しいと頼む抜け目のなさをもつジュリアナである。これらは批評家が抱いていた「大詩人に霊感を与え不滅の詩を創造させた婦人」（一五七）というロマンティックなイメージから程遠い。

アスパンがその詩に詠ったジュリアナの全盛期は一八二〇年頃とされている。この時代については、『アスパンの手紙』のなかで次のように説明されている。「アメリカ人が一八二〇年に外国に渡ったときには、そこには何かロマンティックなもの、英雄的なものがあった。そのことは写真術やその他便利なもののおかげで驚異の念が消えてしまった今日のたえまない往来と比較するといっそう明白になる」（一三七）。批評家がアスパンを崇拝するのは、彼が「われわれの母国が粗野で田舎臭かった時代」、「文学が孤立し芸術がほとんど不可能だった時代」において「本質的にアメリカ的な」（一三七）詩人だったからである。ジュリアナは「私の知る限りでは、もうこの世には詩はありません」（一四九）という。今は失われたアスパンの時代のロマンティシズムを追い求める行為は、批評家自ら省みても「葬式の家に強引に入り込む新聞記者のような卑劣漢」（一五四）に思えてくる。詩人の秘密を暴こうとするジャーナリストはジュリアナから見れば「悪魔」（一五五）に等しく、「出版ごろ」（一七三）という汚名にふさわしい軽蔑すべき存在である。過去の偉大な詩人や作家たちの過去を詮索する批評家の発見は、すべて「嘘」であると考えるジュリアナは、「真実は神のみぞ知る」と主張する（一五八）。

「私」は予算を超えた大金を費やし、手紙の入手に奔走する。一方「私」はジュリアナのもとから手紙を盗み出してもらうようミス・ティータに頼みながらも、実際手紙が手に入った場合、金銭以上のもので報わなければならない責任を感じ当惑する。「もし手紙を守っていてくれたとしたら、どれほど感謝したらよいのか、どうやって恩に報いたらよいのか、それを考えると、ちょっと身がすくんだ」（一七七）。これはもはや金銭で解決できる問題ではない。「いささか滑稽で感傷的な田舎のハイミス」（一八三）との結婚が手紙の代償であると判明した途端、あれほど求めたアスパンの手紙は「一束の古めかしい手紙」、「ジュリアナの皺くちゃな紙くず」（一八四）に思え、急速に魅力が失われるのである。手紙はミス・ティータの手によって焼却され、批評家が探し求めた大詩人の私生活の秘密は世に出ることなく終わる。大金を投資したにもかかわらず手紙の入手は不可能となるが、彼のジャーナリストとしての意識には、完全に「悪党」と言い切れないものがある。彼は、ジュリアナらを欺いてまで任務を全うするのは卑怯であるということを十分認識しており、手紙の代償としてミス・ティータと結婚するのは彼の良識に反することだと気付くのである。

ジェイムズ自身についていえば、彼が全生涯で書いた手紙の数は四万通以上に及ぶと想定されているが、プライバシーを尊重するジェイムズは、自分の健康が衰え始めた一九一〇年代、妹アリスや友人ウールスンからの手紙を燃やして個人的な軌跡を消滅させてしまったという。彼が生涯に書いた手紙のなかには今でも公開されずに個人コレクターの間で高額で取引されているものもある（A Life in Letters, xvii–xviii）。個人生活を秘密のままにしておきたいと願ったジェイムズであるが、その希少性ゆえに将来手紙の価値が上がるであろうことを期待していたのかもしれない。

結び

金銭の力を利用してヨーロッパで自己実現をはかろうとするアメリカ人が金銭により得られたものは物質的なものではなく、一連の経験といった無形のものである。『アメリカ人』において、ニューマンは金銭それ自体に価値があるとされるアメリカ型資本主義社会での成功に飽き足らず、ヨーロッパ文化に触れることで自らの経済力に付加価値をつけようとする。

『アスパンの手紙』では大詩人の秘密を世に公開することで批評家として使命を果たそうとする「私」と狡猾な老女ジュリアナとのやりとりを通じて、大詩人のプライバシーと、それを金銭で手に入れることの是非が問われていた。両作品に共通するのは、金銭を元にそれを芸術的なものに変えようともくろむ計画がことごとく失敗しているということである。そこには金銭価値は芸術的なものに変換可能かどうかという問題が常に潜在しており、それがジェイムズの作品創作の原動力になっていたのである。

引用参照文献

Anesko, Michael. "Friction with the Market" *Henry James and the Profession of Authorship*. New York: Oxford University Press, 1986.

Gilmore, Michael T. *American Romanticism and the Marketplace*. Chicago: The University of Chicago Press, 1985.

Jacobson, Marcia. *Henry James and the Mass Market*. Alabama: The University of Alabama Press, 1983.

James, Henry. *The American*. Ed. James W. Tuttleton. New York: W. W. Norton and Company, 1978.

———. *The Aspern Papers: Tales of Henry James*. Ed. Christof Wegelin. New York: W. W. Norton and Company, 1984.

———. *Autobiography*. Ed. Frederick W. Dupee. New York: Criterion Books,1956.

———. *The Correspondence of Henry James and the House of Macmillan, 1877–1914*. Ed. Rayburn S. Moore. Baton Rouge: Louisiana State University Press, 1993.

———. *Hawthorne*. Ithaca: Cornell University Press, 1997.

———. *Henry James: A Life in Letters*. Ed. Philip Horne. New York: Viking Penguin, 1999.

Tintner, Adeline R. *The Twentieth-Century World of Henry James*. Baton Rouge: Louisiana State University, 2000.

秋山正幸『ヘンリー・ジェイムズの国際小説研究』南雲堂　一九九三年

J・ル・ゴフ『中世とは何か』池田健二・菅沼潤訳　藤原書店　二〇〇五年

———『煉獄の誕生』渡辺香根夫・内田洋訳　法政大学出版　一九八八年

高階秀爾・平島正郎・菅野昭正「ジャーナリズムの登場と芸術の社会的展開」、『19世紀の文学芸術』青土社　二〇〇〇年

ヘンリー・ジェイムズ『アスパンの手紙』行方昭夫訳　岩波文庫　一九九八年

———『アメリカ人』西川正身訳　河出書房新社　一九六三年

———『ヘンリー・ジェイムズ自伝——ある少年の思い出』舟阪洋子・市川美香子・水野尚之訳　臨川書店　一九九四年

———『ホーソーン研究』小山敏三郎訳　南雲堂　一九六四年

人生の構築
——ラフカディオ・ハーンとイラスト——

里見　繁美

序

ラフカディオ・ハーン（Lafcadio Hearn 1850–1904）の人生において、アメリカという国はハーンに確固たる人生の礎を提供し、彼の人生を育んだ場所である。アメリカン・ドリームを求めて渡米してきた多くの人々と同様に、結果からみればハーンはアメリカに渡ることにより成功を収めるに至ったのである。その詳細に関しては、他の所で論じているので省略することにして[1]、本論では、人生構築の上で最も重要な手段の一つとなったイラスト（あるいは挿し絵）とハーンとの関係を中心に据えて、彼のアメリカ時代について論じてみることにする。

ハーンによるイラストの効果的な使用に関しては、それが『シンシナティ・エンクワイアラ』紙の飛躍的な販売部数の増加や『デイリー・シティ・アイテム』紙の建て直しと販売部数の増加に寄与しているだけでなく、ハーンをして一流のジャーナリストたらしめる結果に繋がっているのである。更には、日本において教師として、イラストを効果的に用いた授業により、学生の脳裏に末永く残る教師となっていったことも忘れてはならない。このように、人生構築の上で極めて繋がりの強いイラストとハーンであるが、その端緒はシンシナティにあるので、そこから論を展開していくことにする。

イラストへの興味

ヨーロッパ時代にハーンがどれほどイラストまたは絵画的なものに対して興味を抱いていたかということに関しては記録は残されていないため、それを明確に知ることはできないが、(2) 少なくともその種のものに対する興味が顕在化してくるのは、ハーンがヨーロッパを脱してアメリカに渡り、シンシナティに来てからのことである。その切っ掛けは、後に協力して週刊風刺雑誌『ザ・ギグランプス』を出版することになる挿し絵画家ヘンリー・ファーニーの知遇を得たことにある。二人の出会いは一八七四年三月二一日、ファーニーのアトリエにおいてであった。(3) その出会いに関して、ハーンは早速翌日の二二日に「わが町の芸術家たち」と題して『エンクワイアラ』紙に執筆している。(4) この段階でのハーンは、イラストに対する興味の加速というよりも、同じシンシナティに住む若き芸術家たちを世に知らしめたいとの思いからファーニーへ接近を試みたものと思われる。というのは、この記事において、他に漫画家ノーブルとデザイナーであるグラフトンを取上げていたからである。そしてファーニーとの交友が開始され、ハーンのイラストに対する興味が活発化してゆくのが、『ザ・ギグランプス』立ち上げの過程ということになる。ファーニーと知り合ってから丁度三ヶ月後の六月二一日にこの雑誌の創刊号が出版されるが、中身を見てみると、表紙を含めて、計三枚のイラストが配置されている。(5) 勿論描いたのはファーニーであったが、ファーニー自身は同じくシンシナティで発行されていた『クラデラダッチ』というドイツ語の週刊文芸誌の挿し絵を既に担当し実績を積み重ねていたのである。一方ハーンにとっては初めての試みで、『ザ・ギグランプス』発行準備の過程において、そのモデルとすべき雑誌に改めて目を通し注目していたのである。一八三二年創刊のフランスの日刊風刺画紙『ル・シャリヴァリ』である。この風刺画紙にはどの号にも興味深いイラストが鏤められており、ハーンの目を楽しませてくれる紙面となっていた。ハーンは『ザ・ギグランプス』のモデル誌として、この『ル・シャリヴァリ』を強力に押し奨めたが、片や挿し絵を担当するファーニーはフランス生まれにもかかわらず、イギリスの週刊風刺画誌『パンチ』に拘っていたのである。結局、イラストに関してはファーニー主導で進められていくことになるが、この雑誌発行過程において、改めてハーンはイラストに対する興味——あるいは視覚に訴えることの重要性——に覚醒していくことになるのである。

六月二一日に創刊号を出した『ザ・ギグランプス』は、紆余曲折を経て短命にも八月十六日に第九号を出して幕を閉じる結果となる。僅か二ヶ月の命であったが、しかしこの体験によりハーンが得たものは計り知れない。取り分け、視覚へ訴える工夫の重要性に対する認識は、その後のハーンの執筆内容や執筆姿勢を見ても注目しておかなければならない。当初は、ファーニーの描くイラストへの興味から出発したハーンではあったが、二人の共同作業を経て、やがて自らがそれを強力な武器として行使できる機会を虎視眈々と狙ってゆくことになるのである。

「皮革製作所殺人事件」の記事

『ザ・ギグランプス』が一八七四年八月十六日に第九号を出版して廃刊となってから、凡そ三ヶ月後の十一月九日に、先ず最初の重要な機会がやってくる。この日の『エンクワイアラ』紙の第一面を飾った、いわゆる「皮革製作所殺人事件」の記事がそうである。この記事は様々な意味において画期的であったが、(6)取り分け本論において注目しなければならないものは、『ザ・ギグランプス』出版体験で獲得した成果のこの記事への応用ということなのである。つまり情報を如何に視覚に早く訴えて理解させるかという工夫が為されている点である。第一面から、これまで培ってきた成果が発揮されている。極めて印象的な九つのヘッドラインに始まり、いきなり三人の加害者のイラストが配置されている。アンドレアス・エグナー、フレッド・エグナーそしてジョージ・ルーファーの似顔絵である。更に皮革製作所の建物の図面が続き、最後に被害者ヘルマン・シリングのショッキングな焼死体のイラストが続く。最初の四つのイラストはファーニーが描き、最後のものはハーン自身が描いた（フロスト　一一三）。以下がそれである。

　これは『エンクワイアラ』紙に対してハーンが描いた最初の挿

The Remains of Schilling at the Undertakers.

し絵ということになる。というよりも、ファーニーのイラストも含めて、アメリカの新聞紙上でのイラスト掲載の嚆矢と断言してよい。九つのヘッドラインやセンセーショナルな記事の内容もさることながら、ストーリーの効果を高めたこれらのイラスト群により、販売部数の驚異的な増加は勿論のこと、全米の多くの日刊紙がハーンの記事に注目したのであった（フロスト　一一三）。『エンクワイアラ』紙のこの記事にファーニーはイラストを提供すること以外、直接関与はしていなかったが、しかし『ザ・ギグランプス』発行で培った二人のノウハウがこの記事に見事に結実した形となったのである。ハーンはこの記事により、魅力的な文章に加えて視覚に訴えることが読者獲得の上で如何に重要であるかを心底から痛感したと言える。「皮革製作所殺人事件」関連の記事はこの後も続き、十一月十一日の『エンクワイアラ』紙には被害者ヘルマン・シリングのイラストが掲載されて注目を浴びる。ただ、こうした一連の「皮革製作所殺人事件」関連の記事が一段落すると、イラストが掲載されることは無くなってゆく。何故かと言えば、イラストを掲載するに値する事件が再度起こらなかったということと、想像力を駆使しての余りにも扇情的過ぎるハーンの言葉遣いや記事に、そろそろシンシナティの人々が飽きてきて、記事内容の転換を迫られたということもその理由として挙げられる（フロスト　一一九）。

ハーンはこの経験ののち、ムラートである妻のマティ・フォーリーが原因となって、エンクワイアラ社を辞めざるをえなくなり、その後、同じシンシナティにあるコマーシャル社の方に職を得て、次の機会がやってくる。このコマーシャル社においては、一度獲得した魅力的な記事執筆のノウハウをふんだんに駆使して、充実した記事に挿し絵を添えて次から次へと世に送り出すのであった[7]。ハーンにとっての言わば本格的な実践段階の到来なのである。しかしながら、コマーシャル社での順風満帆な執筆振りにもかかわらず、マティとの関係は一向に改善せず逆に悪化するに及んで、一八七七年十月には遂にコマーシャル社を辞して、結局マティから遠ざかるかのように、汽車でオハイオ川沿いを南下し、更に蒸気船でミシシッピ川を南へ下ることになるが、そこにおいても一つの機会が到来する。途中メンフィスにおいて船の遅れから二週間足止めとなった時、ヘンリー・ワトキン宛ての第一報(一八七七年十月二八日)の葉書きに、二羽の鴉のイラストを添えて送ったのである。これには注目してよい[8]。これより継続されていく、いわゆるハーンとワトキンとの間の『大鴉の手紙』の始まりである。翌日の二九日も、更に三十日にもワトキンに葉書きを書き送る。何れにも鉛筆による鴉のイラストが添えられていた。取り分け三十日のイラストはユーモアに富んだ内容となっていて、ひたすらメンフィスにおいて船を待ち続けるハーンの姿が鴉に喩えられ、待てどもこない蒸気船トンプソン・ディーン号がカタツムリに喩えられており、顔からはみ出しそうな巨大な目をした鴉がカタツムリをじっと睨みつけている極めて興味深いイラストである。以下がそれである(*Letters from The Raven* 35)。

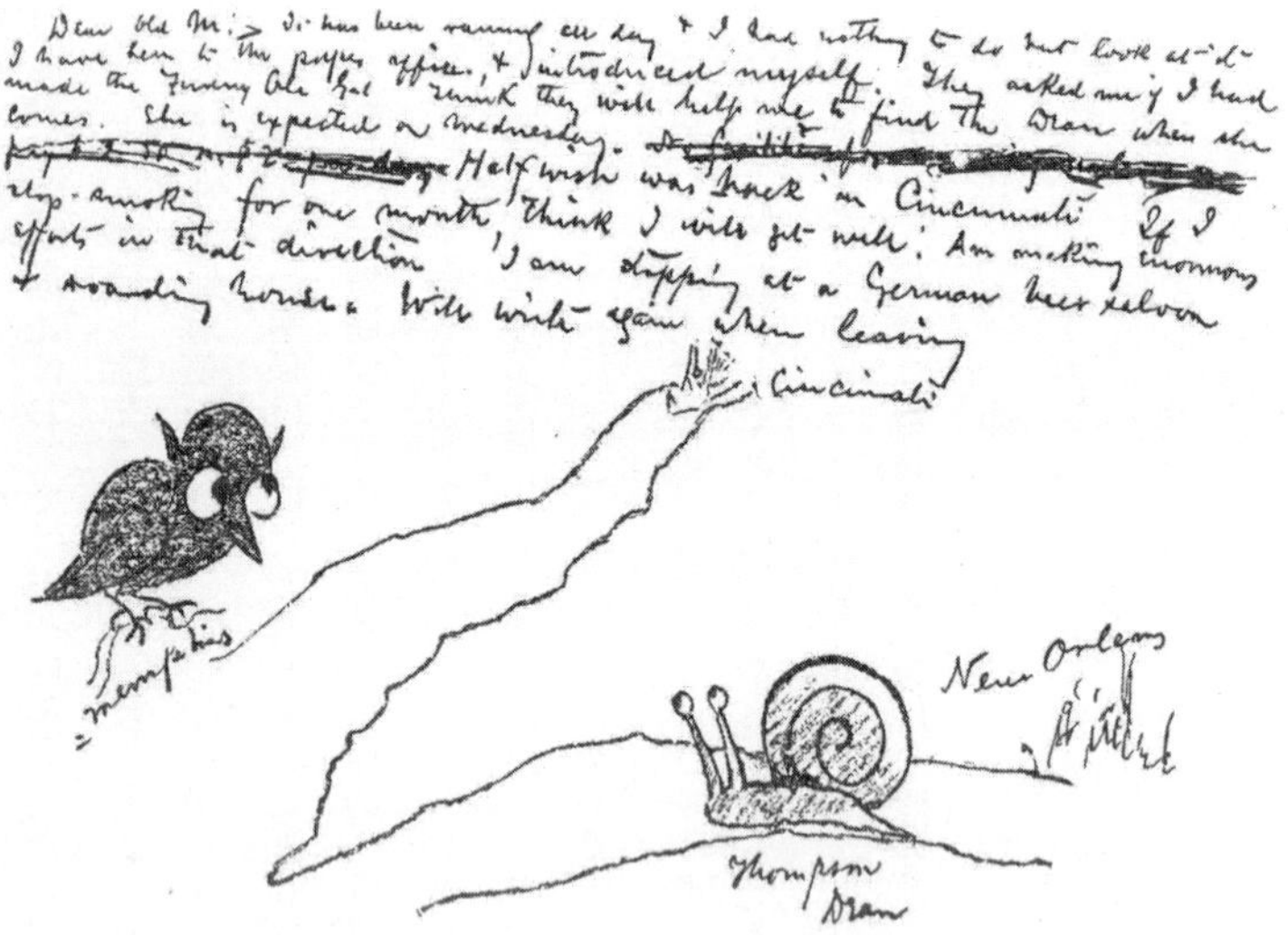

FACSIMILE OF A POSTAL CARD SENT FROM MEMPHIS

ハーンのユーモア感覚が如実に表われている点でも注目に値する。このハーンによる鴉のイラストは周知の通り、ワトキンがエドガー・アラン・ポー好きのハーンに付けたニックネームから来ているが、鴉（raven）と名づけられた直後からハーンは意識的にこれを使用することになった。シンシナティ時代には、ワトキンが夕食のために自分の店を空けて外出し、帰宅した時には、鴉のイラストの入ったハーンの置手紙を頻繁に目にしていたことも度々である（*Letters from The Raven*　29）。イラストを描く時間が無い時には、単に"Kaw"と鴉の鳴き声を記していた時もあった。以下に幾つかその例を列挙してみる（*Letters from The Raven*　29–30）。

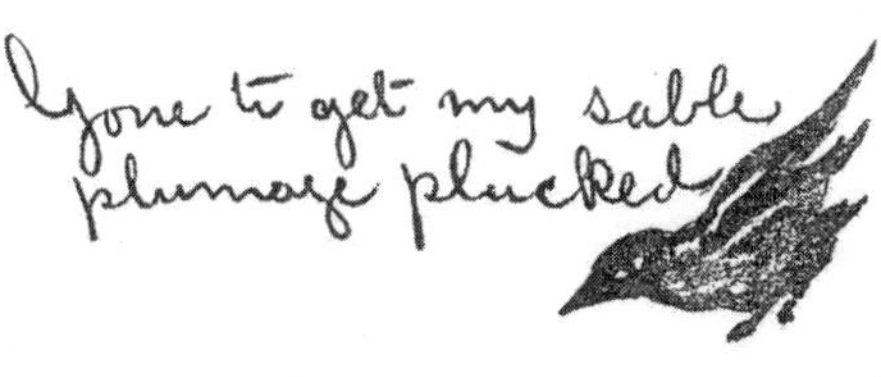

このように、ハーンによるイラストの実践は、『コマーシャル』紙においてだけでなく、個人的なレヴェルでも繰り返し為されて、磨き上げられていくのであった。

畢竟、シンシナティ時代は、ビジネスと深く関わるイラストの有効活用という極めて大きな知的財産を獲得した時代であり、これ以降のニューオリーンズにおける成果も念頭に入れると、ハーンの人生構築の上で重大な体験をした所と言えるのである。

アイテム社の建て直し

ハーンは一八七七年十一月十二日にニューオーリーンズに到着してからも、コマーシャル社に記事を送り続けるが、次ぐ年の四月にその通信員としての役割を終えると、新たな職を探し始める。求めるものが得られずしばし困り果てるが、その間にも自分の状況を伝えるユーモアに満ちたイラスト入りの葉書きはワトキンに送るのであった。そしてウイリアム・ロビンソンの紹介でハーンは、一年前の一八七七年六月十一日に設立されたばかりの小さな新聞社アイテムに、一八七八年六月十五日付けで雇用される。ブレット・ハートやエドガー・アラン・ポーを始めとした文芸記事や同時代のフランス作家の翻訳など様々なものを手掛けるが、やがてハーンがアイテム社に対して大きく貢献する千載一遇の機会がやってくる。それが一八八〇年五月二二日である。この日の『アイテム』紙の第一面を見ると、小悪魔の様相を呈したコウモリ数匹が空を飛んでいるイラストが先ず目に付く。以下がそれである。

その次に、イラストの上に書かれた「憑かれた者と憑く者」というヘッドラインが目に飛び込む。そして記事の内容といえば、如何にもハーンの想像力を駆使したもので、最近の死刑囚の処刑のされ方とコウモリとの関連性から始まって、更にそのコウモリによる周辺への被害という問題提起が為されている記事である。これまで『アイテム』紙を購読してきた人達にとっては、この日の新聞はまさに青天の霹靂となったはずである。これまで活字で埋め尽くされていた新聞に突如イラストが登場したのである。しかも不気味なコウモリの絵付きである。その驚きがどれほどのものであったかは想像に難くない。次の日から販売部数が増

加に転じていったという事実からも察しがつく。記事の内容にしても、一言で言えば、死刑執行の施設の状況およびそれに関連した被害を取り上げて問うものだが、その単純な内容に厚みを増し人々の想像力を掻き立てる内容に仕上げて読み物風にしたのである。こうした趣向から『アイテム』紙の購読者が増加していったのである。実は、その背景にはアイテム社の財政的危機が続いており、その改善策が模索されていたのであった。それをハーンが以上のような記事で救ったということになる。又してもハーンの快挙である。その手法は、シンシナティの『エンクワイアラ』紙における「皮革製作所殺人事件」の記事構成そのものである。この記事ほど大胆で徹底したものではなかったが、しかし南部のアメリカ人の目と心を楽しませるには充分であった。フロストが指摘するように（一九二二）、それはアメリカ南部の日刊紙に登場した最初の新聞漫画となったのである。しかも「皮革製作所殺人事件」の時と同じように、イラストを第一面に配置した。この日より半年以上に亘って度々記事とイラストをセットにしてハーンは健筆を振るっていくことになったのである。そうしたハーンの技量には他の新聞社も注目していた。特にタイムズ社とデモクラット社が合併する一八八一年十二月にはハーンにとっての大きな躍進がやってくる。合併して出来たタイムズ・デモクラット社の文芸部長としてハーンは迎え入れられたのである。三年半前のアイテム社入社時の週給は十ドルであったが、それが三倍の三十ドルとなり、ハーンの技量は高く買われて生活も安定してゆくのであった(9)。タイムズ・デモクラット社においては、記事とイラストをセットにして執筆するという機会はほとんどなくなり、むしろ文化欄を担当して海外情報を紹介したり、フランス作家の翻訳を手掛けたり、あるいは自分の興味に合ったテーマで執筆することになってゆくのであった。

このようにしてハーンのイラストは、シンシナティだけでなくニューオーリーンズにおいても人生の節目に重要な役割を果し、ジャーナリストとしてのハーンが自己の人生を強固に構築していく上で欠く事のできないものとなっていったのである。アメリカにおいてイラストの効果的で画期的な使用により、人生を築いたハーンは後半生を日本において教育者として歩むことになるが、その教育者としてもイラストを効果的に用いて、学生に強烈な印象を与えたのである。次に、その側面にスポットライトを当てることにする。

教育者としてのハーン

日本において、教育者としてハーンがどれほど学生に人気があったかは、例えば帝国大学における夏目漱石の授業との比較において良く知られているが[10]、イラストを効果的に使用して教育に当った例はさほど良く知られてはいない。だが実際、ハーンは教育上の有効な武器としてイラストを使いながら英語教育に当っていたのである。記録として残されている数少ないもののうちから、第五高等中学校時代のハーンの教え子黒板勝美のコメントを組上にして分析を試みたい。黒板勝美は「熊本時代のヘルン氏」という回想記の中で、以下のように述べている。(11)

先生の来られた初に今までの外国教師と違って非常に分り宜いように話をされた一例として御話しますと、ラーヂという字とビッグという字の遣い分けの場合でもちゃんと図に書いて、ラーヂという方は長方形のようなものである、大きいといふけれども唯長さが大きくて、そんなに奥行きは深くない、それからビッグといふと長くして奥行きも深い、其方が力がある字である、背の大きい者をラーヂといふけれども肥ったといふ方はビッグでなければならぬという風に、それを図に書いて教えらるるから我々の頭には其後ビッグとラーヂの遣い分けに付て迷ふというようなことはない。(三四)

黒板勝美は、「ラーヂという字とビッグという字の遣い分けの場合でも」(傍線は筆者)と記しているように、ハーンが第五高等中学校の授業中に頻繁に黒板にイラストを描いていたことを指摘し、それ故に鮮明に自分の脳裏にそれが焼き付いていることを明かす。それはこれまでの外国人教師の教育法とは全く違った点であり、特に外国語教育という意味において有効な教育方法であったことを明確にする。抽象的な単語の説明であればあるほどそのハーンのイラストが効果を発揮したのである。またハーンもそれを自覚していた。この黒板勝美の回想は、十年以上前を振り返ってのものであるが、ハーンのイラストによる英語教育が如何に強烈で印象深いものであったかを端的に物語っているのである。このようにハーンはジャーナリストとしてだけでなく、日本において教育者としても、イラストを有効活用して学生を魅了する授業を創出していたのである。

結語

ハーンは、一八八六年九月十九日付け『タイムズ・デモクラット』紙の「挿し絵と本文」という記事の中で（*Essays on American Literature* 212–14）、「良き文章というものが仮に百人の想像力に訴えるとしたら、挿し絵は十万人の想像力に訴えるであろう」（二一三）と記している。つまりイラストの優越性を強調した文言なのである。この段階のハーンは新聞紙上でのイラスト掲載からは既に遠ざかっていて、翻訳を手掛けたり『チタ』の完成に向けて努力しているところではあったが、しかしこのように、イラストの効果についての認識は依然として持ち続けていたということになる。

ハーンのアメリカ時代を考察する時、勿論彼の執筆した文章の卓越性は否定すべくもないが、それ以上に彼の描くイラストがアメリカの新聞紙上において計り知れない役割を果してきたことが、以上のことからわかるのである。取り分け節目において描かれたイラストは幾つかの新聞社の運命をも変えた。畢竟、イラストはハーンにとって生涯に亘って仕事上の重要な手段であり、人生構築のためには欠かせないものとなっていたことが判明するが、また同時にハーンにとってのアメリカという国の重要性をも明らかにしてくれるのである。

注

（1）拙論「ラフカディオ・ハーンのシンシナティ・ニューオーリーンズ時代――才筆開花の軌跡とその検証――」（西川盛雄編『ラフカディオ・ハーン――近代化と異文化理解の諸相――』九州大学出版会、二〇〇五年七月）において詳述している。

（2）小幡秀雄氏は「ヘルンは、英国ダラムのアショウ・カレッジ校在学中から絵が非常に好きな少年であった」と指摘しているので、絵画に対する志向性はあったと思われる。「ヘルンの画才」（『へるん』第二八号　八雲会　一九九一年六月）を参照。

（3）坂東浩司『詳述年表ラフカディオ・ハーン伝』（英潮社、一九九八年三月）、五九頁を参照。

（4）この記事において、ファーニーの他にハーンが取上げた人物は、漫画家のウィル・ノーブルとデザイナーのサミュエル・グラフトンであった（フロスト　九〇）。

（5）詳細に関しては、拙論「ハーンと *Ye Giglampz* 出版体験」（『へるん』第四二号　八雲会　二〇〇五年六月）を参照。

（6）詳しくは、「ラフカディオ・ハーンのシンシナティ・ニューオーリーンズ時代――才筆開花の軌跡とその検証――」一二四―一二七頁を参照。

（7）ハーンが『コマーシャル』紙に対して執筆した記事数は、『ラフカディオ・ハーン著作集・第十五巻』（恒文社、一九八八年九月）五七一頁を参照。

（8）『詳述年表ラフカディオ・ハーン伝』九五頁を参照。

（9）因みに、ハーンの週給はエンクワイアラ社入社時においては十ドル、コマーシャル社入社時では二十ドルであったので、ジャーナリストとしては最高の評価を得たことになる。

（10）関田かをる『小泉八雲と早稲田大学』（恒文社、一九九九年五月）五七—五八頁において両者の関係が詳しく論じられている。

（11）黒板勝美「熊本時代のヘルン氏」（『帝國文学』第十巻十一号、大日本図書株式会社、一九〇四年十一月）二一七—二二七頁。

参考文献

Frost, O. W. *Young Hearn*. Tokyo: The Hokuseido Press, 1958.

Gould, George. *Concerning Lafcadio Hearn.* George W. Jacobs, 1908.

Hearn, Lafcadio. *Essays on American Literature*. Ed. Sanki Ichikawa. Tokyo: The Hokuseido Press, 1929.

———. *Letters from The Raven*. Ed. Milton Bronner. New York: Brentano's, 1907.

———. *The Life and Letters of Lafcadio Hearn*. Ed. Elizabeth Bisland. Boston & New York: Houghton Mifflin & Company, 1906.

———. *The Writings of Lafcadio Hearn*. Boston and New York: Houghton Mifflin Company, 1973.

———. *Ye Giglampz*. Cincinnati: The Public Library of Cincinnati and Hamilton County, 1983.

Tinker, Edward L. *Lafcadio Hearn's American Days*. Dodd & Mead, 1924.

黒板勝美「熊本時代のヘルン氏」『帝國文学』（第十巻十一号）大日本図書株式会社　一九〇四年十一月

小幡秀雄「ヘルンの画才」『へるん』（第二十八号）八雲会　一九九一年六月
里見繁美「ラフカディオ・ハーンのシンシナティ・ニューオーリンズ時代――才筆開花の軌跡とその検証――」
西川盛雄編『ラフカディオ・ハーン――近代化と異文化理解の諸相――』九州大学出版会　二〇〇五年七月
――「ハーンと *Ye Giglampz* 出版体験」『へるん』（第四二号）八雲会　二〇〇五年六月
関田かをる『小泉八雲と早稲田大学』恒文社　一九九九年五月
――『知られざるハーン絵入書簡』雄松堂出版　一九九一年
西脇順三郎・森亮監修『ラフカディオ・ハーン著作集』（全十五巻）恒文社　一九八〇―八八年
坂東浩司『詳述年表ラフカディオ・ハーン伝』英潮社　一九九八年三月

交錯する切断と接合
——ラフカディオ・ハーンのアメリカ時代から日本時代を俯瞰して——

藤原　万巳

序　《夢に見たバレー》

奇妙な絵である。（図1）タイトルは《夢に見たバレー》（*Dreams of the Ballet*）（Tinker 100）。ほぼ中央に引かれた横線が、画面を真っ二つに断ち切っている。画面の上半分は白い光に満ちた舞台、下半分はほの暗い客席。この白黒の対照が画面内の断絶をより強調してい

図1

る。そして、その寸断された画面の上半分には、バレリーナの、腿のあたりで断ち切られた数本の脚が、下半分には観客の、肩の部分で断ち切られた数体の頭部のみが並んでいる。バレリーナも観客も、断片化した脚、断片化した頭部でしかない。しかも、その身体の断片の大きさは画面全体の大きさに比して不釣合いなほどに大きく、画面には断片化した身体がひしめいている。欠落と充溢の不思議な調和。それがこの絵の奇妙さの正体である。

実は、この絵と不思議によく似た絵がある。マネが描いた、《オペラ座における仮面舞踏会》(*Bal Masque à l'Opéra*)（図2）がそれである。一八七三年に発表されたこの絵は、二階の床で画面が寸断されており、画面上方には、脚の部分で断ち切られた女達の断

図2

片が並んでいる。画面下方に所狭しと描き込まれた沢山の男女は、一人を除いて皆一様に黒一色の衣服を身につけており、まるで、彼らの身体は画面にぼんやりと浮かぶ顔のみであるかのようだ。(1) その中でも特に女達は、その白い顔にさえ黒いマスクを着けており、マスクからはみ出した白い顔、そして、白い手のみが黒い背景に浮かんでいる。

この性的な色合いを持つ二つの絵は共に十九世紀末に描かれたものだが、この二つの絵の間に実質的な影響・受容関係を辿ることはできない。しかし、この二つの絵の一致――寸断された画面に並ぶ断片化した身体――に時代の嗜好を嗅ぎ取ることは、それほど荒唐無稽のことではない。

さて、件の絵《夢に見たバレー》は、当時、ニューオリンズのアイテムで新聞記者をしていたラフカディオ・ハーンが、挿絵として描いたものである。(2) 残念ながら、マネの《オペラ座における仮面舞踏会》については、彼は何も語っていない。彼がこの絵を知っていたかどうか、この挿絵を描く際に、マネの絵を想起したかどうか、実際には何もわからない。しかし、若かりし頃にこのような絵を描いた彼はその晩年においても、断片化した身体を作品中に繰り返し登場させている。例えば、闇夜に浮かぶ耳がひきちぎられる様を語った「耳なし芳一」("The Story of Mimi-Nashi-Hōïchi")。生首が飛び交い、(3) それが次々と人の手に渡っていく「ろくろ首」("Rokuro-Kubi")。そしてその時、マネも、ドガも、そして、ロダンも、断片化した身体をそれぞれの視点から表現していたのであった。(4) ハーンはこのような時代を生きた者の一人なのである。

ところで、ハーンは新聞記者としてのキャリアをはじめた極早い時期に、「大めがね」（“Giglampz”）の中で、次のように宣言している。

彼はフランスの煽情派を崇拝し、朝食を取っている人々の鼻先に、骨や血や毛髪の混じった悪臭紛々たるものを突きつけることに耽溺していた。他人の胃をむかむかさせることは彼の格別の喜びであった。（十六）

事実、この挑発的な宣言どおりに、ハーンの新聞記事は、「人間遺体の利用に関する覚書」（“Notes on the Utilization of Human Remains”）、「皮革製作所殺人事件」（“Violent Cremation”）など、その言葉によって、人間の体内を、社会の内部を、人間心理の内部を、切断し、その断片を白日の下に晒し、陳列している。それらはあらゆる不可視のものを描写し尽くしたい、という情熱に突き動かされた者の産物である。

また、来日したハーンは当時の芸術上の相談相手であったバジル・ホール・チェンバレンに宛てた一八九三年六月五日付けの手紙の中で、書くことの意義を次のように表明している。

私は文字に色彩を見、花咲き乱れる音節の芳香を嗅ぎ、妖精の国の精妙な電気に感電しうる能

力をもった最愛の友人のために書くのです。（四三二）

「大めがね」のように身体部分をことさらに強調してはいないが、言葉によって、読者の視覚、嗅覚、触覚などを鋭く刺激することを目指す姿勢は、二つの引用文に共通している。執筆活動を開始したアメリカ時代から円熟期を迎える日本時代に至るまで、ハーンは読者の身体感覚を惑乱させる言語芸術への興味を持ち続けていたといえよう。(5) また、ハーンの生涯にわたる作品中には、断片化した身体は言うに及ばず、身体部位（にまつわる表現）が遍在している。しかも、その作品中に登場する身体たるや、美しい女性の姿態、焼け焦げた脳髄、消えた顔、石に噛り付く生首、闇に浮かぶ耳、等々と、実に多種多様である。本論文の目的はこのようなハーンが作り上げた文学世界を、彼の作品に頻出する特異な身体表現、特に、断片化した身体に纏わる言語表現を足がかりにして、芸術潮流における彼の位置を同定することである。

一、「クラリモンド」――身体の遍在

論者の言う「身体の遍在」とは、身体部位に関わる表現が、あるいは、身体部位の強調がハーンの文学世界において遍在していることの謂いである。ここではその「身体の遍在」をハーンの翻訳した

「クラリモンド」（"Clarimonde"）を例に挙げて考えていきたい。

一八八二年に自費出版された翻訳集『クレオパトラの一夜、その他』（*One of Cleopatra's Nights and Other Fantastic Romances*）[6]は、ハーンが一八七七年頃から翻訳したフランス・ロマン主義の作家テオフィル・ゴーチエの中・短編作品を集めた彼の最初の出版物であり、「クラリモンド」はこの中に収められている。収録作品には他に、骨董品屋でミイラの片足を見つけ、たちまちその魅力に囚われて購入した若者、彼の家に自分の片足があることを知り、自分の片足に帰ってくるようにと説得にやってきたエジプトの王女、そして、自分の意思を持ち言葉も操る片足などが登場する、「ミイラの足」（"The Mummy's Foot"）がある。ちなみに、この「ミイラの足」が翻訳集に収められた作品の中で、最初に世間に発表された作品である。[7]身体部位が跳梁跋扈するその後のハーン文学を予兆している、と言ってしまいたくなる程に出来すぎたエピソードではないか。

ハーンはこの翻訳集の序文の中で、「古代社会の美しさ」、「若さあふれる夢の魅力と花開くときの若い情熱」、そして「肉体的な美と芸術的真実」を、翻訳に際して再現しようと試みたこととして挙げている。（傍線は論者による）また、その翻訳集の補遺「クラリモンド」の項では、「その道を熟知した者の手によって、別の言語の豊かな土壌に植え替えられたとしても、このような詩華はその独特の色合いや魔術のような香りの幾許かを失ってしまう」と、述べている。読者の感覚を揺さぶる言葉の「独特な色合い、魔術のような香り」をいかに失わずに翻訳するか、それがハーンの翻訳に対する最大の関心と野心であった。

さらにハーンは、「計二十五ドルのために」("For the Sum of $25")[8]というエッセイの中で、「文の一般的な意味を再生することだけでは不十分である。(中略)あらゆる語の意味、形式、力強さ、響き、色合いが研究され、あらゆるフレーズの型が彫り刻まれ、あらゆる剥き出しの文の美しさは彫像の大理石のように磨き上げられねばいけない」と、翻訳者が言葉に対峙する際に目指すべき、より積極的な姿勢について述べている。実際ハーンは、ゴーチエの「宝石細工のような」言語芸術の妙を愛し、ゴーチエのフランス語の原文に忠実であろうとした。しかし、それだからこそ、「その独特な構成も含めて、原文の複雑なニュアンスを訳出しようと努力すればするほど、ハーンは直訳主義にとどまらず、意訳の方法に向かうのである」(ユー　二六)。

翻訳に対するハーンのこのような傾向は、「クラリモンド」においても顕著に見られる。外界から完全に隔絶された修道院の中で育ったロミュアルドは、司祭となる叙品式の日に、生まれて初めて若く美しい女性、クラリモンドを見、その煌びやかな肉体の魅力に眼を奪われる。ロミュアルドの眼差しはクラリモンドの髪、額、眉、眼、歯、唇、頬、鼻、肩、首、胸などの身体の各部に行き渡り、執拗である。その視線の描写は身体の一部でしかないはずの髪や額などの身体部位が、全体性を失い、肥大し、ついには、身体が解体してしまったかのような幻覚を立ち昇らせるほどである。[9]ついに、ロミュアルドは式を中止してしまいたいと切望するが、意に反して誓いの言葉を口にしてしまう。

その葛藤をゴーチエは「それなのに私の心は儀式の次第を機械的に済ましていきました」[10]（ゴーチエ 一二二）と、描写している。しかし、ハーン訳では、「私は私の舌が機械的に儀式のすべての次第を済ましていったように感じました」[11]（ハーン 九）と、「私の心」が「私の舌」へと変化している。（引用の傍線は論者による）

ゴーチエのロミュアルドは、キリスト者としての理性（「私の心」）と、異性に魅せられる若者としての感情の相克に、いはば、精神と肉体の乖離に悩まされている。一方、ハーンによるロミュアルドは、精神と肉体が分かちがたく絡み合い、彼の葛藤は、身体の一部分である彼の舌が、彼の身体全体の意志と共振しないことにより表されている。ハーン版「クラリモンド」においては、クラリモンドの身体を欲し、その執拗な眼差しでクラリモンドの身体を解体し断片化していたロミュアルドの身体自体が、クラリモンドと同じく、断片化しているのだ。[12] ハーンの翻訳に指摘できる、部分が全体を凌駕する程の存在感を持つまでに強調された身体表現は、ゴーチエの言語芸術の妙に忠実たらんとしたハーンの真摯な翻訳作業から結晶化した、ハーン独自の特質である。それはその後のハーン自身の作品において、形態を変えながら引き継がれている。

二、「因果話」

あらゆる作品は程度の差こそあれ、その真の誕生、言い換えるならその最初の読みの時点から早くも切断されているのである。（ジュネット　三九一）

「因果話」（"Ingwa-Banashi"）は一八九九年出版の『霊の日本』（*In Ghostly Japan*）に収録された短い作品である。その原話は松林伯圓による『百物語』「第十四席」と考えられる。ハーンは再話に際して、非常に長い原話を大幅に切断し、身体表現を際立たせている。

以下、話の流れを追う。（傍線は論者による）

花も盛の春の日に、ある大名の奥方は死の床に臥している。夫は彼女に煩悩世界に彷徨うことなく成仏するようにと、極くありきたりの言葉をかけるが、彼女には最後の望みがあった。そこで、側室のユキコが傍に呼び寄せられる。奥方は夫と言葉を交わしていたときには閉じたままであった眼を開け、ユキコに「私が逝ってしまった後、あなたに私のかわりをしてほしい」（三四六―四七）と、語りかける。さらに、

「死ぬ前に是非ともあの八重桜を見ねばなりませぬ。さあ、私を背負って庭に連れて行ってお

くれ……ユキコ、今すぐに……桜が見られるように……そう、ユキコ、お前の背中に……私をお前の背中におぶっておくれ」（三四七―四八）

と、奥方は先ほどまでの弱々しさとはうって変わった激しさで訴えるのであった。そして、背中を向けたユキコの肩にしがみつくやいなや、

奥方はすばやくやせ細った手を、掴んでいた肩から着物の中へと滑り込ませ、娘の乳房をぐっと掴み、（三四八）

不気味な笑い声をあげ、「望みの桜を手に入れた」（三四八）と叫ぶと、「娘の上に倒れこみ、こときれる。」（三四九）さらにおぞましいことに、

その冷たい両手がどうしたことか、その娘の胸にくっついてしまった。まるで、生身の肉体の一部となったかのように。（三四九）

その手を無理やり引き離すことは不可能であった。というのも、

指が乳房をしっかりと掴んでいるのではなく、掌の肉が胸の肉と、何とも説明しがたい状態で、ひとつになってしまっているからである。（三四九）

ついに「その両手は手首から切断」（三四九―五〇）される。しかし、その両手は干からびながらも、胸を掴んだままであった。「その両手は死んでいなかったのだ。」（三五〇）丑三つ時になると必ず、「その両手はユキコの乳房をぎゅっと掴んでは、締め付け、彼女を苦しめた。」（三五〇）その後、ユキコは托鉢の尼になり、奥方の位牌を肌身離さず携えて諸国を経巡る。しかし、十九の歳から十七年経ってもユキコへの苛みはやむことなく、変わらず続いているのであった。

ハーンの「因果話」は原話と比べて身体部位が強調されている。それは位相を異にする二点において見受けられる。まず、構成上の工夫として、ハーンは長い原話の枝葉末節を切断している。その結果「因果話」は奥方とユキコの身体が原話とは格段の明確さで話の焦点として浮かび上がっている。また、先の引用の傍点で示したように、「因果話」には身体部位を表す言葉が多用されており、修辞面でも強調がなされている。

A 手＝奥方

「因果話」には身体部位が遍在している。その中で、まず、奥方の眼に着目したい。それは単なる、視覚刺激の受容器官ではない。ほとんど発話器官である。奥方が夫、あるいは、ユキコに言葉を発する時、奥方の眼は何よりも雄弁だ。

①そして、眼を閉じたまま、奥方は虫のようにか細い声で夫に答えた。（三四六）

②大名の奥方は眼を開け、ユキコを見、そして、話した。（三四六）

③そして、彼女は突然、どっと涙をこぼした。（三四八）

奥方はまず、夫の言葉に答え、次に、ユキコに思いを伝え、そして、「たてまえを言っている場合ではありませぬ」（三四七）と、再度ユキコに向かって言葉を発している。発話の度に奥方の言葉は、表面的な夫の言葉に呼応するかのような表層的な言葉から、たてまえではない、より発話者の内面を表す言葉へと変化している。また、奥方の眼は閉じたままから、見開かれ、ついには、彼女の内面に秘められていた思いが表層へと吹き上げていることを示すかのように、涙をこぼしさえする。①と③

は原話では語られていない。ハーンはそれらを加えることによって、表層的な言葉から内面を吐露する言葉への移行、つまり、言葉による内面の表面化が、身体器官においてもそれに連動するかのように、内部から表へという同様の軌跡を描いている様をより明確に示している。

内面の表面化、言い換えれば、心の奥底に抑圧されていた欲動が表面に噴出すること、それが怪談の生まれる契機のひとつである。そして、奥方の精神的執着が肉体的な執着によって、つまり、手が乳房にくっつくという眼に見える形で表されている「因果話」は、不可視が可視化する様を精神と肉体のラディカルな共鳴によって表現した作品なのだ。

動詞〈cling〉は精神的にも肉体的にも物理的にも使われうる言葉である。[13] ハーンはこの言葉を効果的に使って、奥方の妄執を表現している。以下、「因果話」に使われた〈cling〉を挙げてみる。（主語を表す囲み強調、太字強調、［ ］内の語句は、論者による。）

① As a nurse turns her back to a child, that the child may **cling** to it, Yukiko offered her shoulders to the wife,（348）

② … the dying woman, lifting herself with an almost superhuman effort by **clinging** to Yukiko's shoulders.（348）

③ … [they [the hands of the dead woman]] so **clung** that any effort to remove them brought blood.（349）

④ …; and the hands were amputated at the wrists. But [they [the hands]] remained **clinging** to the breasts;（349-50）

〈cling〉を、主語が生物である①と②は「しがみつく」、無生物が主語である③と④は「くっつく」と日本語訳できよう。しかし、ここで着目したいことは、主語が生物であるか否かに関わらず、同じ動詞＜cling＞を繰り返し使用することにより、主語同士の対比が明確に示されていることである。また、話の流れを確認すれば、②と③の間で奥方は亡くなり、③と④の間で彼女の手は手首から切断される。つまり、③の段階では、ユキコの胸に＜cling＞していたものは、言い換えれば、＜cling＞の主語は、奥方の身体全体である（例えその時すでにこときれていたとしても）。しかし、身体の一部分でしかないはずの奥方の手が、奥方の身体全体をさしおいて＜cling＞の主語になっている。奥方の手は実際に切断される以前に、言葉によって断片化しているだ。手はもはや奥方の身体の部分ではなく、奥方（という全体）に匹敵しうる、自律した断片として存在している。手は奥方なのだ。

B　ユキコ＝奥方

牧野陽子は「むじな」（"Mujina"）との関連から「因果話」で使用された背中のメタファーに着目し、「背後から回された手がそのまま残っているということは、死骸を背負い続けていることに等しい」（一一三）と指摘している。確かに、その後のユキコの生は奥方によって狂わされるのであるから、その点において、ユキコは奥方を背負い続けていると言えよう。ユキコの背中におぶさった状態でこときれる奥方の身体は、ユキコの身体を覆い、包み込んでいる。(14) この重なった二人の身体は、予定調和的読みであることを充分意識した上で言えば、奥方が「死ぬ前に是非とも見ねばなりませぬ」（三四七）と拘り、そして、ハーンが英語圏の読者に脚注で、"Japanese cherry-tree that bears double-blossoms"（346）と、説明を加えている、重なった二つの花弁をもつ桜の木、すなわち、八重桜のように見えるではないか。（引用部の囲み強調は論者による）

自ら翻訳したゴーチエの中篇作品「クラリモンド」を、ハーンは東大の講義で「二重人格の話」と紹介している。それは主人公のロミュアルドが、昼は厳格な聖職者、夜は享楽的な貴族の若者、という二重生活をするからである。聖職者から貴族への人格変異は、クラリモンドから渡される被服で、ロミュアルドの身が覆われることを契機として起きている。被服は皮膚なのだ。その点でロミュアルドは、確かに、二重の人格（＝皮膚＝被服）を持つ者である。(15)

また、「因果話」と同じく『霊の日本』に収録されている「振袖」(”Furisodé”)も「クラリモンド」と同様な皮膚＝被服の図式が見られる作品である。話は、見目麗しい若者を一瞬見かけただけで魅せられた娘が恋の成就を祈願して振袖を作るが、望みはかなわず、ついには焦がれ死ぬことから始まる。娘の死後、事情を知らずにその振袖を身に纏った娘達は、悉く、次々と、振袖の最初の持主と同じ宿命――その若者の幻影に恋煩いをし、挙句に焦がれ死ぬ――を負っていく。彼女達はたった一度だけその振袖でその身を覆っただけである。それなのに、それだけで、彼女達は見も知らぬ娘の思いをその身に引き受けさせられ、さらに、自分自身の生は霧散し、その娘として死んでしまう。つまり、被服に覆われることが他者になる装置として機能している。この点において、「クラリモンド」と「振袖」は同族である。

そして、「因果話」も「クラリモンド」や「振袖」と同じく、他者を覆うことによって、他者の内面に影響を及ぼすものが語られている。「因果話」において、それは奥方の身体である。「その冷たい両手がどうしたことか、その娘の胸にくっついてしまった。まるで、生身の肉体の一部となったように」や、「指が乳房をしっかりと掴んでいるのではなく、掌の肉が胸の肉と、何とも説明しがたい状態で、ひとつになってしまっている」と、繰り返し語られる、奥方に覆われてしまったユキコの身体と、奥方の身体との接合・癒着。それはとりもなおさず、一つのことを指し示している。ユキコにとって、奥方の身体は第二の皮膚、もう一人の自分となってしまった、ということを。

C（ユキコ＝奥方）＆（ユキコ VS 奥方）

ジェラール・ジュネットは切断 amputation を切除 excision と対比して、「一度限りの全面的な切除」（三九〇）と定義している。しかしながら、この定義は「因果話」の場合には当てはまらない。

… and the hands were amputated at the wrists. But they remained clinging to the breasts
（その両手は手首から切断された。しかし、その手はその乳房にくっついたままであった。）
（三四九―五〇）

切断することは断じて、奥方の身体をユキコの身体から切除することではない。奥方という第二の皮膚に覆われたユキコにとって切断とは、奥方という断片（＝手）をユキコ（の乳房）に接合することを意味している。むしろ切除されたものは、ユキコの身体の部分、乳房であった。というのも、その後、ユキコはユキコとしての人生を捨て、つまり、愛妾であることを捨て、奥方と共に生きるのであるから。つまり、ユキコにとって、切断は実質的な切断を意味するのではなく、奥方の身体を身に受けとめるための、その身に瑕疵を帯びるための、一種の儀式のような身振りでしかなかったのだ。切断という通過儀礼を経験したユキコの身体は、ただ奥方に覆われていた時より格段に、そして、確実に、ユキコであると同時に奥方でもあるものへとなってしまったのである。

一方、ユキコの乳房に癒着している手は、先に確認したように、奥方という「断片」である。それは決して、「全体」に帰属することを夢みる「部分」ではない。まして、切断によって、もはやその全体は失われてしまっているのだ。また、肌の癒着は断片性の解消を意味してもいない。それは十六年の間、蠢くことによって、ユキコにそれが非自己であること、自己の身体に癒着していても決して同化することのない、自律した断片であることを、ユキコに知らしめ続けているのであるから。

ユキコの身体とは一体何なのであろうか。奥方である「断片」は、ユキコの「部分」である。同時に、「断片」である以上、ユキコという「全体」の中に解消することもない。ユキコは奥方であって（奥方はユキコであって）、ユキコは奥方でない（奥方はユキコでない）。断片の切断と接合が不断に生起するカオス、それがユキコの身体というコスモスである。

三、断片化する「身体・文字・言説」

身体部位が遍在するハーンの文学世界の中で最も頻繁に登場し、かつ、特異な身体部位は、顔である。少年時代を回想した「私の守護天使」（“My Guardian Angel”）には、顔のない顔が語られ、アメリカ時代には、当時もてはやされた、顔から人間の内面を読み取ろうとする観相学（人相学）

についての新聞記事「顔の研究」（"Face Studies"）が発表されている。[16] そして、一八九〇年に来日し、横浜や鎌倉の街を精力的に歩き回った時の印象をまとめた『知られぬ日本の面影』（*Glimpses of Unfamiliar Japan* 1894）には、日本人の顔、仏の顔、神の顔、地蔵の顔、閻魔の顔など、夥しい種類の顔が語られている。この作品集に収録された顔に纏わる様々な作品の中で、ひときわ異彩を放っているのが、巻頭作品「東洋の土を踏んだ日」（"My First Day in the Orient"）である。

俥の上から見下ろすと、眼の届くかぎり、幟がはためき、濃紺の暖簾が揺れ、どれにも、ひらがな・カタカナ・漢字が書いてあるので、美しい神秘の感を与えるが、奇妙にごたごたした愉しい混沌というのが、何といっても偽らぬ最初の印象である。（中略）日本語の文字が日本人の頭脳に作り出す印象と、生気のない単調な音声記号、アルファベットが西洋人の頭脳に生み出す印象とは、格段の違いがある。日本人の頭脳にとって、日本の文字は生命感にあふれる一幅の絵である。（中略）日本の街はいたるところにこうした生きた文字を充満させている。――その様々な文字の形が、街を行く人々の眼に呼びかけ、文字が人間の顔のようににっこりと笑いかけたり、しかめっ面をしたりする。（五―七）

ハーンは日本の街を彷徨しながら、その雑多さを「奇妙にごたごたした愉しい混沌」と表し、その猥雑さを味わっている。そのハーンによる日本語の文字とアルファベットの対比を、ただ単純に表意と表音との対比であると了解してはいけない。留意すべきは日本語の文字とアルファベットの対比が「絵」と「音声記号」との対比ではなく、「絵」と「単調な音声記号」との対比だという点である。ハーンにとって日本の街に充満した日本語の文字が絵であるのは、単に表意文字であるからではなく、ひらがな、カタカナ、漢字が混在する猥雑さ、つまり、「奇妙にごたごたした愉しい混沌」という単調さと相反する絵的妙味が日本の文字に感じられるからである。ハーンが日本の文字を好ましく感じているのは、三種類の文字が入り乱れる、その雑多さ故であるのだ。そして、ハーンにとってアルファベットが「単調」で「生気がない」とみなされているのは、文字が一種類であるがために、そこに異種混交の妙がないからである。

また、顔が犇くハーンの文学世界の中においてこの作品が特に重要なのは、そこには街に充満する三種類の日本の文字が、街に行き交う人々の顔として描かれているからである。ハーンが「顔の研究」の中で取り上げた観相学は、顔を文字として読み取る体系であったが、「東洋の土を踏んだ日」の中で日本の街を彷徨するハーンの眼差しの先には、顔のような文字が蠢いており、文字が観相学的に語られているのだ。

ところで、熊本時代のハーンとチェンバレンは、頻繁に手紙をやり取りしながら、文学や哲学についての意見を交換していた。いわゆる外国語混入論争も、そのような文学談義のひとつである。それは、ローマ字表記の日本語を、英語テクストの中に混入させたハーンのテクストに対して、チェンバレンが異議を唱えたことに端を発する。チェンバレンは英語テクスト内に散見するローマ字表記の日本語を「苺の皿のど真ん中に注がれた一口分のコンソメ」（三八）と評している。チェンバレンにとって、ローマ字表記の日本語は大多数の英語圏読者には了解不能であるのみならず、その正確な音すら伝えない故に、英語テクストという全体から乖離し、その調和を乱す断片《ノイズ》であった。つまり、不明瞭な異物はテクストという体内から排出すべきだ、というのがチェンバレンの主張である。それに対しハーンは、一八九三年六月五日付けの手紙の中で、以下のように反論している。

おっしゃるとおり、gwaikokujin は姿の醜い文字です。（中略）しかし、文字の醜さというものを認めるならば、あなたは文字の観相学的な美しさもまた認めねばなりません。（中略）私にとって文字は、色彩、姿、品性を持っているのです。文字には顔があり、立ち居振舞いがあり、態度や身振りがあるのです。（中略）その文字が了解不能であるからといって、そうしたことはどうということもないのです。異国人に言葉が通じようと通じまいと、彼の外見から——彼の服装——彼の風貌——彼のその風変わりな様子から、時には人は感銘を受けざるを得ないのです。（中略）彼が我々にとって興味津々なのは、彼が我々にとってまさしく了解不能であるが故なのです。（中略）私は文字に色彩を見、花咲き乱れる音節の芳香を嗅ぎ、妖精の国の精妙な電気に

感電しうる能力をもった最愛の友人のために書くのです。(傍線は引用者による)

ハーンの反論は「文字の観相学的な美しさ」、言い換えれば、文字の自律性に立脚している。テクスト内の文字は、意味あるいは音を伝えるための透明な存在ではなく、それ自体が、読者の五感に刺激を与えうるものであり、その文字がテクスト内において異質《ノイズ》であればあるほど、その刺激の威力は増大する。つまり、テクスト内の文字が、断片化することによって、読者は五感を激しく惑乱させられると、ハーンは主張しているのである。

また、この論争でハーンの言及している文字が、アルファベットであることは、非常に重要である。「東洋の土を踏んだ日」時点のハーンにとって、アルファベットは生気に乏しい、魅力に欠けるものでしかなかった。しかし、チェンバレンとの論争を通じて、ハーンは観相学的な美しさを、日本の三種の文字同様に、アルファベットにおいても感知している。たとえ、アルファベットには一種類の文字しかなくとも、アルファベットで構成されたそのテクスト内のアルファベットに、読者の感覚を揺さぶる異質なものがまぎれこんでいれば、日本の街に充満していた雑多な三種類の文字がハーンに与えたような衝撃を読者に与えうる。そのことに、ハーンは思い至っているのだ。それ故、ローマ字表記の日本語はチェンバレンの不興をかったが、その後もハーンの作品の中からなくなることはなく、むしろ、頻繁に登場する。ローマ字表記の日本語が散見するハーンの英語テクストは、全体の一部でありながら、同時に、全体に取り込まれることなく、その断片性を際立たせるノイズ、つまり、断片化した文字を内包するグロテスクなテクストなのだ。それはまさに、奥方の断片化した身体を内包したユキコの身体である。

外国語混入論争中の一八九三年の六月に、ハーンはチェンバレンに宛てて、「あなたは〈合成写真〉というのを聞いたことがありますね。そしてその価値もご存知でしょう。(17)ここにお見せするのは合成作文です」と、前置きし、数人の学生の英作文を接合したギリシア神話を書き送っている。(18)さらに、一八九五年二月には、同じくチェンバレンに手紙で以下のように述べている。

おそらくどんな本も完全に一つの主調音で書かれたのでは、多くの主調音をもって書かれた書物ほどには読者に十分な喜びをもたらさない。(中略)芸術としての仕事は、単に「配合」なのです。

ところで、寄席話である「因果話」の原話『百物語』第十四席では、語り手はまず自分の立場、つまり、ユキコから話を語り継いだ者であることを明らかにし、聴衆にむけて語り始めている。(19)一方、「因果話」では、言表主体は当初透明化した存在として登場する。ところが、「因果話」の最終部分に挿入されたダッシュを起点として、その透明な存在は突然表面化する。

十七年もの間、その二つの手がユキコを痛めつけないことは一度としてなかった――この話はユキコが語った身の上話を、最後に聞いた人々が語ったところによる。[20]（三五〇―五一）

読者はテクストに走るこの亀裂《ダッシュ》を眼にした直後、その透明な言表主体が取材者であることを突如知らされる。読者はさらに、「因果話」が数人の語り手の語った言説の集成であることにも不意を衝かれる。「因果話」は、実は、多数者の言説の断片が稠密した場であったのだ。そして、ダッシュ以降のテクストは、ダッシュ以前のテクストとは異なるルポルタージュのように、その取材者が報告する時や場所などの事実が列挙され、「因果話」は完結する。つまり、このダッシュを境にして、「因果話」は二種のテクストが接合しているのだ。[21]言い換えれば、「因果話」は自律した断片（ダッシュ以降のテクスト）を内包した全体である。「因果話」とは、まるで、奥方の手をその乳房に癒着させたユキコの身体のようではないか。

先に引用した、ハーンがチェンバレンに宛てた手紙の中で書いている「芸術としての仕事は、単に＜配合＞なのです」とは、言語芸術における、断片化した言説とその接合の問題に関する命題であった。「因果話」はこの問題に対する彼の実践であったといえよう。ハーンの文学世界において、断片化した身体とは、外国語混入論争において確認したように、断片化した文字であり、また、断片化した言説でもあるのだ。

　断片と全体、あるいは、切断と接合の問題は、ハーンの文学世界を探るうえで、実に重要な鍵である。であるが、と同時に、この問題は、ハーンと同時代の多くの芸術家たちも同様に惹きつけられた問題でもあった。例えば、一八八〇年ごろから制作され晩年まで作り続けられた《地獄の門》(La Porte de l'Enfer)を制作したロダン。《地獄の門》は人体の断片であり、と同時に、幾つかの彫刻作品が寄せ集まった一つの全体でもある。また、一九〇二年にそのロダンの仕事を目の当たりにしたリルケは「多くの物から一つの物をつくり、一つの物のもっとも小さな部分から一つの世界をつくるのが、芸術家の任務である」と、呟いている。

　そして、浮世絵に魅せられたゴッホ。彼

図3

は一八八七年に、《花咲く梅の木》（広重を模して）《Japonaiserie : Prunier en Fleurs (d'après Hiroshige)》（図3）、《雨中の橋》（広重を模して）《Japonaiserie : Pont sous la Pluie (d'après Hiroshige)》、《花魁》（英泉を模して）《Japonaiserie : Courtisane (d'après Eisen)》などの浮世絵の模写を立て続けにパリで制作している。これらの絵には、彼が他作品から引用してきた漢字や絵が、絵の枠組みとして描かれている。枠に描かれた文字群や絵は、枠内の絵の文脈に回収されない自律した断片である。しかし、それは同時に、絵の枠組みである以上、絵全体と全く乖離して存在することもできない。これらの絵や魅力的なうねりをもつ文字は、異国の表象に「観相学的な美しさ」を見出した者の喜びが、直截に表現されており、この浮世絵模写を描いたゴッホと「東洋の土を踏んだ日」の筆者ハーンの近似性を顕著に表している。

多くのアッサンブラージュやトルソーを制作したロダン、そのロダンの仕事を見ていたリルケ、うねる文字を主画面に接合したゴッホ、そして、ハーン。彼らのそれぞれが芸術に関して立っていた地点は、そう隔たってはいない。ある文脈を切断し、その断片の自律性に着目すること。そして、その幾つかの断片を接合・配合すること。芸術活動とはこの二つの営為の交歓であることに意識的であった二十世紀の芸術家のひとり、それがラフカディオ・ハーンなのである。

（付記）本論は「断片化する身体――「因果話」試論」（『人文学研究』第四輯　福岡女学院大学二〇〇一年）と日本比較文学会九州支部秋季大会（二〇〇二年）において行なった口頭発表「ラフカディオ・ハーンと文学」の発表原稿をもとに大幅に加筆・改稿したものである。

注

（1）美術史家のA・ド・レイリスは、マネのこの絵の構図はエル・グレコの《オルガス伯の埋葬》の影響下にあると考えている。（『一八七四年――パリ［第一回印象派展］とその時代』一九九四年九月二〇日――十一月二七日　国立西洋美術館）構図においては、確かに、この二つの絵は似ている。しかし、マネの絵における、黒を背景として浮かび上がる頭部、断ち切られた脚は、エル・グレコの絵には見られない特徴である。

（2）*Lafcadio Hearn: A Bibliography of His Writings* にはハーンがアイテム紙に掲載したイラスト数点の掲載期日を記しているが、この《夢に見たバレー》に関しては記述がない。そのため、正確な掲載日は不明ではあるが、ハーンがニューオリンズ・アイテム紙に寄稿していた時期は一八七八年六月十六日から一八八一年十一月一日までである。また、書簡の中において、ハーンはマネに関してはほとんど何も語っていないので、ハーンがマネの《オペラ座における仮面舞踏会》を目にしたことがあるかないかについては不明である。

（3）生首、切断された首は、十九世紀（特に、世紀末）文芸において頻出する。例えば、ジェリコーはギロチンによって切断された直後の犯罪者の首を描いた。あるいは、サロメによって寸断されたヨハネの首は、モロー、ワイルド、ユイスマンス、クリムト等々によって、描かれている。また、オルフェウスの首もルドンなどによって作品化されている。しかし、いずれの首も、横たえられているか、あるいは、そそり立てられているものであったり、闇の中に浮かび上がるものであって、それほど、または、殆ど、運動性を感じさせない、いわば、石化したものである。しかし、ハーンの「ろくろ首」における生首は、空を自由に飛び交う、優れた運動性を持っている点が、当時の文芸思潮の中でも特異である。ところで、漫画家、山岸良子の作品に生首に羽を持つチョンチョンという妖精（妖怪?）が登場する『妖精王』という作品がある。この作品は、ハーンも少なからず関心を抱いていた、ケルト神話、北欧神話、アイヌ伝説、古事記等々を自由な発想で組み合わせたものである。ろくろ首の運動性がどこに端を発しているものなのかは、今後明らかにしていきたい。

（4）ロダンはマネやドガとは別の位相から、断片化した身体を制作していった芸術家である。ギリシア時代のトルソーを研究した彼は、断片化した身体を自立した作品として、一八八〇年代から制作していった。そして彼はその断片化した身体であるトルソーを接合した、アッサンブラージュも制作している。ちなみに、一八九四年一月二二日、チェンバレン宛ての書簡において、ハーンは日本の美術に関連して、ギリシアのトルソーを採り上げ、ギリシア人の人体に対する関心について語っている。

（5）ハーンは「目、耳、鼻、舌に集中」しているロチの文章を東京大学での講義においてとりあげている。

（6）夏目漱石や芥川龍之介の蔵書には、ハーンが翻訳したこの *One of Cleopatra's Nights and Other Fantastic Romances* が残っている。夏目漱石はこの翻訳集を通じてゴーチエに親しみ、それに多くの書き込みや下線を施している。夏目漱石の『こころ』とゴーチエの"Clarimonde"との関係については、拙文「夏目漱石『こころ』研究――「内部において、また皮膚において」――」（『人文学研究』福岡女学院大学人文学研究所紀要　創刊第一輯一九九八年三月三一日）を参照されたい。

（7）一八七八年六月十六日と二三日付のアイテム紙に掲載。

（8）一八八二年九月二四日付けのタイムズ・デモクラット紙掲載記事である。

（9）レオ・ベルサーニは『ボードレールとフロイト』（山縣直子訳　一九八四年四月四日　法政大学出版局）で、ボードレールの「宝石」のなかに、女の身体の各部――腕、脚、腿、腰、腹、乳房――をくまなく見つめ描写する欲情した男の眼差しを指摘している。ロミュアルドの執拗な眼差しも同様のものであるといえよう。

（10）引用部分の原文は以下の通りである。
et cependant **mon coeur** accomplissait machinalement les formalités de la cérémonie.（太字強調は引用者による）

（11）引用部分の原文は以下の通りである。
and yet **my tongue** mechanically fulfilled all the formalities of the ceremony.（太字強調は引用者による）

（12）「クラリモンド」の他の部分についての、ゴーチエのフランス語原文とハーンの翻訳との比較は、拙論「断片化する身体――「因果話」試論――」を参照されたい。（福岡女学院大学　人文学研究所紀要『人文学研究』第四輯　二〇〇一年三月）

（13）例えば、
<She still **clings** to the belief that her son is alive.>
（彼女はまだ、息子が生きているという思いにすがりついている）
<The little child **clings** to his mother.>
（その子供は母親にしがみついている）
<His wet shirt **clung** to his body.>
（濡れた彼のシャツは彼の身体にはりついていた）

（14）原文では以下のように表されている。
And with these words she fell forward upon the crouching girl, and died.

（15）この点については、拙論「夏目漱石『こころ』研究――「内部において、また皮膚において」――」（『人文学研究』福岡女学院大学人文学研究所紀要　創刊第一輯　一九九八年三月）を参照されたい。

（16）ハーンの顔に対する嗜癖と時代背景との関係は拙論「「奇妙にごたごたした愉しい混沌」論――ラフカディオ・ハーンにおける文字の観相学的考察――」（『ラフカディオ・ハーン　近代化と異文化理解の諸相』西川盛雄（編）九州大学出版会　二〇〇五年七月）を参照されたい。

（17）ハーンは後に、一八九八年に出版された Exotics and Retrospectives 所収の「第一印象」（“First Impression”）の中で、合成写真の価値についてまとめている。

（18）確かな日付は残ってはいないが、*The Writings of Lafcadio Hearn. vol. xv* の中では、日本語混入問題の最中である一八九三年六月五日の書簡と同年同月十日の間に収められている。

（19）「小生の話は何か昔の草双紙めくとお笑ひも有りませうが是れは全くの事実にていさゝかも小生が見て来たやうな虚では有りません」（小泉八雲『怪談・奇談』講談社　一九九〇年）

（20）引用部の原文は次のとおりである。

the hands never failed to torture her, during more than seventeen years, ----according to the testimony of those persons to whom she last told her story

（21）例えば、「停車場にて」（“At a Railway Station”）にも、同じような現象が認められる。

引用参考文献

原文の日本語訳にあたっては翻訳を参照したが、文意により変更を加えた箇所もある。

Gautier, Théophile. “La Morte Amoureuse.” *Contes et Récits Fantastiques*. Paris: Larousse.1993.

Hearn, Lafcadio. “Giglampz.” “Face Studies.” *An American Miscellany*. New York: Dodd, Mead and Company, 1924.

———— . “To the Reader.” “Clarimonde.” *One of Cleopatra’s Nights and Other Fantastic Romances*. New York: R.Worthington, 1882.

———— . “Life and Letters of Lafcadio Hearn including The Japanese Letters.” ed. Elizabeth Bisland. *The Writings of Lafcadio Hearn*. vol. xv. Boston and New York: Houghton Mifflin Company, 1923.

———— . “Addenda.” *Tales From Gautier*. London: Eveleigh Nash & Grayson, 1927.

———— . “Ingwa-Banashi” “Furisodé” *In Ghostly Japan*. Boston and New York: Houghton Mifflin Company, 1923.

――――. "The Value of the Supernatural in Fiction." *On Art, Literature and Philosophy*. Tokyo: The Hokuseido Press, 1941.
――――. "My Guardian Angel " *The Writings of Lafcadio Hearn*. vol. xiii. Boston and New York: Houghton Mifflin Company, 1923.
――――. "My First Day in the Orient." *Glimpses of Unfamiliar Japan*. Boston and New York: Houghton Mifflin Company, 1923.
Tinker, E. L. *Lafcadio Hearn's American Days*. New York: Dodd, Mead and Company. 1925.
Perkins, P. D. and Ione. *Lafcadio Hearn: A Bibliography of His Writings*. Boston: Houghton Mifflin Company. 1934.

小泉八雲『怪談・奇談』平川祐弘編　講談社　一九九〇年
――――『神々の国の首都』平川祐弘編　講談社　一九九〇年
――――『ラフカディオ・ハーン著作集　第十五巻　書簡Ⅱ・Ⅲ／拾遺／年譜』監修西脇順三郎・森亮　恒文社　一九八八年
ジェラール・ジュネット『パランプセスト』和泉涼一訳　水声社　一九九五年
高山宏「〈神の書跡〉としての顔」『メデューサの知　アリス狩り＊＊＊』青土社　一九八七年
富島美子『女がうつる―ヒステリー仕掛けの文学論』勁草書房　一九九三年
西成彦『ラフカディオ・ハーンの耳』岩波書店　一九九三年
牧野陽子「輪廻の夢――『むじな』と『因果話』分析の試み」『比較文学研究』第四十七号　一九八五年
港千尋『群集論　20世紀ピクチャー・セオリー』リブロポート　一九九一年
ベンチョン・ユー『神々の猿　ラフカディオ・ハーンの芸術と思想』池田雅之監訳　恒文社　一九九二年

ドアを開け放つ女たち
——スーザン・グラスペルの「女仲間の陪審」をめぐって——

池田　志郎

はじめに

ヨーロッパの白人の男たちにとっての「アメリカ」は、現在の辛い人生のリセットが可能な理想郷のはずであった。「新大陸」に渡ることによって、実際に全く新しい人生を始めることができたからである。それは想像していたよりも辛いものではあったが、いつかは願いが叶うものと信じられていた。建国期の混乱の時代や内戦の時期を経て、実際に成功する者も現われ、いつかは自分の番が来るものと誰もが信じていた。しかし、成功する者はほんの一握りであり、大抵の場合、相変わらずの苦しい生活が続く。以前のような宗教的情熱も冷めるに従い、もっと現実的な生活の問題に目を向けざるを得なくなり、成功できない現実の自分と直面しなければならなくなる。

「アメリカの夢」は男たちの成功に関して言われることが多い。男が家庭を支えるという旧来の伝統的役割分担の中で、生活の糧を得るのは男たちだったからだ。その「夢」が叶えば「勝ち組」であり、それが「悪夢」に終わったときは「負け犬」の烙印を押される。それは経済的側面からのみ判断されることがほとんどで、経済的に豊かになったものが「夢を掴んだ」と判断された。したがって、ビジネス活動が活発な都市部に成功者が多く、農村部では大規模農場経営をしない限りは、成功することはほとんど考えられなかった。

では、その農村部の「負け犬」の男たちと共に生活をしなければならなかった女たちはどのように生きて来たのであろうか。スーザン・グラスペル（Susan Glaspell, 1876–1948）の短編「女仲間の陪審」（“A Jury of Her Peers” 1917）を、「ドア」をキーワードとして考察してみたい。この作品中では数数のドアが登場し、重要な役割を果している。山口惠里子が『椅子と身体』の中で古代ギリシアの例を挙げて説明しているように、「女たちが屋内にとどまっているのか、あるいは屋外に出ようとするのかが、箱の蓋と家の扉の開閉によってイコロジカルに表され」（山口　一九）ていると考えられるのである。

作品の背景

もともとこの「女仲間の陪審」という短編は、その前年一九一六年に初演されたグラスペル自身の戯曲『ささいなこと』（*Trifles*）を小説の形に書き直したものであり、これは実際に一九〇〇年一二月二日にアイオワ州で起きた、いわゆる「ホサック殺人事件」を下敷きにしたものである。この事件は、結婚後三三年になる妻が六〇歳の夫を斧で切り殺したとされるもので、最初の裁判では終身刑の判決になったが、州の最高裁判所で再審理となった。ところが、今度の陪審は結論を出せず、これ以上の審理は税金の無駄使いになるということで、真相は明らかにされないまま、被告は一九〇三年四月に釈放されている。当時グラスペルは地元紙の記者として働いており、この事件に関する記事を一九〇一年四月まで二六本書いたと言われている（ベン - ツヴィ　二三二―三九）。アメリカの陪審員制度は一般国民の視点から事件を判断するものとして、アメリカ建国以来の伝統を持つものであるが、その「一般国民」には女たちは含まれていなかった。女たちが陪審員になれるようになったのは、数数の女たちの闘いを経た後、第一次世界大戦後の一九二〇年になってからである（フォード参照）。なお、エレイン・ショウォールターは、一八九二年に起きたセンセーショナルな殺人事件「リジー・ボーデン事件」に言及しているとしている（ショウォールター　一九二注一、またジョーンズ　第四章参照が、「ホサック殺人事件」のほうがグラスペルにとってはより直接的なものであっただろう。

したがって、「女仲間の陪審」という小説のタイトルは大きな意味を持つ。もし、陪審に女たちが関わることができていたら、女たちが被告とされた裁判も判決が大きく変わっていた可能性が高いのである。

「丘の下の家」

この短編はある三月の北風の吹く寒い早朝、大柄の農婦マーサ・ヘイルが雨戸（ストーム・ドア）を開けて、出かけようとしている場面で始まる。

マーサ・ヘイルが雨戸を開けると北風が吹き付けたので、自分の大きなウールのスカーフを走って取りに戻った。急いでそれを頭に巻き付けると、台所をあきれた様に見回した。彼女を呼び出したのは尋常なことではなかった――恐らく、ディクソン郡でこれまでに起こったどんなことよりも尋常ではなかった。しかし、彼女の目が捉えたものは、台所は出かけられる状態なんかにはないということだった。パンは粉を混ぜるだけになのに――小麦粉の半分は篩にかけ、半分はまだ。（七〇）

舞台となる場所は、郡検事がネブラスカ州の大都市オマハから帰って来るという記述があることから、現実の事件と同じようにアイオワ州だと考えられる。少なくとも、中西部の典型的な貧しい農村地帯である。マーサは異常な事件のために呼び出しを受けた。それは妻による夫の殺害というものであった。妻が夫を殺す、しかも、斧で頭を割るという残忍な事件が起こったのである。現場検証をすると同時に、容疑者であるライト夫人（ミニー・フォスター）の身の回りの品も取りに行こうとしている保安官たちが、マーサを呼び出したのだ。しかし、それ程異常なことのために出かけるにもかかわらず、彼女の関心は台所にあり、日常の生活が乱されることへの不満へと向けられている。「中途半端になっているのを見るのは大嫌いだった」（七〇）にもかかわらず、そのままにして出かけて行かなければならない状況にある。ここで、殺人事件と日常の些細な出来事を対比させてあるのは、どちらともに重要である、同じだけの意味がある、ということである。つまり、日常の出来事がこの異常な殺人事件と関連していることがここで暗示されている。

外で待っているのは夫のルイス・ヘイル、保安官のヘンリー・ピーターズ、若い郡検事のジョージ・ヘンダーソン、それと保安官の妻のピーターズ夫人である。マーサがピーターズ夫人に会ったのは前年の郡品評会の時で、保安官の妻らしくない人で、「小さくて、痩せていて、か細い声をしていた」（七〇）ことを覚えていた。彼女には法律を笠に着ているような所がなかったのである。保安官がヘイル夫人が来ることになった理由を説明するときに、「うちの女房が恐くなって、もうひとり女の人に一緒に来てもらいたいからだろうと、ニヤッと笑って言った」（七〇）。この部分から分かるように、この保安官の意識の中では「女＝恐がり＝弱い者」という図式が成り立っている。保安官は正に保安官らしい格好の男で、「大きな声をした体格の良い男で、まるで犯罪人と非犯罪人の違いを自分は知っているということを明白にさせるためであるかのように、特に法を守ることにおいては天才的で、どこから見ても完全に保安官に選ばれるような男」（七〇）である。法を行使する者としての保安官は絶対的な権力者であるので、体格が良く大きな声の持ち主であるという設定になっている。

ところが、これはマーサにとっては好ましいこととは受け取られていない。「あの人たちみんなと一緒にいると愛想が良くてにぎやかなこの人が、保安官としてこれからライト家に向かうのか」（七〇）という思いが彼女の心に「痛みとともに」（七〇）浮かんできた。マーサがこの保安官を良く思っていない理由は、彼が余りにも法を体現しているからであり、全てのことに単純に法を当てはめてしまうからであろう。恐らく、ライト家での犯罪に対しても、容赦なく法律を適用させてしまうだろうと思われる。また、「あの人たち」とは一緒に行く他の男たちだけではなく、この地域一帯の他の男たちも含めたものであり、法律の側に立つ男たちのことである。

なお、この作品に登場する女たちには、マーサ（ヘイル夫人）とピーターズ夫人の他に、もうひとり、実際には登場しないが、この殺人事件の中心人物であるミニー・フォスター（ライト夫人）がいる。このミニーは夫殺人の容疑で身柄を拘束されているが、この作品では不在による存在を主張している。男たちには理解できない女たちの言い分を代表する形で、自分の言い分を他の女たちに知らせていく役割を担っているのである。マーサが「心の痛みとともに」保安官のことを好ましくないと考えるのは、後述するように、ミニーに対する自分の責任を感じているからでもある。

さて、マーサが馬車に乗り込むと、保安官の妻ピーターズ夫人が話かけてくるが、この問いかけに対するマーサの返答は書かれていない。

ヘイル夫人はほとんど返事も言い終わらなかった。というのも、彼らは小さな丘を登りきり、今はライト家が見えて来て、それが見えると彼女は話す気もしなくなったからである。この寒い三月の朝、それはとても寂しく見えた。それはこれまでもいつも寂しく見える場所だった。窪地の底にあり、家の周りのポプラの木は寂しく見える木だった。男たちは家を見ながら、そこで起こったことについて話をしていた。郡検事は馬車の片側に体を傾けて、その場所が近づくにつれ、そこをじっと見ていた。（七〇―七一）

この引用にあるように、小さな丘を登るとライト家が見えてくる。つまり、ライト家は丘の上ではなく丘の下、窪地の底にある。初期のアメリカ移民たちが理想に燃えて「丘の上の町」を作ろうとしていたことと比べると、ライト家はその対極にあるものだと言える。家も、回りの木木も寂しそうに見える。つまり、この空間はアメリカの夢が破れた「負け犬」の空間である。この寂寞とした生活空間で事件が起きた。これは単に殺されたジョン・ライトだけの問題ではなく、そこに住まざるを得なかったミニーの状況、さらには、アメリカにおける女の立場をも暗示している。

孤独なミニー

ライト家に到着し、男たちに続いて台所のドアから中に入ろうとしたときに、ピーターズ夫人が「一緒に来てくださって嬉しいわ」(七一)とぎこちなく言うが、マーサは中に入るのを躊躇う。それは、彼女が、「何度も何度も、『ミニー・フォスターに会いに行かなくちゃ』と思い続けてきた」(七一)からであり、ミニーの結婚は二〇年になるのに、いまだに「ミニー・フォスター」と彼女を呼んでいて、この事件の責任の一斑は自分にもあると感じているからである。マーサにとっては、彼女は結婚した後でもミニー・フォスターのままであり、「ライト夫人」ではない。夫の名前に「ミセス」を付加することによって妻の名前を作り出すことは妻の個性を無視するものであり、妻を夫の所有物であることを示してしまうからである(ベン - ツヴィ　四七注七)。その意味では、「命名行為は一種のレイプである」(フィリップス　六三)ということになる。男たちは女たちに「ミセス」を付けて呼ぶか、ひとまとめにしてwomenとかladiesとか呼んでいる。

それでも、自責の念に駆られながらも、ライト家の台所入口の敷居を越えることになるのだが、この敷居こそは二つの世界の境界線となっている。つまり、男たちが権力を握る外部の世界と女たちが自由に活動できる世界の境界である。マーサはこの境界を越えて台所に入ることによって、女の世界に入り込むのであり、そこは男たちの作り上げた法律の通用しない世界でもある。実際に、男たちの言説に対して女たちが少しづつ反抗していくのが、次のような些細な場面でも読み取れる。ライト家に入った直後の場面である。


男たちはストーブの所まで行った。女たちはドアの近くに一緒に立った。若い郡検事のヘンダーソンが振り向いて、「ご婦人方、火の近くへどうぞ」と言った。

ピーターズ夫人は一歩前に進んだが、立ち止まった。「私は——寒くありません」と彼女は言った。

それで、二人の女はドアの側に立った。最初は台所を見回すことさえもしなかった。（七一）

男たちは真っ直ぐに暖かいストーブの側へ行き、女たちは外の冷気と接するドア近くに立っている。男たちは女たちよりも先に、当然の権利の如く暖かい場所を占有するのである。寒い季節には火のあるところは心地好い場所であり、中心となる場所でもある。それとは対照的に、寒い場所は虐げられた場所と言える。そのような場所にいる女たちは明らかに虐げられていることになる。また、この時代のストーブは調理用のストーブでもあったことを考えると、ストーブ周辺の空間は女たちの領域であるはずである。その空間へ男たちは横柄にも足を踏み入れたことになる。したがって、この場面だけからでも男と女の意識の違いを見ることができる。「ご婦人方、火の近くへどうぞ」("Come up to the fire, ladies.")という言葉は、この中で最も権威があり、最も年若い検事の発言である。"ladies" という単語を使っていて丁寧に聞こえるが、それは飽くまでも付け足しであって命令文に変わりはない。それは、その裏側に搾取する対象＝女を取り込んで隠してしまう、表面だけの親切心を示す男社会の言説なのである。しかし、ピーターズ夫人はその命令（勧め）に応じない。ピーターズ夫人が一歩前に出たということはその命令に従いかけたということであるが、辛うじてマーサの所に踏みとどまった。それは、ふたりの間にある種の共同体意識が働いているからだと言える。

事件についての話は男たちを中心に進められ、女たちが意見を求められることはない。検事がヘイルに事件当日の説明を求める場面では、マーサの心中は穏やかではない。夫のルイスは話が下手なので、「自分の子どもが話の断片を喋ろうとしている母親のような沈んだ気分」（七二）になり、「ミニー・フォスターの立場を悪くするような不必要なことを言わなければ良いけど」（七二）と思っている。このマーサの夫に対する母親然とした態度は、ヘイル家での彼女の立場を明瞭に示している。つまり、夫の主導権を握っているのは彼女であり、通常の男中心のアメリカの社会構造とは異なっていることが分かる。だからこそ、彼女はミニーの助けになるような行動を起こすことができるのである。しっかりとした自分の意見を持った人物であり、その力強さがあるからこそ、ピーターズ夫人も彼女に同調することになる。

ヘイルが検事に話した内容は次のようなものである。

「俺たちはこの道を来た」とヘイルは続けて言い、今来たばかりの道を手で示して、「そして、家が見えたとき息子のハリーに『ジョン・ライトに電話を引かせることができないか、話しに行ってくる』と言った」とヘンダーソンに説明した。「だって、もし誰かと一緒じゃなきゃ、俺なんか払えもしない値段でしか、会社はこの脇道には工事に来ないから。このことは前に一度ライトと話したことがあったが、あいつはうんとは言わなかった。人が喋りすぎるんだ、と言ってな。あいつが望むのは平和と静けさだって――あいつがどんなに喋るか知ってるだろ。でも、もしかして、家に行って、あいつの女房の前でこの話をして、女たちはみんな電話が好きだし、それに、この寂しい道外れじゃ電話が役に立つだろうって言えば、と思った――とにかくハリーに、これが俺が言おうとしていることだって言ったんだ――もっとも、あいつの女房が何を欲しがろうと、ジョンにとっちゃ大した違いはない、ともそん時に言った――。」（七二）

ここでヘイルの話は検事によって遮られる。それは、ヘイルがライト家の夫婦仲は必ずしも良くはなかったことを暗示するような言い方をしたからである。夫婦仲が良くないということは夫殺害の動機となり得る。しかし、ヘイルはある意味客観的にライト家の状況を説明してもいる。つまり、ライト家は夫中心に動いていて、妻であるミニーの意見などは全く無視されるということ、ライトは騒騒しさが嫌いだということが分かる。それがヘイルのような外部の目から見ても明らかであるということは、それはかなりな程度のものであったということになる。

また、ライトの評判は一般的には悪くないと考えられている。町の人の話によると良い人で、「酒も飲まず、たいていの人と同じように約束は守るらしいし、借金もきちんと払う」（八三）。しかし、この評判を口にするときのマーサは顔をしかめている。彼女にはライトが「厳しい男」であり、「一緒にいると背筋がぞっとする」（八三）ような男だと分かっているからである。つまり、ライトには男の世界での評価と女の世界での評価のふたつの評価があることになる。「町の人」とは当然男たちのことであり、男たちの世界では「酒をのまないこと、まあまあ約束を守ること、借金を払うこと」は「良い人」の条件である。逆にマーサの評価は女の視点からの評価であり、家庭を中心とした場合の評価だと言える。つまり、マーサにはライトが如何にミニーを酷く扱っていたかが分かっていた。町の男たちが人物を評価する項目には、「女たちを正当に扱う」という項目はないのである（フェタリー　一五三）。したがって、マーサが感じ取っていたことは、ミニーの感じていたことでもある。ライトの価値はその帰属先によって決定される。“Wright”という名前は、男たちにとっては“right”

（正しい）であるが、女たちにとっては物を作る“wright”（大工、制作者）なのである。後述するように、ライトはミニーを閉じ込めておく家（社会）という制作物を作り出していた。

この引用個所にはもうひとつ重要なポイントがある。それは電話についての言及である。クロード・S・フィッシャーによる一九四〇年までのアメリカにおける電話の社会史的研究『電話するアメリカ』によると、一九〇八年頃から二〇年過ぎまで、都市部よりも農村部の方が電話の所有率は高かった（フィッシャー　第四章）。特に、隣家が何マイルも離れていることもある農村部においては、女たちの長話や盗み聞きなどの問題はあったにせよ、電話は孤独を紛らす有効な手段であった。このあとに到来することになる自動車の時代までは、言わば、女たちにとってのコミュニケーションの重要な手段であり、それによって女たちのネットワークが構築されていたのである。しかし、このような時代にあってさえ、ライトは電話は不必要なものと判断していた。ミニーがいかに孤独な生活を強いられていたかがよく理解できよう。この作品に登場する男たちは、心理的・情緒的なものに注目せず、目に見える現象面にだけ関心を抱く。このような男たちには女たちの心が読めないのである。

閉じ込めるドアと解放するドア

これまでにも多少説明して来たが、ここで改めてドアの役割について整理しておきたい。というのも、既にいくつかの引用の中にも現われているように、ドアが特別に強調されていて、この作品全体のキーワードのひとつとなっているからである。

この物語はヘイル夫人が雨戸（ストーム・ドア）というドアを開ける場面で始まっていることはすでに述べた。「ストーム・ドア」とは、文字通り、暴風雨雪などの外部の荒荒しい天候から建物内部と家族を守るためのものであり、農家には必ず備わっている。冬のこの時期には雪嵐から家を守るための必須設備である。同じようなドアはライト家にもあり、ヘイルがそのドアをノックして開けると、すぐにライト夫人が見える構造になっている。つまり、厳しい外部の環境と屋内を隔てているものはこのドア一枚なのである。

さて、引き続きヘイルが話したことは、「とてもきちんとして、注意深いものだった」（七三）。つまり、先ほどの人間の内面に踏み込んだ話をする時にはうまく話せなかったのが、現象面だけを話すときには筋道を立てて話すことができるということが明確になる。

「俺は何も見なかったし、何の音も聞こえなかった。ドアをノックした。でも、中は全く静かだった。ふたりともきっと起きてるというのは分かってた――八時を過ぎてたから。それで、またノックした、大きめに。そうしたら、誰かが「どうぞ」って言うのが聞こえた気がした――今でもはっきりとは分からない。でも、ドアを開けたんだ――このドアを」と、側にふたりの女が立っているドアの方を手で示しながら、「そしてそこに、その揺り椅子に」――と、指で示しながら言った――「ライトさんが座ってた」。（七三）

ヘイルは幾分劇的な効果を期待するかのような仕草で、ドアを開けた時の状況を説明している。はっきりと許可が出たか不確かなのにヘイルはドアを開けて中に入っているが、それは許可など必要ないとさえ思っているようである。しかも、何度もドアが強調されている。現在でもそうであろうが、特に農村地帯は父権中心である。そうでなければ、人手を必要とする実際の農業が立ち行かないということもあろうし、また、男女平等というような新しい考え方は、教育よりも頑強な肉体が必要とされる社会においては浸透し難いということもある。したがって、ドアが遮断しているものは、父権中心主義という外部環境と、家庭内で伝統的な役割を押しつけられている女たちであるとも言えるだろう。嵐のように強い権力から身を守るためにはストーム・ドアを閉じておく必要があるのである。しかし、そうすれば家の内部は安全かというと、そうとも限らない。ドアを閉じておくことは、同時に、閉じ込められることにもなる。身を守っている積もりが、隔離されてしまうことにもなる。そこで重要な意味を持ってくるのが、ドアを閉じていても外部とコミュニケーションを取ることができる電話の存在であった。ところが、「女たちは喋りすぎる」という理由で、ライト家では外部との唯一の情報交換手段である電話でさえ許されていなかった。

ヘイルの話の中で何度も言及されるドアは、その意味で、男の世界と女の世界を分け隔てるものだとも言える。ライト家において、ヘイル夫人とピーターズ夫人は寒いドアの近くに立っていて、その一方で男たちは暖かいストーブの近くにいるという構図は、先にも述べたように、中心と周縁の関係を示している。こうしてライト家にいるときでさえ、男たちと女たちのグループができてしまっているのである。この作品全体を通して言えることであるが、このように、男たちと女たちは空間的に混じり合うことはない。

ただし、ドア近くにいるということは、非常時には外部への避難が容易であることもまた事実である。ドアは入口でもあり出口でもあるという二重の役割を持っている。したがって、ミニーがドアを開けたすぐの所にいるのも、ミニーにとってはドアが出口として認識されつつあったことを示しているのではなかろうか。また、もうひとつドアに関して言及しておかなければならないことがある。それは、事件を引き起こしたと思われるミニーは現在刑務所に留置されているということである。つまり、彼女は刑務所にドアを閉めて閉じ込められている。閉じられた空間は外に出ることができないと同時に、外から中に入ることができないことでもある。ミニーの場合は、後述するように、カナリヤと同じ様に閉じ込められている。

同じ様に使用されているドアとしては、ケイト・ショパン（Kate Chopin 1851–1904）の「一時間の物語」（"The Story of an Hour" 1894）に登場するドアが挙げられる。夫の事故死の知らせにショックを受けて二階の自室に閉じこもったマラード夫人が、夫からやっと解放されると思って二階の部屋からドアを開けて出てくると、ちょうどマラード氏が玄関のドアから入ってくるのが見え、夫人はそのショックで死んでしまうという短編小説である。幽閉するドアと、自由世界へとつながるドアがここにもある。

台所に表象されるミニーの姿

ヘイルの話によると、ドアを開けると揺り椅子に座っているライト夫人が見えたという。今は収監されているのでその場にはいないが、代わりに壊れかけた揺り椅子があり、みんながそれに注目する。「みすぼらしい赤色で、背もたれには横木があるが、その真ん中の横木はなくなっていて、椅子は片方に傾いでいた」（七三）と描写されるこの椅子は、ミニーの現在の状態を明白に示すものである。ヘイル夫人にとってもその椅子は少しも二〇年前のミニーらしくは見えないと感じているが、二〇年前はこの椅子もミニーも溌剌としていたはずである。その面影がわずかにこの椅子の赤い色とお洒落な横木付き背もたれのデザインに残っている。それが現在では崩壊寸前の状態で、辛うじて椅子の体裁を保っているに過ぎない。その意味で、この椅子は発狂寸前のミニーの精神状態を表わしていることになる。また、山口が指摘しているように、「椅子は社会的権力を身体に浸透させる道具としても用いられた」（山口　二一二）ことを考えると、ミニーが如何にして夫のライトとその背後にある父権社会に縛り付けられて行ったかが想像できる。その証拠に、ヘイルからいろいろと質問されたあと、彼女は「両手をにぎって、頭を垂れ」（七五）、小さな椅子に座る。それは夫に叱責された時の彼女の場所なのである。

事件当日のミニーの様子を検事に聞かれて、ヘイルが「彼女は気が触れてるように見えた」（七三）と答えると、検事が手帳と鉛筆を取り出し、ヘイルの説明を記録しようとする。それを見て、ヘイルもマーサも緊張してしまう。

> 郡検事はそう尋ねると、手帳と鉛筆を取り出した。ヘイル夫人はその鉛筆を見て嫌に思った。彼女は夫をじっと見続けた。まるで、手帳にメモされてあとで面倒なことになるような不必要なことを夫に言わせまいとするかのように。
>
> ヘイルは実際に用心しながら話をした。まるでその鉛筆が彼にも作用したかのように。（七三）

手帳に書きとめるという検事の行動は権威を表象するひとつの形態である。そもそも検事には法律という強力な権威があり、ことばを文字として記録するということもひとつの権威化である。音声という実体のないものを文字という目に見える形で書き記すことは、無形の物を有形にすることであり、それはひとつの証拠となりうる。このような権威の象徴として鉛筆（ペンシル）が使用されている。ここで、pencil と penis は同じ語源を持つことから、「ペンシル」を「ペニス」と読み変えることが可能であろう。つまり、鉛筆（ペンシル）はペニスと同等物であり、父権を具象化した物だと言える。検事の持つ鉛筆（ペンシル）は、その身分の持つ法律的な権威だけでなく、男たちにだけ許される権威をも象徴しているのである。男たちには書き記すための物語＝ペンシル＝ペニスがあるが、女たちにはそれがない。同時に、女たちの話は書き留めるに値しないものであると男たちが考えていることを示している。実際に、「男たちは女たちのテキストを単に認識することも読むこともできないというだけでなく、むしろ、読もうともしない」（フェタリー　一五二）のである。

では、どうやって女たちは自分たちの意思を書き記し、お互いに伝え合うのであろうか。虐げられた女たちは、男たちが足を踏み入れない領域において、女同士にだけ解読できる方法を編み出していたのである。それは縫い物であり、料理であり、台所という空間である。男たちがおよそ想像できないやり方で、女たちにだけ読み解ける方法でそこに「文字」を書き記していたのである。

ヘイルがライト家に入って行った時、ミニーは一心にエプロンに襞飾りを付けていた。農村の女たちにとって最も身近な物はおそらくエプロンであろう。それは調理や仕事の際に服が汚れるのを防ぐだけではなく、下に着ているスカートを隠すこともできる。特に、ミニーの場合のように、そのスカートがみすぼらしいときにはエプロンは重要な働きをする。また、外部の敵から自分を守る一種の防護服としても機能する。ミニーはエプロンに強い執着心を持っていたと思われるが、けちな夫から質素な生活を強いられる中で、もちろんそこには農村部における経済的な苦境という現実があるのだが、彼女が自由にできることのひとつは縫い物だった。エプロンに飾りを付けることはささやかな贅沢だった。

ピーターズ夫人が刑務所にいるミニーから持って来てくれるように頼まれた身の回りの物は、何着かのスカート、何枚かのエプロン、それと小さな灰色のショールであった。スカートのうちの一着が着古されて何回も仕立て直された痕のある黒いものであることから、マーサは二〇年前の、結婚前のミニーを思い出す。「町育ちの、きれいな服を着て、快活だった」（七八）独身時代のミニーは、ライトと結婚し農村で暮らすようになると、みすぼらしい服を着ざるを得ず、人と付き合うこともできず、閉じ篭りがちになったのである。

また、エプロンとショールに関しては次のように書かれている。

「持っていくのはこれで全部?」とヘイル夫人が尋ねた。

「いいえ」と保安官の妻が言った。「エプロンを一枚欲しいって言ってました。面白い物を欲しがるのね」と、あの神経質そうで少しおどおどした調子で言った。「だって、刑務所じゃ汚れることはたいしてないのよ、本当に。でも、単にいつもと同じ気分になるためでしょう。もし、エプロンを付けるのに慣れているんだったら――。この戸棚の一番下の引き出しにエプロンが入ってると彼女は言ってました。そう――ここにあるわ。それから、階段のドアにいつも掛けてある彼女の小さなショール。」

彼女は二階へと続くドアの向こう側から小さな灰色のショールを取り、しばらくそれを見て立っていた。（七九）

エプロンの機能については既に述べたが、この引用からも分かるように、ミニーにとってエプロンは単に埃から身を守るだけではなく、身体の一部となっていることが良く分かる。その意味でも、夫の横暴から身を守るための防護服なのである。また、刑務所内でもエプロンが必要だとはどういうことであろうか。夫は既に死亡しているので夫からの暴力はあり得ない。刑務所という法を行使する場所でもエプロンが必要なのは、その刑務所においてさえも暴力が行われるので、身を守るためにエプロンが必要なのである。ここで、法律が男中心の制度として機能しているので、その体制の中では女たちは不等に扱われているということが明らかにされていると言える。しかも、戸棚の一番下の引き出しにエプロンが保管してあるということからも、ミニーの家庭内での立場が明確になる。戸棚の一番下は物を保管するには最も不便な場所であり、エプロンのように頻繁に使用する物を保管するような場所ではない。

また、ここに登場しているショールにしても、この寒さの中ではほとんど役に立たないような、小さくてみすぼらしい物に過ぎない。したがって、身体を暖めるというその本質的な用途よりも、少しでも外敵である夫のライトから自分の身体を守るという象徴的な意味しか持ち得ない。ピーターズ夫人もそのことに気がつき、呆然とする。このささやかな布切れが二階へと続くドアに掛けてあるということは、そのドアという境界を越える時には必ず必要とされているということが分かる。このドアは二階の寝室へと続くものであり、そこは文字通り男の力（ファルス）が誇示される空間である。男の権力に対するささやかな抵抗がこのショールなのである。もちろん、本人もそれがほとんど意味をなさないことは充分に分かっていたはずである。同様に、ここで忘れてはならないのは、マーサがスカーフを、また後述の様にピーターズ夫人が毛皮のティペットを、寒さから身を守るという現実的な理由があったにしろ、身に付けていたのは偶然ではなく、必然性があったということである。

「法と結婚している」ピーターズ夫人

ここでピーターズ夫人について考えてみたい。彼女は保安官の妻であり、いわば法律の側、男たちの価値観で生きている人物のように見える。そのせいで、最初、マーサは彼女にとっつきにくいものを感じていた。ところが、この作品中で最も大きく変化するのがこのピーターズ夫人である。

台所を見回していた検事が保安官に「殺人の動機に結びつくような物は——何もないのか?」（七五）と念を押すと、保安官は「台所用品以外は何もない」（七五）と答えるが、検事は戸棚（カバード）に目をやる。それは、半分は物入れ（クローゼット）で半分は戸棚（カバード）、上の部分は壁に作り付けになっていて、下の部分は旧式の台所戸棚になっている、奇妙で無格好な作りの戸棚である。山口は、一九世紀から二〇世紀のフランスではチェストやカバードが結婚の祝いとして贈られたことを指摘している（山口　四九注）が、この奇妙なカバードも同じ様な贈り物だとすると、ミニーが持参して来た大切な戸棚が不等な扱いを受けているると言えるだろう。それは、やはりミニーの虐待されている立場を表している。次の引用は、調べている途中で、検事が汚い物に触れたというふうにパッと手を引っ込める場面である。

「酷い散らしようだな」と、郡検事が咎めるように言った。

ふたりの女は少し寄り添ってきていたが、ここで保安官の妻が口を開いた。

「そうだわ——彼女の果物」と言って、彼女は同情と理解を求めるようにヘイル夫人の方を見た。彼女は再び郡検事の方を向いて説明した。「彼女はそれを心配してたんです、昨晩とても寒くなったから。ストーブの火が消えて果物壷が割れるかもしれないって言っていました。」

ピーターズ夫人の夫が急に笑い出した。

「やれやれ、女ってものは。殺人事件で捕まってるのに、砂糖漬けの心配するなんて。」

若い郡検事が口を挟んだ。

「われわれが彼女を調べ終わる前に、彼女は砂糖漬けなんかよりもっと大事なものを心配することになるでしょうね。」

「まあ、とにかく」、ヘイル夫人の夫が人の良さそうな優越感を見せながら、「女どもは細かいことばかり心配してますからな」と言った。

ふたりの女はさらに少しばかり近づいた。ふたりとも何も言わなかった。（七五―七六）

この引用でふたりの女が少しずつお互いの距離を縮めて来ていることが分かる。それは男たちの口から女の領域に関する物に対しての非難がなされた時に起こる行動であり、女たちの意識が共有化されてきていることを示している。ピーターズ夫人がマーサの方を「同情と理解を求めるように見る」場面で、このふたりの間だけの連帯意識だけではなく、拘留されているミニーに対する連帯感もあることが分かる。マーサはもともとミニーに対して同情的であったが、ピーターズ夫人もミニーに対して同情心を抱き始めていることが見て取れる。したがって、この場面あたりから、男三人対女三人の対立関係が成立し始めていることになる。もちろん、法を代表している郡検事に対峙しているのは、法によって裁かれようとしているミニーである。たとえ、ミニーは実際には登場しないにしても、マーサとピーターズ夫人を介して充分にその存在を主張している。

男たちが二階で捜査をしている間、残された女たちは階下で事件について彼女たちなりの原因捜索を始める。少し長い引用になるが、その場面を見てみよう。


「あの人たちは上でどうやって証拠を見つけようとしてるのかしら。ミニーが二階を少しきれいにしてたらいいんだけど。とにかく」――ヘイル夫人は言い淀んだが、気を取り直して言った。「ちょっとズルイみたい。町に彼女を閉じ込めておいて、ここにやって来て証拠集めの家捜しするなんて！」

「でも、ヘイルさん」と保安官の妻が言った、「法は法ですから」。

「そうでしょうね」とヘイル夫人がぶっきらぼうに言った。

彼女はストーブの方を向いて、大して強くならない火勢に何か言った。しばらくそうしたあと、背筋を伸ばして彼女は強い調子で言った。

「法は法――そして、ぼろストーブはぼろストーブ。これで料理するなんて」――火かき棒で壊れたライニングを指しながら言った。彼女はオーブンの蓋を開け、オーブンについてぶつぶつ言い始めたが、自分自身の考えに囚われてしまい、毎年毎年このストーブで苦労しなければならないとはどういうことだろうかと考えた。ミニー・フォスターがこのオーブンでパンを焼こうとしていることを考えたり――自分がミニー・フォスターに決して会いに行こうとしなかったことを考えたり――。

彼女はピーターズ夫人がこう言うのを聞いてびっくりした。「ひとは失望し――気力をなくすのよ」。

保安官の妻はストーブから流しに目をやり、――外から運び込まれていた桶の水を見ていた。ふたりの女は黙ってそこに立っていた。その上では、この台所で働いていた女に対する証拠を探している男たちの足音がしていた。あの物事をじっと見る目、ひとつのものを見通して他のものを見る目が、今、保安官の妻の目に宿っていた。次にヘイル夫人が彼女に話しかけたときには、その声は穏やかだった。

「服を緩めた方がいいですよ、ピーターズさん。外に出るとそれを感じなくなるでしょうから。」（八〇）

ここで、ピーターズ夫人は一種中立的な立場を取りながらも、その透徹した目で物事をはっきりと見、その先にある真実を見ることができる人物であることが分かる。「法は法」ではあるが、壊れたストーブで料理を作らねばならないことや、苦労して水を汲んで運んで来なければならないミニーの生活を思うにつけ、ミニーがライト家でどんな状況にあったのかを、ミニーが如何に「失望し、気力をなくし」てしまったのかをピーターズ夫人も理解することになる。実際に、当時のアメリカ北部の農家の台所は「冬はかまどに火が入るまで凍りつくように寒」かった（ハリスン　二三八）ようであり、多くの体験談がハッセルストロム他編『風に向かって』（*Leaning into the Wind* 1997）などにも発表されている。

町で豊かな生活を送っているピーターズ夫人にとっては、農村部の女たちの実態というのは必ずしも理解できてはいない。いや、むしろ、後述のように、自分自身の体験、余りにも辛かった体験を忘れ去ろうと努めて来たのであろう。実は、同じ体験をピーターズ夫人も経験して来ていたのである。こうしてマーサとピーターズ夫人とミニーは共通の地盤に立つことになる。だから、ふたりは黙って立っていたのであり、次にマーサが口を開いた時にはその口調は穏やかで、ピーターズ夫人に服を緩めてリラックスするように言い、ピーターズ夫人の方もその助言に従う。防寒用ではあるが、身体を締め付けている服を緩めることは束縛を緩めることであり、それはそのまま、保安官の妻としての心理的な立場上の締め付けを取り除くことでもある。ミニーは自己防衛のために防護服としてのエプロンを必要としているが、ピーターズ夫人は自分を絞めつけている毛皮のティペットを取り去る。ティペットは首から肩に掛ける衣であるが、ピーターズ夫人がそれを脱ぐことは自分の心を開くこと、女の立場に立つことにつながっている。したがって、このすぐ後に、ミニーが作りかけていたキルトのブロックを彼女が見つけるのも当然のことなのである。

その一方で、二階での男たちの捜査は、文字通り、空間的に女たちの頭上で行われており、それはそのまま男と女の力関係を示してもいる。さらにこの行為は、マーサには、ミニーが居ない時にこっそりと家を捜索するということは「ズルイ」ことであり、それは男たちの女に対する「暴力（violence）」（フェタリー　一四八）のひとつであるとも認識されている。また、事件を解く鍵は、事件が起こったその場所（二階の寝室）にあるのではなくその下（台所）にあるのだが、男の意識と女の意識の差がここでも明らかになる。それは、「認識行為自体が性のコードに組まれてしまう」（コロドニー　七一）ということが起こっているからである。男たちはミニーが犯人であるという直接的な証拠を集めようとするが、女たちは真の犯人はジョン・ライトであるということを図らずも発見してしまう。

キルトを読む

女たちがキルトのブロックを見つけることで、ミニーの苦悩がはっきりと読み取られることになる。ミニーはキルトに自分の苦悩を書き込んでいたからである。キルトは端切れの有効利用という現実的な課題に応えるものであるが、ひとりで作る場合もあるし、「キルティング・ビー」と呼ばれるグループで作る場合もある。特に、大きなキルトを作る場合にはグループが必要で、キルトのテーマを決めた後、グループの中心人物が全体の構成をまとめながら作ることになる。これは単なる作業のためのグループ活動ではなく、作業中にいろいろなことが話し合われ、情報交換がなされるし、愚痴のはけ口の場ともなる。女たちにとっては重要なコミュニケーションの手段なのである。このような活動にミニーが参加できなかったことが、彼女をさらに孤立化させることになったことは想像に難くない。

ミニーが作りかけていたキルトは「丸太小屋」パターンであった。ショウォールターによると、このパターンは十九世紀の半ばに最も人気のあったパターンである。

これは炉端を示す通常赤い四角を中心に始まるもので、明るい布と暗い布の対比が構成上の原理である。ブロックの一つ一つが二つの三角形の部分に分かれ、一つが明るく、もう一つが暗い布でできている。キルトをつくるために、このブロックがつなぎ合わされるとき、「光と闇」、「納屋の棟上げ」、「裁判所の階段」、「稲妻」といった劇的な視覚効果と変形が、暗い部分の配置によって作り出される。（ショウォールター　一三四）

つまり、人生におけるいくつかの重要な出来事をキルトの中に表現し、物語を作るのである。ミニーの場合は、ある程度の数のブロックはすでに完成していて、それを幾つか並べてみるときれいであった。しかし、キルト作りは途中で投げ出され、縫い物籠にはキルト用のピースが山盛りになっている。ミニーにはどうしても完成させることができなかったのである。炉端（ハース）はライト家のストーブでありミニーのいる領域であることを考えると、それを中心にブロックをつなぎ合わせていってキルトを作ることは、自分を次次とブロックで閉じ込めていくことに等しい。したがって、ミニーにはキルトを完成させることは不可能だったのである。むしろ、ブロックをバラバラにしておく方が、自分の逃げ道が確保されていることになる。

女たちがキルトに夢中になっている時に、二階から男たちが降りてくる。

彼女たちはキルトに夢中になっていたので、階段の足音が聞こえなかった。階段のドアが開いたちょうどその時、ヘイル夫人はこう言っていた。

「彼女はキルトを作ろうとしていたのか、それとも、ただ単に結び目を作ろうとしていたと思いますか？」

保安官がお手上げの格好をした。

「ご婦人方は、彼女がキルトを作ろうとしていたのか、ただ単に結び目を作ろうとしていたのか不思議に思ってらっしゃる！」（八〇―八一）

階段のドアがちょうど開いた時に男たちに話を聞かれ、また、階段のドアから男たちが出て行った時に、女たちは男たちの揶揄に憤慨する。ここでも、ドアが会話のスイッチとしての役割を果していることが分かる。場面転換と同時に、その空間の持つ意味と質が変わる。同じ空間ではあっても、それを支配している思考は全くの別物なのである。

男たちが出て行った後、女たちはキルトのブロックを再び調べ始め、そこで大きな発見をする。ふたりはミニーに何かが起こっていたことに気がつくのである。

彼女たちはキルトのブロックをまた調べ出した。ヘイル夫人は、きめの細かいきちんとした縫い方を見て、その裁縫をした女のことを考えていた。その時、保安官の妻が奇妙な調子で言うのが聞こえた。

「まあ、これを見て下さい。」

彼女は振り返って、自分の方に差し出されたブロックを受け取った。

ピーターズ夫人が困惑して言った。「縫い方が、他のはみんなとてもきれいできちんとしているのに――これだけ違うわ。ほら、まるで彼女はどうする積もりなのか分かってなかったみたい！」

彼女たちの目が合った――何かが閃き、ふたりの間に行き交った。それから、まるでやっとのことでお互いを引き離したように見えた。しばらくヘイル夫人はそこに座っていた。彼女の両手は他の物とは全く違うあの縫い物の上に重ねられていた。それから、彼女は結び目を解き、糸を抜いた。(八一)

もちろんこの場面は、ミニーに何が起こったのかにふたりが気付いたところであり、そして、ふたりともお互いにそれに気付いたということが分かった瞬間である。しかし、それを口に出して確認はしないし、できない。もし、お互いにそれを確認してしまうと、マーサの「結び目を解き、糸を抜く」という次の行動が証拠隠滅だということになってしまうからである。もし、「お互いに知らない」という暗黙の了解の状態にしておくと、何の意図もなく、ただ単に気になったからブロックを縫い直したのだということになり、犯罪として成立しない。

このふたりの女たちはミニーの境遇に同情し、彼女に不利になると思われる証拠を隠滅していくことになる。この作品のタイトルである「女仲間の陪審」とは、既に述べたように、女たちが陪審になることが許されていなかった時代に、男たちの論理だけで裁判が行われ判決が下されるであろうミニーのために、何とかして公正な裁判を行わせようとするものである。証拠を隠滅するということは確かに違法行為ではあるが、公正な裁判が行われていない時代において、仲間の女のために女たちが連帯してできることはそれくらいであった。なぜならば、男たちは既に連帯して父権社会という強固な制度を作り上げていたのだから。

縫い目という形で記述してあるミニーの苦悩が、マーサとピーターズ夫人によって解読されて行くことになる。この縫い目を切っ掛けにして、ミニーの苦しい境遇、事件を起こすのに充分悲惨な環境を暗示するものが、このふたりの女によって次次に発見されていく。

カナリヤの示すもの

次の場面は、ピーターズ夫人が鳥籠を見つけるところである。ライト家を長い間訪ねていなかったマーサには、ミニーが小鳥を飼っていたかどうかは分からないが、前の年に行商人がカナリヤを売りに来ていたことを思い出し、おそらくその時に小鳥を買ったのだろうと想像し、「以前は、ミニー自身もとてもきれいな声で歌っていた」（八二）ことを思い出す。ついで、ピーターズ夫人がその鳥籠と台所の接点を見出すことになる。それは単なる偶然ではなく、「物事の先を見通すことのできる」ピーターズ夫人が、結果的にマーサの考えを引き出す役割を果すのである。しかも、それははっきりとした形を取るのではなく、曖昧な立場でなされる。おそらく、ピーターズ夫人自身にも自分の役割が分かっていなかったのであろう。農民であるマーサは縫い目を縫い直すという行為によってミニーを庇おうとするのに対し、ピーターズ夫人は筋道だった論理によってミニーを理解し、助けようとする。

鳥籠があるということは鳥がいたはずだと言うピーターズ夫人の疑問に対して、マーサは猫に食べられたのだろうと返答する。それに対してピーターズ夫人は、事件当日にミニーがピーターズ夫人の自宅に連れて来られたときのことを思い出し、彼女が猫を恐がっていたと言う。さらに、ピーターズ夫人は鳥籠のドアが壊れていることに気付く。やはり、ここでもドアが大きな意味を持っている。ミニーは若い頃には聖歌隊に入っていて、きれいな服を着て美しい声で歌う快活な女であったことは既に述べた通りである。その姿は正にきれいな羽をして美しい声で歌うカナリヤだった。「彼女自身いわば小鳥みたいなものだった。本当にかわいくて、きれいで。でも、ちょっとおどおどしたところがあって――ふわふわしてて。本当に――彼女は――変わった」（八四）と表現されているように。では、そのカナリヤが飼われていた籠のドアが壊れているのはどういうことであろうか。

ピーターズ夫人が「台所で小鳥のことを考えるのはおかしい」という発言をしたが、もちろんこれは台所だけがミニーが比較的自由にできる世界であったからであり、さらに、彼女は籠の中の鳥も同然の閉じ込められた生活をしていたこと、そしてまた現在も、刑務所という籠の中に閉じられていることと関係している。同時に、われわれ読者はミニーにとってはどのドアも閉じられているということに気付かされることになる。したがって、ピーターズ夫人の発言は、ミニーに関する物事がお互いに関連し合っていることを読者に発見させるための貴重な働きをしているのである。

それから、ついにカナリヤがマーサによって発見される。縫い物籠の赤い布の下に、ずっと昔、彼女がまだ子どもだった頃から持っていたであろうきれいな小箱（a pretty box）の中に、絹の布に包まれて保存されていたのである。

手を震わせながら、ヘイル夫人は絹布を持ち上げた。「まぁ、ピーターズさん、これは――」と彼女は大きな声で言った。

ピーターズ夫人が覗き込んだ。

「あの鳥だわ」と彼女はつぶやいた。

「でも、ピーターズさん！」とヘイル夫人が大声で言った。「よく見て！首が――首を見て！全く――反対方向に。」

彼女はその箱を差し出した。

保安官の妻が再び覗き込んだ。

「誰かが首を折ったんだわ」と、彼女はゆっくりとした深い声で言った。

そしてその時、再びふたりの女の目が合った――今回は、理解し始めた様子で、だんだん恐くなって来た様子で、絡み合った。ピーターズ夫人が死んだ鳥から籠の壊れたドアへと視線を移した。再び、彼女たちの目が合った。そして、ちょうどその時、外側のドアの所で物音がした。

ヘイル夫人は編み物籠のキルト・ブロックの下に箱を滑り込ませ、籠の前の椅子にどっしりと腰を下した。ピーターズ夫人はテーブルを掴んで立っていた。郡検事と保安官が外から入って来た。（八四）

この場面で、このふたりの女たちの思考が同じ方向を向いていることが明確になる。以前の場合と同じように、ピーターズ夫人の視線の移動は読者の視線の移動を促すことになる。それは彼女の思考を辿るものであり、読者に理解を促すものでもある。ここでもまたドアの役割が強調されていることは言うまでもない。鳥籠のドアと台所のドアが共通の意味を持っていることが明らかである。

そのことをことさらに強調するかのように、男たちが登場し、その権力の代表格である検事が、ミニーは「キルトを作ろうとしていたのか、結び目を作ろうとしていたのか」（八五）と問いかける。これに答えて、保安官の妻が慌てて、「結び目を作ろうとしていたと思います（"We think ... that she was going to—knot it."）」（八五）と返答する。この最後の部分でピーターズ夫人の声の調子が変わるのだが、検事はそれには気付かない。彼女の声の調子の変化はもちろん彼女が嘘を言っていることを示している。

さらに嘘は追加される。鳥籠に気付いた検事が鳥のことを尋ねると、マーサが「猫が食べたのでしょう」（八五）と答え、さらに、猫について聞かれると、ピーターズ夫人が「猫は迷信深いから、いなくなる」（八五）と連携して答えている。彼女たちはミニーが猫を嫌いだったことを知っているので、当然これは作為的な嘘である。このような嘘によって事件に繋がる確固たる証拠が消し去られ、ミニーの立場は有利になる。ふたりの女はキルト・ブロックの縫い目をきちんと縫い直し、つまり、新たなミニーの物語を綻びのない様に作り直して提示し、カナリヤ＝ミニーを隠し、彼女を事件から遠ざけようとする。男たちは台所以外の場所を捜索しても何も見つけられないが、台所に残された女たち、日常の生活と同じように台所に閉じ込められた女たちは、次次とミニーの苦悩を発見し、彼女の境遇を理解するようになり、彼女の引き起こしたであろう事件に同情するようになる。それは、ミニーの置かれていた立場をマーサもピーターズ夫人もともに経験して来たからである。

男たちが二階を調べるために再び台所から出てドアが閉じられると、女たちは再びカナリヤの話題に戻るが、その際にピーターズ夫人の辛い思い出が語られ、ミニーと同じ経験があることが分かる。

「彼女はその鳥が好きだったのよ」とマーサ・ヘイルが小さい声でゆっくりと言った。

「彼女は、あのきれいな箱に小鳥を入れて埋めるつもりだったんだわ。」

「私が小さかったとき」と、ピーターズ夫人が声をひそめて言った、「私の飼ってた子猫が――手斧を持った男の子がいて、そして目の前で――私がそこに行く前に――」彼女はちょっとの間、顔を覆った。「もし私を引きとめてくれる人がいなかったら、私きっと」――彼女は自分を抑えて、足音が聞こえる二階を見、弱弱しく言い終えた。「その子に怪我させたかもしれません。」

それからふたりは話もせず、動きもせずに、座っていた。(八五)

男の子の理不尽な行動に対して彼女にはどうする術もなかった。また、この部分で、小さな子どもたちの世界においても、父権制中心の生活が既に始まっていることが分かる。こうして、自分にも抑えきれない怒りがあることを告白し、ミニーの気持ちが理解できることを示している。かわいがっていたペットを何の理由もなく同じように惨殺されたのであるから、その時の怒りが理解できるのである。そして残念なことに、子どもの頃のピーターズ夫人の場合とは違って、ミニーは孤独で、引きとめてくれる人は誰も回りにいなかった。

ピーターズ夫人の微妙な心の動きは、次の引用からも明らかである。

ピーターズ夫人がぎこちなく動いた。

「もちろん私たちには誰がその鳥を殺したか分かりませんよ。」

「私にはジョン・ライトがどんな人か分かってた」とヘイル夫人が答えた。

「あの夜とても恐ろしいことが家で起きたのよ、ヘイルさん」と保安官の妻が言った。「男の人を眠ってる間に殺したのよ——窒息させて命を奪う物を首の回りにそっと巻き付けて。」

ヘイル夫人の手が鳥籠の方へと伸びた。

「首。窒息させて命を奪った。」

「私たち、誰が彼を殺したのか全然分からないんですよ」とピーターズ夫人が、小声だが強く言った。「私たち、全然分からないんです。」（八六）

この場面で「私たちには誰がライトを殺したか分からない」という発言が二度繰り返されている。また、「誰が鳥を殺したのか分からない」ということばにも注意が必要である。これらは、その答えを「言ってはいけない」という意味であり、「私たちはふたりとも誰が（カナリヤとライトを）殺したか分かって居るけれど、それを言わない様にしましょう」ということである。カナリヤを殺したのはライトであり、ライトを殺したのはミニーであるということは、両者の共通認識なのである。

さらに、ミニーの孤独感は子どもがいないことによって一層増幅されたと思われる。ピーターズ夫人がマーサに自分の子どもが二歳で亡くなったことを話すことによって、再び、ミニーの体験は彼女だけのものではないことが明らかになる。生命力に溢れた子どもの存在は家族全体に強い力を与えてくれるはずである。ミニーが美しい声で歌う愛するカナリヤを亡くしてしまったことと、愛する幼い者を亡くしたピーターズ夫人の体験とは等価なのである。歌を歌うカナリヤがいなくなると、ミニーにとっては家は死んでしまったも同然だった。その「死の家」の様子を子どもを亡くしたピーターズ夫人は理解できる。さらに、ライトは子どもが嫌いであっただろうと思われる。騒騒しい家が嫌いで、カナリヤでさえも耐えられなかったのだから、子どもが居る家など想像もできなかっただろう。ミニーにはカナリヤも子どもも許されなかったのである（マカウスキー　六二―六三）。

連帯する女たち

同じ農民としてマーサはもちろんミニーの生活の様子が容易に想像できる。だからこそ、マーサは次のように自分を責めもするのである。

「ミニーには手助けが必要だって私には分かってたかもしれない。だって、本当に変ですよ、ピーターズさん。私たちはお互い近くに住んでいるのに、気持ちは離れて暮らしているなんて。私たちはみんな同じことを経験するの――種類は違うけど全く同じことを。もしそうでなかったら――あなたも私も、どうして理解できるのよ。どうして私たち知ってるの――私たちがこの瞬間に知っていることを。」（八六）

農民の妻たちにとっては農村での生活はどれもほとんど同じようなものであり、お互いの助け合いがなければ、生活はさらに孤独なものになってしまう。キルティング・ビーの意味はそこにもあること は既に述べたが、ミニーはそれにも参加できないほどの生活を余儀なくさせられていたのである。さらにこの場面から分かることは、農村部の女たちだけでなく、ピーターズ夫人もまた同じ体験をしているという言及である。ミニーもマーサもピーターズ夫人も、まったく同じ経験をするということは、ジェンダーに関わることである。つまり、「この女たちが自分たちの住む、性と深く関連する意味の世界を認識する」（コロドニー　七四）ことになるのである。

多くのことが禁止されていたミニーに残された数少ない慰めのひとつは、果物の砂糖漬けを作ることであった。それは果物のおいしさをそのまま保存する料理であり、果物の味が死んで行く前に時間を止めて、その素晴らしい味を長時間持続させる料理法である。それは取りも直さず、ミニーが結婚前の自分の状態を時間を静止させることによって保存し、現在の困難な状況から逃避したいと考えていたことを表わしている。比喩的な意味で、この果物の砂糖漬けはミニーが自分自身を砂糖漬けにしたものであった。したがって、ミニーが今後生きて行くためにはこの果物の砂糖漬けが必要だと言える。

このことを直感的に感じ取ったかのように、マーサはテーブルの上にある砂糖漬けの壷を見て、果物がダメになったことをミニーに言わないようにとピーターズ夫人に頼む。「もし私があなただったら、果物がダメになったなんて言わない、大丈夫だって言うわ。彼女に大丈夫だって言って下さい――

—どれも。ほら——これを持って行って証拠にして。彼女には——彼女には壷が割れたかどうか絶対に分からないだろうから」(八六—八七)。その壷を受け取ったピーターズ夫人は、ミニーのペチコートでそれを包み、努めて明るく振る舞う。これは、マーサの気持ちを完全に理解したからに他ならない。ピーターズ夫人が、「まぁ、男の方たちが私たちの話を聞けなくて良かったわ!死んだカナリヤみたいに——小さなことにこだわって全部ごっちゃにするなんて。(略)まるで、それが何か関係があるかのように——。あの人たちは笑うでしょうね」(八七)と、高い態とらしい口調で、飽くまでも口裏を合わせようとする言い方をすることでそれが明らかになる。ミニーを擁護するという共犯関係が成立したのである。法には従わなければならないと言っていたピーターズ夫人も、法の向こう側にあるものが見えたということに他ならない。

女たちが台所で事件の原因を次次と発見して証拠を隠滅していた間、男たちは何の証拠も見つけられないでいる。二階から降りてくる検事の声は次のように描写されている。

「いや、ピーターズ」と郡検事が鋭く言った。「全く完全にはっきりしている、その理由を除いては。しかし、陪審員たちは、女たちのことになるとどうなるか知ってるだろう。もし、決定的な物があれば——何か目に見える物が。何か話を作れる物が。このぎこちない殺し方とつながるようなものが。」(八七)

この検事の声が聞こえると、マーサとピーターズ夫人はこっそりとお互いを見る。また、検事が「もう一度すべてを確認したい」(八七)と言ったときも、ふたりは視線を交わす。検事がテーブルに来て、ピーターズ夫人がミニーのために持って行こうとしているエプロンを見て、「ご婦人方が選んだのは、大して危なくないもののようだ」(八七)と鼻で笑うように言って、今度はキルトのブロックをひとつ手に取って見る。その時、マーサの手は、中に死んだカナリヤの入った箱が隠されている縫い物籠の上に置かれているのだが、彼女はその手を籠から取り除けることができない。彼女は、もし籠が取り上げられたら、すぐに取り返そうとまで思っていた。検事はまた鼻で笑い、「ピーターズさんは監督する必要はない。さらに言えば、保安官の奥さんは法と結婚している。そんなふうに考えたことがおありかな、ピーターズさん」(八八)と話しかけるのだが、ピーターズ夫人は「いえ――そんなふうには」(八八)と口ごもりながら答える。もちろん、検事の言う「法」とは、既に述べたように、男たちが作り出した社会体制である。したがって、ピーターズ夫人の返答は、おずおずとではあるが、「私はそのようには考えていない」、「法は絶対的に正しいとは限らない」という宣言となっている。

男たちの権力の領域に属する空間(寝室や納屋)のあとは、外部との境界をなす窓を調べるために男たちは外に出て行き、台所は女たちだけになる。その間に女たちはミニーの犯罪の決定的証拠となるものを隠す行動に出る。

マーサ・ヘイルは椅子からぱっと立ち上がって両手を強く握り締め、あの別の女を見て、そこに視線は留まった。最初、彼女はピーターズ夫人の目を見ることができなかった。と言うのも、その保安官の妻は、法と結婚しているというあの暗示にそっぽを向いて以来、振り返らなかったからである。しかし、今、ヘイル夫人が彼女を振り向かせた。ヘイル夫人の目が彼女を振り向かせた。ゆっくりと、気が向かない様子でピーターズ夫人が振り向き、ついに彼女の目が別の女の目と合った。一瞬、逃げることも怯むこともない確固とした燃えるような眼差しで、お互いを見た。それから、マーサ・ヘイルの目が縫いもの籠の方を指し示した。その中に隠されているのは別の女——そこには居なかったが、しかし、この時間中ずっと彼女たちと一緒にそこに居たあの女——の有罪を確実にしてしまうようなものだった。(八八)

この引用から分かるように、マーサとピーターズ夫人とミニーは一体となっている。これは男たちが事件の証拠を探して一団となって行動してるのと好対照をなしている。最終的に、三人の女たちは連帯して父権社会という男たちの権力に挑むのである。この後に、ピーターズ夫人とマーサは協力して、男たちが台所に帰ってくる直前に、事件の証拠となるカナリヤの箱を見つからないように隠してしまう。ピーターズ夫人は小鳥を見て怯んでしまうが、マーサが箱ごと自分の大きなコートのポケットに隠す。腹部の膨れたこのマーサの姿は妊婦の姿と重なる。マーサはカナリヤ＝ミニーを身籠り、新しい女を出産するというイメージがここに表現されている。

この短い小説の最後は次のように終わる。

内側のドアのノブが回る音がした。マーサ・ヘイルが保安官の妻からその箱をさっと取って、自分の大きなコートのポケットに入れた。ちょうどその時、保安官と郡検事が台所に入ってきた。「それで、ヘンリー」と郡検事がおどけた様に言った。「少なくとも、我我は、彼女がキルトを作ろうとしていたのではないということは発見した訳だ。彼女がやろうとしていたのは――何と仰る奴でしたか、ご婦人方。」

ヘイル夫人の手はコートのポケットに当てられていた。

「私たちはそれを――結び目を作ると言います、ヘンダーソンさん。」（八八）

同じような会話は以前にもあった。最初はマーサがピーターズ夫人に「キルトを作ろうとしていたのか、結び目を作ろうとしていたのか」を尋ねたし、二度目は検事からの質問であった。しかし、ここでの検事からの再度の質問に対し、マーサははっきりと「結び目を作る（knot it.）」と答えている。

最初のマーサの質問とこの検事の質問の間にはそれ程の時間の経過はないはずであるが、マーサとピーターズ夫人（「私たち」）の取るべき立場ははっきりして来たのである。ショウォールターが指摘するように、「彼女たちは父権社会の法律を裏切ることを示し、ミニー・フォスターの仲間として陪審を勤め、彼女を無罪にする」（ショウォールター　一四六）ために行動する。キルトのブロックの縫い目を整えることによって、ひとつ証拠を見えなくした。次には、「結び目を作る」と答えることによって、男たちの考えを逸らす様に仕向けた。結び目を作ることは謎（疑問点）を作ることでもある。謎を作り出すことによって、この事件を解決不能の状態にしてしまうのである。

まとめ

連帯した女たちがこれから取るであろう行動は、法廷での女陪審員を認めさせることである。男だけの陪審員では女たちの置かれた状況を充分に理解することができないからである。マーサとピーターズ夫人は、ライト家の台所のあちこちに「記述」されたミニーの苦悩を読み解くことによって、ミニーが起こした事件の原因を理解することができた。それは、ミニーだけの問題ではないことにも気が付く。女たちはみな同じ体験をしてきていた。それらに男たちは気付くこともなかったし、気付こうともしなかった。こうして、マーサ・ヘイルとピーターズ夫人、そして刑務所で取調べを受けるミニーとの間に連帯が生まれたのである。それはちょうど、長年にわたって男たちが連帯して父権社会を作り上げてきた過程と同じである。ただし、ピーターズ夫人の法に対する両義的認識が示しているように、連帯した女たちが作り出そうとしているのは、父権体制に真っ向から対立する母権体制ではない。むしろ、女たちが求めているものはジェンダーに囚われない「公正な判断」なのである。

ミニーの例でわかる様に、女たちを取り巻く状況は数数のドアで閉じられていた。それはストーム・ドアであり、二階へと続くドアであり、寝室のドアであり、鳥籠のドアであり、また、刑務所のドアでもある。最早、ミニーは個人としてのミニーではなく、苦しい状況を余儀なくされている連帯した女たち、小さな力しか持たない女たちの集団である「ミニー」なのである。この連帯した女たちは、それらのドアをひとつずつ開け放し、陰気な窪地から外の自由な世界を求めて出て来ることになる。これは比喩的な意味で出生のプロセスとも言える。ミニーの事件はその第一歩を踏み出すものであり、女たちの仲間の陪審に繋がるものである。「女と容器の結びつきをもっとも端的に表現している神話上の女はパンドラ」（山口　一九）だとすれば、正にミニーはそれに当てはまる。したがって、きれいな小箱（a pretty box）の中に絹の布に包まれていたカナリヤは「ミニー」であり、カナリヤの小箱はパンドラの箱（Pandora's box）として機能していることになる。「ミニー」は女陪審への道を開く希望なのである。「ミニー」は、自分を閉じ込めていたドアを次次と開け放ち、その後に大勢の女たちが続くことになる。

主要引用参考文献

Ben–Zvi, Linda. "'Murder, She Wrote': The Genesis of Susan Glaspell's *Trifles.*" Rep. *Susan Glaspell: Trifles.* Ed. Donna Winchell. Boston: Wadsworth, 2004. 33–50.

Ford, Linda G. *Iron–Jawed Angels: The Suffrage Militancy of the National Woman's Party, 1912–1920*. New York: Univ. P. of America, 1991.

Fetterley, Judith. "Reading about Reading: 'A Jury of Her Peers,' 'The Murders in the Rue Morgue,' and 'The Yellow Wallpaper." *Gender and Reading: Essays on Readers, Texts, and Contexts.* Eds. Elizabeth A. Flynn and Patrocinio P. Schweickart. Baltimore: Johns Hopkins UP, 1986.

Glaspell, Susan. "A Jury of Her Peers." Rep. *Susan Glaspell: Trifles.* Ed. Donna Winchell . Boston: Wadsworth, 2004. 70–88.

Hasselstrom, Linda, et al.. Eds. *Leaning into the Wind: Women Write from the Heart of the West.* Boston: Houghton Mifflin Co., 1997.

Jones, Ann. *Women Who Kill*. Boston: Beacon Press, 1996.

Makowsky, Veronica. *Susan Glaspell's Century of American Women*. Oxford: OUP, 1993.

Showalter, Elaine. *Sister's Choice*. Oxford: OUP, 1991.

アネット・コロドニー「読み直しの地図」、エレイン・ショウォールター編『新フェミニズム批評』青山誠子訳　岩波書店　一九九九年

エレイン・ショウォールター『姉妹の選択』佐藤宏子訳　みすず書房　一九九六年

クロード・S・フィッシャー『電話するアメリカ』吉見俊哉他訳　NTT出版　二〇〇〇年

ジョン・A・フィリップス『イヴ／その理念の歴史』小池和子訳　勁草書房　一九八七年
モリー・ハリスン『台所の文化史』小林祐子訳　法政大学出版局　一九九三年

「再構築」される世界
——『ラグタイム』が映し出すアメリカの展望——

永尾　悟

E・L・ドクトロウ（E. L. Doctorow 1931–）の『ラグタイム』（*Ragtime* 1975）は、二〇世紀初頭のニューヨークを舞台として、アングロ・サクソン系、黒人、東欧系ユダヤ人の三家族を中心に展開される物語である。この小説に特徴的なのは、架空の家族物語の中に実在した歴史上の人物達や歴史的事件が数多く組み込まれている点である。一九〇九年のロバート・ピアリによる北極点到達から一九一七年のアメリカの第一次大戦参戦までの史実を背景にして、魔術師ハリー・フーディニ、J・P・モーガン、ヘンリー・フォード、ブッカー・T・ワシントン、さらにはセオドア・ローズヴェルトを始めとした当時の大統領たちが登場し、架空の人物たちと絡み合う。ローゼンバーグ事件を題材にした『ダニエル書』(*The Book of Daniel* 1971)以降のドクトロウの作品は、史実とフィクションを融合しながらアメリカ史の再定義を一貫して試みており、『ラグタイム』は、革新主義時代の社会状況と架空の三家族の物語をパラレルに描くことにより、歴史小説的な要素を備えている。

フレドリック・ジェイムソンは、歴史小説が「国家の伝統を正当化する目的で編纂された学校の歴史教科書などから得られた予備知識に基づいて読まれる」ものであり、ドクトロウの小説は、こうした予備知識の介在によって読者に「強烈な既視感と奇妙な親近感」を喚起すると指摘する(二二三―二四)。ドクトロウは、広く知られたアメリカ史上の出来事や人物を作品に組み込んで読者に「既視感」を抱かせる一方で、主流派の歴史から除外された周縁の人々を同時に提示することで、このノスタルジアから読者を覚醒させようとする。アーサー・サルツマンが論じるように、彼の小説は、「メディアや支配階級のエリートやノスタルジックな記憶違いや愛国心的傾向によって生み出される見せ掛けのアメリカのイメージの根底にある現実とは何か」(七五)を問い直すものである。

「歴史は世代を超えて書き換えられるべき」で、歴史の「再構築の過程は決して終わらない」("False Documents" 二一四)と主張するドクトロウは、小説という分野において新しい歴史記述を紡ぎ出そうとする。『ダニエル書』は、ローゼンバーグ夫妻の息子をイメージさせる架空の人物ダニエルが、マッカーシズムがもたらした社会的抑圧の実態を綴る設定であり、『ビリー・バスゲイト』(*Billy*

Bathgate 1987）は、ダッチ・シュルツという実在のギャングに対してメディアが構築したイメージを語り手の個人的視点から検証する。つまり、ドクトロウの作品は、フィクションとノンフィクションの中間領域を漂いながら、アメリカの過去に纏わるイメージの再構築を実践している。

大恐慌期の歴史の断片をユダヤ家族の回顧録を通して再現する『紐育万国博覧会』（*World's Fair* 1985）に代表されるように、過去のイメージの再構築は、ドクトロウにとって家族物語と不可分に結びついている。『ラグタイム』は、世紀転換期のニューヨークに住む三家族の物語を通して、社会状況の変化に伴って改変を続けるアメリカの国家像を捉えようとしている。そこで、本稿では、異なる人種背景を持つ三家族の変容の過程を考察しながら、この作品がアメリカの展望をどのように映し出すのかを論じる。

「思いがけない来訪」——アングロ・サクソン一家の分裂

『ラグタイム』は、一九〇二年六月の晴れた日に、アングロ・サクソン系の一家がニューヨーク郊外ニューロシェルの丘の上に移り住む場面から始まる。この上層中産階級一家の主人であるファーザー(1)は、星条旗と花火の製造会社を営み、従順な妻であるマザーとの間にリトル・ボーイと呼ばれる九歳の息子がおり、また、マザーの弟のヤンガー・ブラザーも会社の手伝いをしている。この白人一家の幸福な場面の後には、当時の社会背景に関する歴史教科書的文体の説明文が続く。

愛国心というものは、一九〇〇年代の初期には、大いに寄りかかり甲斐のある精神だった。(中略)夏には、女性の誰もが真っ白な服装をしていた。テニスのラケットは、頑丈で楕円形をしていた。性的なものにまつわる失神沙汰が多かった。黒人問題はなかった。移民問題もなかった。日曜の午後は、ディナーの後に、ファーザーとマザーは二階に上がり、寝室のドアを閉めた。(三―四)(2)

フレドリック・ジェイムソンは、「我々は、歴史的過去を、過去について我々が持つポップなイメージやステレオタイプを通してしか見ることができない」(二五)と指摘するが、この引用文が示唆するのは、イデオロギー的分裂や人種的対立のない理想化されたアメリカの過去のイメージである。しかし、この説明文の直後には、「明らかに黒人問題はあったのだ。移民の問題もあった」(四―五)と相反する時代状況が次々に語られる。また、ニューロシェルの新しい邸宅では、「フーディニの思いがけない来訪によって夫婦の営みは中断され」(一〇)、マザーは庭に出て行ったまま寝室に戻ることはない。ドクトロウの作品では、SF小説、プロレタリア小説、西部劇、回顧録、犯罪小説などの複数の文学形式を寄せ集めてパロディ化するパスティーシュ的手法が用いられるが、『ラグタイム』は、白人中産階級の幸福な家族像を示しながら、白人男性のノスタルジアを喚起させる歴史小説の形式で始まる。そして、ニューロシェルの白人一家が分裂へと向かう過程とともに、新移民や黒人の家族物語を加筆することで、この小説は歴史の「書き換え」を行っていく。これに従って、読者は、物語の断片を縫合することで、二〇世紀アメリカ史の「読み直し」を経験するのである(3)。

ニューロシェルの一家が辿る分裂への道程は、アマチュア探検家のファーザーが乗るローズヴェルト号出港の場面で示唆される。ロバート・E・ピアリが率いる極地探検行きの頑丈な船は、華やかなセレモニーとともに見送られてイースト・リヴァーから外海に出ると、イタリアと東ヨーロッパからの移民たちが乗った船とすれ違う。ペンキのはげた船のデッキに立つ移民たちの「黒い目」に凝視されたファーザーは、一瞬「奇妙な絶望にとらわれる」(一二)が、この感覚は、彼が持つ白人男性優位主義的な価値観が相対化されることへの前兆となる。この相対化の過程は、エスキモーと行動を共にする極地探検とニューロシェルでの黒人一家との予期せぬ出会いを通して進行していく。

探検の間、エスキモーたちが「原始的」だと軽蔑するファーザーは、現地の女性たちの野生的な性行為を目撃し、自分の妻の潔癖さと全く異なる女性の側面に衝撃を受ける。それから数ヶ月間、零下四、五〇度の天候のもとで何度も凍傷にかかっていた彼は、「探検隊の中で最も屈強ではない隊員である」(六六―六七)ことを露呈する。これによって、ピアリは、黒人ヘンソンを極地探検の同行者に選び、ファーザーを途中帰還させる決意をする。未開地での一連の出来事により、帰還後のファーザーは、次第に無気力になって老け込み、妻や息子からは病人のように扱われる。バスルームの鏡に映る彼は、「ひげ面の不浪人、家のない男」（九一）のようで、体の線が崩れて性器は赤く腫れて垂れ下がり、ローズヴェルト号の鏡中の自分の姿とはかけ離れていることに気づく。しかし、「新たな場所に到着」しても「永遠に自己の岸辺に引き戻される」（二六九）人物であるファーザーは、「異民族」との遭遇による心身の衰弱を受け入れられず、威厳ある自己イメージに執着し続ける。

また、この極地探検は、フロンティア精神を継承するアメリカ史の再検証という意義を持っている。ファーザーは、自分の会社で製造したアメリカ国旗をピアリに託すことで、探検を断念した彼の自尊心を満たそうとする。彼の会社から多額の資金援助を受けていたピアリは、この国旗を受け取り、黒人とイヌイットの助手に導かれながら、計算上は北極点にあたる場所に到達する。託された国旗を手に証拠撮影をするピアリだが、ここが北極点かどうかの確信はなく、この写真も、「光線によって、人物の顔は区別できず、ただ、カリブーの毛皮に覆われた黒い空白が見えるのみ」（六八）である。このように、ピアリの北極点到達の場面は、「空白」の証拠写真のように、不確かな出来事として描かれている。しかし、新聞記事にはこの出来事が歴史的偉業として大きく扱われ、その見出しを目にした魔術師フーディニは、「現実の出来事は歴史書に記録されるもの」（八二）であり、彼の舞台上のイリュージョンは、どれほどリアルさを追求しても、観客の記憶とともに消えるのだと嘆く。近年の歴史研究においてピアリの北極点到達の事実関係が疑問視されている（Ostendorf 八五）点を踏まえれば、フーディニの独白は、曖昧な事象でも確定的な史実として国家の歴史に組み込まれるというアイロニーを含むものになる。つまり、ドクトロウが自身の文学論の中で述べるように、史実とは「言葉や映像によって伝えられる」「一連のイメージ」であり（"False Documents" 二四）、『ラグタイム』はこの「イメージ」としての史実をフィクションの領域から再考するのである。北極点を示すために立てられた星条旗は、強風にあおられて「激しく震えるように波打った」（六八）ように、ファーザーとピアリの探検は、フロンティア精神をうたうアメリカの歴史が非実体的な構成要素によって不安定に支えられている可能性を照射している。

フーディニの「来訪」は、ファーザーとマザーの夫婦関係と一家の安定的な生活の「中断」を暗示するが、主人が不在の邸宅では、家族の分裂を招く新たな来訪者を迎える。ある日マザーは、邸宅の庭に置き去りにされた「褐色の赤ん坊」を発見し、母親のサラとともに一家で保護することになる。しばらくして、赤ん坊の父親であるコールハウス・ウォーカー・ジュニアというピアニストが、新車のT型フォードに乗って母子を引き取るために来訪する。ファーザーは、白人優位主義の立場を固持し、コールハウスの紳士的な立ち振る舞いや新車のT型フォードを所有するほどの経済力を不愉快に思い、「この男は自分が黒人だということを理解していない」（一三四）と批判する。その上彼は、このピアニストに対する生理的な嫌悪感が、肌の色に基づくものか否かさえ自覚できない。それに対して、マザーは、「褐色の赤ん坊」をまるで我が子同然に世話し、リトル・ボーイが使っていた乳母車を与えるほど愛情と希望を抱く。また、ローズヴェルト大統領がブッカー・T・ワシントンを夕食に招く時代だという理由で、マザーはコールハウスをお茶会に招待する。このように、黒人ピアニストとその家族の「思いがけない来訪」は、ニューロシェルの夫婦間に価値観の相克を引き起こし、「明らかに黒人問題はあった」(四)という時代状況を前景化するものである。

コールハウスの「来訪」は、彼が温厚な音楽家から地域社会を脅かすテロリストへと豹変することで、ニューロシェルの一家にさらなる動揺をもたらす。ある日、コールハウスは、アイルランド人消防署長ウィリー・コンクリンの悪戯によってT型フォードを破壊され、復元修理を合法的に請求する。しかし、人種的な理由で警察や弁護士の援助が得られないことがわかると、黒人仲間を率いて消防署の襲撃を企てる。コンクリン個人に対する彼の恨みは、次第に人種差別を維持する白人全体への攻撃へと発展し、彼は、白人優位主義の代表者であるJ・P・モーガンの図書館を占拠する。(4) コールハウスは、「アメリカ臨時大統領」と名乗る手紙の中で、「正義」を主張しながら「特別注文のパンタソート製屋根付きT型フォード車を元の状態で返却すること」を要求し、「この要求が満たされるまでは戦闘の掟が適用されるのみ」(一八七)だと綴っている。二〇世紀初頭に「アメリカ臨時大統領」を自称するコールハウスのテロ行為は、時代錯誤的ではあるが、六〇年代以降の公民権運動の予兆的な物語として読むことができ、「白人社会が否定しようとする新しい歴史の流れを表す」(Budick 一九一)ものである。つまり、リトル・ボーイが「世界は絶えず際限のない不満状態の中で構築されては再構築されている」（九九）ことを認識するように、「正義」を享受できないコールハウスの不満は、「新しい歴史の流れ」をつくる契機となりうる。しかし、二〇世紀初頭には余りに急進的なこの蜂起は、警察によるコールハウスの射殺によって幕を下ろす(5)。

この蜂起によって混乱に巻き込まれたニューロシェルの一家は、次第に活気を失っていく。ファーザーは「一家をコールハウスが統治しているよう」（一九一）で、「自分たちの生活がもはや独力では律しきれなくなっている」（一七四）と感じる。周囲の目を気にして、ブラインドが下ろされた家は窒息しそうな雰囲気になり、「グランド・ファーザーは苦痛でうめき声を上げる」（一八五）ようになる。また、ヤンガー・ブラザーは「この黒人が意思を行動にうつす生き方の中には、自分よりも男性らしさがある」（一二五）と敬意を払うようになり、ブロンドの髭を剃り、顔を黒く塗って、ファーザーの会社で製造した弾薬を手に蜂起への参加を決意する。さらに、この蜂起が頓挫した後、補修されたT型フォードに乗って南へ逃亡するヤンガー・ブラザーは、メキシコ革命の反政府ゲリラ組織に参加し、政府軍との抗争で命を落とすのであり、白人中産階級の在り方から完全に逸脱する。

このように、アングロ・サクソン一家の安定的な家族像は、多民族的状況との遭遇によって急速に揺らぎ始める。この頃には、「この家族は崩壊の時期にさしかかって」おり、「マザーとファーザーとの間は、正確に伝わる程度の最小限の会話で済ませる状態」（二六七）になっている。そして、コールハウスの蜂起による混乱を避けるために訪れたニュージャージー州の避暑地で、彼らは、ユダヤ系移民一家と出会うことで新たな局面を迎えることになる。

影絵師の夢——多民族化する家族のイメージ

ニューロシェルの一家とユダヤ系一家は、ニューヨークに居住している点を除けば、はじめは何の接点もない。ラトビア出身のユダヤ人ターテは、妻のマーメと娘のリトル・ガールと共にロウアー・イーストサイドのテネメントで暮らすが、行商と影絵師の仕事が軌道に乗らず、妻とも死別する。新天地へ向かうために立ち寄ったニューロシェルで、ターテと娘は、マザーに手を引かれたリトル・ボーイとすれ違う。このとき、リトル・ガールの黒い目は、「学校の地球儀のように、青と黄色と深緑が混ざったような」（七七）瞳の少年に惹きつけられる。この時点ではまだ立場の違う彼らは、いくつかの偶然が重なってひとつの家族へと融合していく。

ニューヨークを離れたターテは、列車を乗り継いでマサチューセッツ州ローレンスに辿り着き、機織工場での職を得る。しかし、この仕事は、週に五六時間の勤務で週給は六ドル足らずという悪条件であり、「この国は私に息をさせてくれない」（一〇八）と搾取された状況を悲観する。急進的な社会主義者のターテは、労働組合のストライキに参加した結果、賃上げ要求が認められるのだが、「何を勝ち得たというのか。数セントの賃上げに過ぎないじゃないか。工場の所有者になったわけではないさ」（一〇九）と呟き、経営者と労働者の関係は変わらないことを実感する。このストライキをきっかけにローレンスを離れてフィラデルフィアへとやってきたターテは、「労働者階級の運命から自分の人生を切り離す」（一〇八―〇九）ことを考え始め、「アメリカ的エネルギーの流れる方向に人生の舵を向ける」（一一一）決意をする。

ターテにとって「アメリカ的エネルギーの流れる方向」とは、これまで殆ど売れなかった彼の影絵を大量生産して販売することを意味している。アメリカを見渡すと、「同じ商品があらゆる場所で重宝がられ」（一一一）、フォードは「同型の車が際限なく複製される方法を案出した」（一一二）時期であり、ターテは芸術も大量生産によって大きな事業になりうると考える。そこで彼は、以前リトル・ガールを楽しませるために作成した影絵の本を、フランクリン・ノベルティ社へ売り込むことに成功する。さらに彼は、指でめくると絵が動いて見えるこの影絵本から映画製作を思いつき、「バッファロー・ニッケル映画社」を設立する。この社名は、「五セント映画館（nickelodeon）」に由来しており、芸術家でもフォードのような大量生産を行う資本家として活躍できる期待感を込めたものである。そして、「映画製作者」という新たな職業を得たことで、彼は「アシュケナージ男爵」という架空の爵位を名乗るようになり、風貌も変えようとする。

そうして彼は自分で男爵の称号をでっち上げた。これで彼はキリスト教社会で立ち回りやすくなった。イディッシュ語のきつい訛りを消す努力をせず、わざと派手に巻き舌で発音した。髪の毛とあごひげは元の黒色に染め直した。彼は新しい人間に変貌した。彼はカメラを重視した。子供には王女のような服装をさせた。彼女の記憶から、安アパートの悪臭や汚い移民街のことをすべて忘れさせようとした。(二一八)

ターテは、移民労働者からの脱却を遂げて、爵位を持つヨーロッパ出身の企業家としての人格を作り上げる。企業家への転身後、彼は四角い眼鏡をかけ始めるが、この眼鏡レンズで「自分が関心を持った対象を心の写真に焼き付けるかのように」(二一四)観察した世界観を映画のスクリーンに投射しようとする。映画とは、流れ作業の自動車製造のように映像が「際限なく複製」される大量生産時代の娯楽様式であり、この新たな様式に合わせるように、ターテは新たな自己イメージと世界観を形成する。さらに、ターテにとっての映画は、商業的な成功をもたらすものでありながら、同時にあらゆる人間模様を映し出すことで観客の自己認識を促すという啓蒙的側面を併せ持っている。

映画では、すでに存在しているものを見ているだけですと彼は言った。スクリーン上では人生が光り輝くのです。これは大きなビジネスになります。人間は自分たちに起こっていることを知りたがっています。僅かな金で、観客は、走り回ったり、自動車で競争したり、戦ったり、失敬、抱き合ったりする人々の活写を座ったまま見ることができます。誰もが新参者のこの国で、現在これは最も重要なことです。人間には物事を理解したいという強い欲求があるのです。（二一五）

ターテの考えでは、「誰もが新参者」である移民国家において、映画とは「物事を理解したいという強い欲求」を満たすという自己認識の手段である。確かに彼は、アメリカ社会に同化するべく「アシュケナージ男爵」を自称しながらも、「本当の私はラトビア出身の社会主義者」（二六九）だという一貫した信念があり、切り離したはずの過去の自分との折り合いをつける冷静な自己認識能力を持っている。マーク・バスビーが論じるように、ターテの成功は「変化の流れの中でも秩序と一貫性を保つ必要性」（一八二）を理解しているからだと言える。一方で、価値観の「再構築」が進む二〇世紀初頭の時代状況にあって、安易に自己イメージを変容させることは、社会改革思想を妄信した果てに命を落とすヤンガー・ブラザーのように自制不能の状況に陥るのである。

ターテの企業家としての出発は、上層中産階級に属するファーザー一家との接点を与え、彼らはアトランティック・シティの高級リゾート地で出会う。ファーザーは、コールハウスの問題と会社経営のことが気懸かりで、この避暑地で余暇を楽しむことができないが、マザーは新しく出会った仲間たちとの交際を楽しみ、特にその中で自分の夢を語るターテと「黒い目」をした美しいリトル・ガールに魅力を感じる。彼女は、あらゆるものに感動や喜びを示すターテのように「一瞬一瞬を生き生きと過ごし、彼の目線で世界を見ることは途方もなく楽しいだろう」（二一五）と思い、彼の四角いレンズに映る景色を思い描く。かつてマザーは、「無限の可能性」を見出していたファーザーのことを「ますます体力や知能が限界をさらけ出し」、「そこからは一歩も抜け出せない」（二一〇）と感じるようになる。

この白人一家が「崩壊の時期」に近づくにつれて、ファーザーの会社は、亡きヤンガー・ブラザーが黒人蜂起のために考案した爆弾技術を実用化し、花火から軍需品への生産に切り替える。そして、アメリカ国務省顧問の助言を受けてイギリスへの武器輸送を開始するファーザーは、ルシタニア号に乗船中、ドイツの攻撃を受けて最期を遂げる。自作の爆弾を身にまといながら命を落とすヤンガー・ブラザーと同じように、ファーザーの死は、船に積載した自社の爆弾が引火したことによるものである。つまり、保守派と急進派という異なる立場の二人は、皮肉にも爆弾による自滅という同じ運命を辿っている。過剰なまでの自己への執着と自己変革は、ローラ・バレットが指摘するように、「鏡像関係をなして」おり、ともに自滅的結末を招くのである（八〇四）。

このように、ターテを含めた新移民の活躍が始まる時流の中でも、ファーザーにとっては、白人中心主義と愛国心こそが「大いに寄りかかり甲斐のある精神」であり、自分の信念と時代変化との折り合いをつけようとはしない。ミッシェル・トカルチクが指摘するように、『ラグタイム』を構成するのは、「反復」と「変容」という対立的イメージであり、「アメリカでは人々は変わることができるという神話に対して不平等や差別という歴史の反復が揺さぶりをかける」（一三）ことが描かれている。つまり、民族の多元化に従って家族や自己イメージを変容させる人々が存在する一方で、戦争を誘発する愛国心やコールハウスを犠牲にする人種差別意識は反復されるというドクトロウの歴史観が提示されている。

ファーザーの死から一年後、マザーはターテと再婚し、リトル・ボーイとリトル・ガール、そしてコールハウスの息子とひとつの家族を形成し、映画産業の拠点になりつつあったカリフォルニアへ移住する。この頃のハリウッドは、華やかな空間ではなく、多くの映画製作者たちが「逃亡の末に辿り着いた」ような「大陸の果ての沿岸都市」（Sklar 六七）であるが、ターテは第一次大戦という状況に合わせた「戦意高揚のシリーズ映画」（二六九）で成功を収め、「白い漆喰塗りの大邸宅」を手に入れる。この家の二階から、彼は「黒い髪をした実の娘、亜麻色の髪をした義理の息子、法律上責任を負うことになった黒い肌の子」（二六九）が庭で談笑する光景を目にして、ある映画の着想が浮かぶ。

白人と黒人、太った子と痩せた子と貧しい子と金持ちの子とあらゆる種類の子供たちが友達同士で、いたずら好きで、浮浪者やギャングのいる大人社会のように、自分たちの住んでいる区域で愉快な冒険を楽しみ、トラブルに巻き込まれてはそこから抜け出す。そのような構想の映

画は、実際まだ数本しか製作されていなかった。（二六九—七〇）

「あらゆる種類の子供たちが友達同士」という内容は、人種や階級の文化的固定観念を超えた多文化的空間を映し出すものだが、この展望についての批評家たち見解は分かれている。ジョン・G・パークスは「多元化するアメリカの未来へと繋がる新しい歴史の構築」（一〇六）だと述べて希望ある結末だと解釈している。その一方で、ダグラス・ファウラーは、人種の壁を越えられなかったコールハウスの「褐色の赤ん坊」の存在を考えれば、この結末はむしろ「アメリカの人種問題は根深く解決しがたいことを示す」（七四）ものだと論じる。確かに、この男の子は、人種の壁に阻まれたコールハウスの血を継承し、ニューロシェル一家を「崩壊」へと向かわせた破壊的な要素を孕み、ターテの家族像にも暗い影を落とす。つまり、ターテが抱く人種共存のイメージは、幻滅へと繋がるかもしれないが、新たな歴史の流れを生む原動力にもなりうる。リトル・ボーイは「世界が絶えず際限のない不満状態の中で構築されては再構築されている」（九九）と考えるが、ターテの展望は世代を超えて「構築されては再構築され」ながら存続する可能性を秘めている。(6)

これまで論じたように、『ラグタイム』は、家族物語の枠組みで歴史的事象を「再構築」してくことで、アメリカの過去から未来への流れを捉えようとする作品である。人種背景の異なる三家族が経験する変容と融合は、人種の統合と多元化へと向かう国家的展望を示唆している。その一方で、コールハウスが直面する人種の壁やファーザーが体現するアングロ・サクソン中心主義的価値観は、多元化への方向性を阻む要素として描かれている。ラグタイムという転調や変拍子を含む音楽形式が示すように、この作品は、アメリカの国家的アイデンティティが衝突や停滞に直面しながら再定義を繰り返していくことを物語っている。

注

（1）この作品に登場する三家族の人々は、黒人一家を除いて固有名詞は一切与えられていない。アングロ・サクソン一家の夫妻は、ファーザー、マザーという役割名で呼ばれ、ユダヤ系一家の人々もイディッシュ語で「父」を意味するターテ、「母」を意味するマーメと呼ばれている。

（2）引用文の翻訳は、邦高忠二訳『ラグタイム』（早川書房、一九九八年）によったが、一部変更した。また、これ以降、作品からの引用はすべて頁数のみ記す。

（3）ドクトロウは、作品のエピグラフで「ラグタイムを速く演奏するのは間違いである」という作曲家スコット・ジョプリンの言葉を引用している。「ラグタイム」を単に「聴く」のではなく「演奏」することは、読者の作品への関与を促し、読む行為が作品の意味生成へ繋がることを暗示している。なお、本来「ラグタイム」とは、ピアニストが左右の手で拍子の異なるメロディを奏でる黒人音楽を指し、この楽曲形式が黄金期を迎えた一八九八年から一九一七年までを「ラグタイム時代」と呼ぶ。この小説の時代設定が「ラグタイム時代」とほぼ重なるのは、変拍子と転調を含むこの音楽が、新旧の価値観が交錯する当時の社会状況を表象するからだと解釈できる。

（4）コールハウスの蜂起は、ドイツの小説家ハインリヒ・フォン・クライストの歴史小説「ミヒャエル・コールハースの運命」（一八〇八年）をアメリカ的文脈で書き換えたものである。この中篇小説の内容は以下の通りである。一六世紀中葉のドイツに住む馬商人ミヒャエル・コールハースは、貴族によって何の理由もなく馬二頭を横領される。彼は正当な手続きを経て訴訟を起こすが却下され、その上彼の妻は一兵卒に暴行を受けて死ぬ。これによって復讐の鬼と化した彼は、僅かな仲間を従えて貴族の居城を襲撃し、宗教改革者マルティン・ルターの説得を無視して地域一帯を恐怖に陥れていく。『ラグタイム』では、コールハースにとっての馬がT型フォードになり、貴族と商人という階級の対立は人種の問題へ書き換えられている。この歴史小説の「書き換え」は、「歴史は世代を超えて書き換えられるべき」（"False Documents" 二二四）というドクトロウの思想を反映するものである。

（5）警察や権力の犠牲となるコールハウスと対照をなす人物が、製鉄業者の御曹司ハリー・K・ソウ（実在した人物）である。イヴリン・ネズビットに対する性的虐待の罪で投獄されたソウは、脱獄をしながらも休戦記念日に恩赦を受ける。この二人の運命の違いを考えると、「新たな歴史」を築こうとする黒人コールハウスの試みの失敗に対して、作品の最後で語られるソウの恩赦は、白人特権階級による社会支配の構造は根深いことを示している。

（6）『ラグタイム』の結末の舞台となるハリウッドは、夢や幻想を生成する代表的な場所だが、ドクトロウの作品を締めくくるのは、古き良き過去と明るい未来というドリームランド的な空間である場合が多い。『ダニエル書』の結末にあるディズニーランドは、血生臭い開拓史をアトラクションやキャラクターへと単純化するが、観客はこの場所が漂わせるノスタルジックな雰囲気に魅了される。『紐育万国博覧会』では、「磨きたてられてキラキラ輝いて」いるはずの万博会場に「あらゆる衰退の兆し」が見え隠れするが（二八二）、それでも来場者たちは、技術革新が進む未来図に感銘を受ける。このように、ドクトロウ作品の結末に共通するのは、幻想と幻滅のせめぎ合いであると言える。

引用文献

Barret, Laura. "Compositions of Reality: Photography, History, and *Ragtime*." *Modern Fiction Studies* 46.4 (2000): 801–24.

Bloom, Harold, ed. *E. L. Doctorow's* Ragtime. Philadelphia: Chelsea, 2002.

Budick, Emily Miller. *Fiction and Historical Consciousness: The American Romance Tradition*. New Haven: Yale UP, 1989.

Busby, Mark. "*Ragtime* and the Dialectics of Change." Siegel 177-83.

Doctorow, E. L. "False Documents." Trenner 16-27.

———. *Ragtime*. 1975. New York: Plume, 1996.

———. *World's Fair*. 1985. New York: Plume, 1996.

Fowler, Douglas. *Understanding E. L. Doctorow*. Columbia: U of South Carolina P, 1992.

Jameson, Fredric. *Postmodernism, or, the Cultural Logic of Late Capitalism*. Durham: Duke UP, 1991.

Ostendorf, Berndt. "The Musical World of Doctorow's *Ragtime*." Bloom 77-93.

Parks, John G. "Compositions of Dissatisfactoin: *Ragtime*." Bloom 95-107.

Saltzman, Arthur. "Stylistic Energy of E. L. Doctorow." Trenner 73-108.

Siegel, Ben, ed. *Critical Essays on E. L. Doctorow*. New York: G.K. Hall, 2000.

Sklar, Robert. *Movie–Made America: A Cultural History of American Movies*. Rev. ed. New York: Vintage, 1994.

Tokarczyk, Michelle, M. *E. L. Doctorow's Skeptical Commitment*. New York: Peter Lang, 2000.

Trenner, Richard, ed. *E. L. Doctorow: Essays and Conversations*. Princeton: Ontario Review, 1983.

七〇年代のアメリカの夢

――ボビー・アン・メイソンの作品を通して見たベトナム戦争――

本山　ふじ子

序

ボビー・アン・メイソン（Bobbie Ann Mason 1940– ）の最初の長編『イン カントリー』(*In Country*) が出版されたのは、ベトナム戦争が終結してちょうど十年目の一九八五年であった。高校を卒業したばかりの十七歳の少女サム（サマンサ）・ヒューズを主人公とするこの物語は、一九八四年の西ケンタッキーの田舎町ホープウェルが舞台となっている。『イン カントリー』はサムの自己探求の旅の物語であるが、同時に一九六〇年代から一九八〇年代を生きたアメリカの女性達の物語と言っていいだろう。これらの時代にアメリカの人々に最も強い影響を及ぼしたベトナム戦争に翻弄され苦しみ傷つきながらも、何かに希望を見出して生きようとする人々の姿をメイソンは描いている。

メイソンの作品の多くが彼女の故郷であるケンタッキーの田舎町を舞台としており、ごく平凡な人々の平凡な日常を彼女は敬愛の念を込めて描いている。『イン カントリー』にも、一九四〇年生まれのメイソンの分身と思われる女性達が登場し、彼女達は南部の片田舎でアメリカ社会の変化の波を受け止め、自らの進むべき道を探し求めて、苦悩しながらも力強く生きている。この作品の時代背景である一九八四年は、作品の中にも出てくるように、強いアメリカを標榜するレーガン政権の二期目の選挙の年である。一九七〇年代からアメリカの人々の保守志向は高まりを見せていたが、一九八〇年代にレーガンが登場すると、アメリカの保守主義は完全に復活した。メイソンの心の中にはそのような時代の潮流に対する危機感があったのではないだろうか。ベトナムは決して過去のものではないという思いが、彼女にはあったに違いない。ベトナム戦争が『イン カントリー』の登場人物達にどのような意味を持ち、どのような影響を及ぼしたのかを考察することによって、メイソンが読者に伝えようとしたものが明らかになるであろう。

一

『イン カントリー』の主人公サムが、彼女の母親の弟である叔父のエメット・スミスとサムの父方の祖母であるマモウとともに旅に出かける場面から物語は始まる。三人は今にもエンジントラブルでも起こしそうな中古のフォルクスワーゲンに乗って、ワシントンに向かっている。サム自身が言っているように、彼らの旅は実に風変わりな様相を呈している。エメットはニキビ面の大男で、軍隊にいたことがあるらしい。あるエキゾチックな鳥を探して、いつも空を見上げている。頭痛に悩まされているが、マリファナやお酒を飲み、未成年のサムにまでそれらを勧める始末である。そんなエメットに半ば無理矢理誘われて旅に出てきたマモウは、何かと足手まといになってサムをいらいらさせてしまう。三人はそれぞれの思いを胸にワシントンを目指しているが、彼らの胸にはどのような思いが秘められているのだろうか。そもそも、彼らの旅の目的とは何であろうか。サムは何故ワシントンに行くことを怖がっているのだろうか。物語の時は過去へと逆戻りして、これらの謎が徐々に解き明かされていく。

旅に出る前の夏の間中、サムは戦争のことばかり考えていた。高校の卒業式でのメソジスト派の牧師の言葉がきっかけだった。保守的な八〇年代を象徴するように、牧師は強い国を維持し犠牲になろうと呼びかけた。サムが彼の言葉に納得できなかったのは、彼女の周りにあまりに多くの戦争で傷ついた人々がいたからである。サムは再婚した母アイリーンの住むレキシントンからケンタッキー大学に通うべきか、エメットと一緒に住んでいるホープウェルの自宅から通える地元のマレー大学に進むべきか迷っているが、今の彼女の正直な気持ちは、何をすればいいのか分からない、とにかく田舎では暮らしたくない、どこか遠くへ行きたいというものであった。自分の進むべき道について人生での最初の選択を迫られ、自分探しの真っ只中にいるサムにとって、ベトナム戦争は避けて通れない問題であった。何故なら、いかに生きるべきか、自分は一体何者であるかという彼女の自分自身に対する問いは、ベトナムで戦死した父ドウェインについてもっと知りたいという気持ちに彼女をさせたからである。

ベトナム戦争が終わってすでに十年近くも経過しており、小さな田舎町の十七歳の女の子に過ぎないサムだが、ベトナム戦争が彼女の生活に今も深い関わりを持っているのには、もう一つ理由があった。それは、ベトナムからの帰還兵である叔父のエメットが未だに戦争の後遺症に苦しんで社会に適応できないでいるからだ。一九六〇年代の後半からアメリカ国内では戦争を批判し抗議する運動が広まっていたが、エメットは自ら志願して戦地へと赴いたのであった。戦死した義兄のドウェインの無念を姉のアイリーンやサムに代わって晴らしたいという報復の気持ちからであった。それは実に滑稽な動機にしか思われないが、アイリーンに依れば、戦争に行った頃のエメットは何も知らない田舎の男の子であった。ホープウェルはベトナム戦争が終結する頃でさえ反戦気分などない町であり、アメリカ中の同じような田舎町のたくさんの若者と同様に、エメットも国家が掲げる戦争の大義に何の疑いも持たずに、家族を守るため国を守るためと信じて戦場に向かったのであった。

しかし、無事に帰還したものの、エメットはまるで生きていることに戸惑いを感じているようにしか見えない。ひどくなる顔のニキビ、絶え間なく襲ってくる頭痛、帰還兵の子供に障害があるという事実、全ては枯れ葉剤のせいではないかという不安、枯れ葉剤の影響は今後もずっと続くのではないかという恐怖、そして何よりもエメットを苦しめるのは、胸の真ん中にぽっかり大きく開いた埋めようもない穴だった。彼は心の中にある怒りをぶつける対象を探しあぐね、時には怒りの矛先を自分自身に向けているように思われる。更に悪いことは、その怒りが今や虚無感へと変化しつつあることだ。ガールフレンドのアニタを愛していながら、エメットは彼女と正常な男女関係を結ぶことができずに別れてしまうが、正体不明になるまで酔っ払って数日間姿を消したエメットの衝動的な行動に、彼の苦悩の深さが読み取れる。

エメットの描写ではしばしば鳥が象徴的に使われている。エメットはよく空を見上げて鳥の姿を追っているが、ベトナムで何度も見かけた白鷺を探しているという。それがベトナムでの彼にとっての唯一のいい思い出だという。しかし、エメットと同じくベトナムからの帰還兵であるトムは、鳥なんて一羽も見かけなかったと語る。トムの言葉は、枯れ葉剤が撒かれて、草木も虫も鳥も全て姿を消して不気味に静まりかえったベトナムのジャングルを連想させるが、エメットを最も理解しているサムは、エメットが鳥を探して空を見つめるのは「心が彷徨いだすのを止めようとしている」（二一七）のだと気づく。鳥を見ていれば記憶の痛みを忘れることができるのだと彼女は悟る。その行為はエメットの現実逃避以外の何ものでもなかったのである。何故アニタを愛していながら恋人同士になれないのか、何故いつまでも定職につかずその日暮らしをしているのか、そして彼の胸の奥深くにはどのようなベトナムの記憶が仕舞い込まれているのか、エメットは一切語ろうとしない。人々は様々な憶測をして、時には無責任な噂を流すが、エメットは言う。「話す方法がないんだ。話してみても始まらないんだ」（三四八）と。戦争は人々から様々なものを奪う。命を、生きる気力を、そして心の内を語る言葉を。

だが、戦争で深い傷を負うのは男達だけではない。サムの周りにも戦争による癒すことのできない傷を抱えて生きる女達がいる。サムの母親のアイリーンもその一人である。現在三十七歳で赤ん坊が生まれたばかりのアイリーンは、再婚によってやっと手に入れた安定した生活に満足しており、ベトナム戦争などなかったかのように戦争に纏わる全てを忘れようとしている。そんなアイリーンを、ドウェインのこともベトナムのことも何も話してくれないと言ってサムはなじる。だが、アイリーンの言い分は、過去には生きられないし、くだらない浪費だったベトナム戦争には思い出すことは何もないというものであった。「何が正しくて、何が悪いのか、責められるべきなのは誰かなんて、何も考えたくなかった」（九三）というベトナム帰還兵の言葉は、まさにアイリーンの思いそのものであると言える。

過去から逃げているように見えるアイリーンだが、ベトナム戦争の傷跡は彼女の心から決して消えてはいない。アイリーンは娘のサムにドウェインのことはほとんど憶えていないと言うが、それは彼女の冷淡さよりも、生きることの残酷さを表している。新婚一ヶ月で戦地に夫を送り出したアイリーンは当時十九歳で、今のサムとほぼ同じ年頃であった。アイリーンもまだほんの子供に過ぎなかったのだ。彼女は、国家の決定にも男達の選択にも、恐らく疑問を差し挟むことも反対することも知らず、黙って全てを受け入れざるを得なかった、当時の多くの女達の一人であった。そして、あまりにも若くして戦争で夫を失ったアイリーンには、もう一つの苦しみがあった。除隊後のエメットを引き取り、彼を甘やかしているという批判を受けながらも、なかなか社会に適応できない弟の面倒を十三年間も見てきたが、それは彼が自分のためにベトナムへ行ったという負い目が彼女にあったからだ。国家に裏切られたという無念さと、その裏切りに自分も加担してしまったという苦い思いが交錯する中で、アイリーンが生き延びていくには、戦争を忘れようとするしかなかったのである。

　母親の再婚が内心面白くないサムは、母親に捨てられたような気持ちになっているが、実はそれは母を恋しく想う気持ちの裏返しでもある。アイリーンは娘を思い遣り、大人になっていくサムを彼女らしい流儀で見守っている。若者のイニシエーションを見守る大人の存在はアメリカ文学の古くからの伝統であるが、サムにとってアイリーンは彼女のイニシエーションの後見人の一人である。六〇年代の文化に憧れるサムに、「決していい時代ではなかった、いい時代だったなんて思わないことね」(三六六)とアイリーンは忠告する。アメリカが経済的な繁栄を遂げた六〇年代は、暴力と混乱の時代でもあったが、女性の地位や役割について新しい認識が広がり、全国女性組織(NOW)の創設やラディカル・フェミニズムの高揚などの影響もあり、女性達は仕事や家庭や教育の場で新たな権利を獲得しながら目覚ましい前進を遂げていた。アイリーンはメイソンの作品の登場人物の多くがそうであるように、六〇年代の対抗文化にどっぷり浸かって十代から二十代を過ごしているが、女性を巡る社会の変化の波を彼女なりに受け止め、サムには彼女が果たせなかった自由な生き方を願い、サムに大学進学を勧める。母親の再婚にわだかまりを抱いているサムは素直にアイリーンの言葉に耳を傾けることができないが、久し振りに再会した母親との会話で、父親について知りたいという気持ちをますます強くする。ドウェインはどのような思いでベトナムへ出かけたのだろうか、ベトナムで何をしたのだろうか、そして生まれてくる自分の子供にどのような思いを持っていたのだろうか。サムは自分が何者であるかを知るためには、父親についてぜひ知らなければならないという思いを募らせる。父親について知ることこそ、彼女の自分探しの第一歩だった。そして、父親を知ることはベトナム戦争の現実に向き合うことでもあった。

母のアイリーンがドウェインの残した日記や妻であるアイリーンに宛てた手紙の存在をサムに教えてくれる。手紙を読んだサムは、ドウェインが妻の妊娠を喜び、男の子の誕生を心待ちにしていることを発見するが、彼女が本当に知りたいと思うことは何も書かれていない。しかし、ドウェインが戦場でつけた日記には、単語の綴りもまともに書けない父、ベトナムの人々を何の疑いもなく蔑称で呼ぶ父、ベトコンの兵士を殺したことを淡々と綴る父の姿があった。父親についてもっと多くのことを知り、彼を好きになりたいというサムの思いは、父親に対する嫌悪感へと変わり、彼女の頭はすっかり混乱してしまう。サムは西ケンタッキーで最も自然が残るキャウッドの池へ一人っきりで向かう。そこはサムにとってベトナムに一番近い場所であり、ドウェインやエメットがベトナムで体験したことを追体験するにはそこしかなかった。

女の子の『ハックルベリー・フィンの冒険』の物語を書きたいと願っていたメイソン（プライス　五四）は、サムのイニシエーションの場所として自然を選んだのであった。ハックはミシシッピ川に脱出したが、それからちょうど百年後にサムが逃げ出したキャウッドの池が、いくら野生の動物が数多く住む沼地であっても、ベトナムとは似ても似つかない場所であることにサムはすぐに気づく。池で一夜を過ごした翌朝早く、エメットがサムを捜しにやって来る。エメットもアイリーンと同様に、サムのイニシエーションを見守る役割を果たしているが、彼は伝統的なイニシエーションの立会人の多くと違って、彼自身も深い苦悩を抱え生きることに迷っている。キャウッドの池で二人は互いの胸の内にある苦しみや悲しみや怒りをぶつけ合う。

サムとエメットの激しいやり取りから浮かび上がってくるのは、国家が犯した罪を個人が引き受け、良心の呵責に苛まれ続けるという理不尽さである。復讐のためにベトナムへ行き、人殺しを楽しんだのではないかと詰め寄るサムに、皆生き延びようと必死だったこと、たとえ殺されなかったとしても、人を殺したことを一生背負って生きていかなければならない過酷な現実をエメットは吐露する。「頭を垂れ、長く、喉に詰まるような声で、絶望的に泣き続けた」エメットは、長年の悲しみを洗い流しているかのようである。「俺はおまえを救おうとしてここに来た。だが、たぶんそんなことできやしない。おまえは自分で今の状態を抜け出す道を見つけなきゃならないだろう」(三五四)とエメットがサムに語った言葉は、実は彼自身に向けられたものだったに違いない。ワシントンにあるベトナム戦争戦没者慰霊碑を見に行こうと、エメットがサムとマモウを誘ったのはそれから程なくしてからであった。エメットはまるで見たいと思っていた鳥を探し出したかのように、自らの仕事やサムのレキシントン行きを決め、てきぱきと旅の段取りをつける彼の様子は自信に満ちていた。

ワシントンで何とか探し当てた慰霊碑に、ドウェインの名前を見つけ出したマモウの目にもサムの目にも涙が溢れ、ドウェインがかつて本当に存在したことを確かめるように、二人は慰霊碑に彫られた「ドウェイン・ヒューズ」の名前を指で辿る。父親の存在の証はサムの存在の証でもあった。アイリーンが言ったように、ドウェインの名前の傍らには、アメリカ中のたくさんの戦死者の名前があった。そして、叔父のエメットの姿を探すサムの目に映ったのは、慰霊碑の前で座禅を組むエメットの姿だった。彼の顔に浮かぶ笑顔は、彼が紛れもなく過去の思い出と折り合いをつけたことを示すものであり、キャウッドの池でサムに語ったように、彼が過去に囚われた状態を抜け出す手掛かりを自分自身で探し出したことを予感させる。

メイソンはサムの世代、そしてアイリーンの世代の代弁者として、時に激しい口調でベトナム戦争が正義の戦いではなかったことを告発している。そして、妻や恋人や子供達のために戦いに行くのだと信じて戦場に赴いた男達の苦しみと、愚かにも同じように信じて送り出した女達の切なさを描いている。しかし、小説の結末で、メイソンはアメリカの未来に希望を見出し、その希望を若い世代に託そうとしている。ワシントンへの旅はサムにとって自分探しの旅であったが、エメットにとっても癒しの旅であり、新しい生活の出発点であり、自己の再発見の旅に他ならなかった。ベトナム戦争はアメリカにとって悪夢以外の何物でもなかった。エメットのようにその悪夢から醒めることのできない人が大勢いたし、アイリーンやアニタのように二度とあの様な悪夢を見たくないと思った人も大勢いたはずだ。メイソンはそのような事実を認めながらも、人々が悪夢から醒める必要性も感じていたように思われる。また、エメットのように深い傷を負った人々の心が癒えることを願ってもいる。そういう作者の願いが、この作品の結末に投影されていると言えよう。

二

しかし、『イン カントリー』と同じ年に発表された短編「ビッグ・バーサ物語」（"Big Bertha Stories"）の結末では、両作品ともベトナム戦争をテーマとしているにもかかわらず、前者におけるオプティミスティックな雰囲気は影をひそめ、現代を象徴するような大きな不安が漂っている。二つの作品はほぼ同じ時代と場所を舞台としており、主要な登場人物がワーキング・クラスの人々である点も共通している。長編と短編の違いはあれ、ベトナム戦争に対するメイソンの基本的な姿勢に変わりはないように思えるが、果たしてメイソンの真意はどちらにあるのだろうか。『イン カントリー』では十代のサムを主人公として、彼女の母親や祖母の世代の人々が描かれているが、三十代の夫婦を中心として物語が展開する「ビッグ・バーサ物語」では、メイソンは何を読者に伝えようとしているのであろうか。

「ビッグ・バーサ物語」にも、まさにエメットと同じように、ベトナム戦争の後遺症に苦しみ、社会にうまく適応できない人物が登場する。主人公ジャネットの夫ドナルドはベトナムからの帰還兵で、美しい国ベトナムを破壊した罪の意識から頭痛と悪夢に悩まされている。彼は鉱山で働いてはいるが、それは定職と言えるほどのものではない。妻も子供もいながら、自分の精神のバランスを保つために、しばしば家を空けては露天掘りの鉱山へ出かけ、意図的に妻や子供と顔を会わせないようにしている。妻のジャネットはドナルドから決まった生活費を貰える保証がないため、生活保護を受けている。ジャネットには、彼女の家族はいつ崩壊してもおかしくないほど危うい状況にあるように思えるが、ドナルドが家を空けることは別の見方もできる。つまり、ドナルドにとって家を空けるのはむしろ利口なやり方で、一番ひどい気分の時の自分を見せないようにする彼の思い遣りでさえあるというわけだ。

エメットとドナルドに共通していることの一つに、彼らの社会への不適応症状は帰還直後よりも、むしろ数年経過した後で出てきているということがある。それ以前のドナルドはベトナムのことをノスタルジックに話すというような時期もあった。しかし、日常生活へ戻れば戻るほど、ベトナムでの体験の異常さが増幅されていくのではないだろうか。誰もベトナムがこれほど大きな意味を持つ体験だと思っていなかったのだった。美しいベトナムを破壊したという深い罪の意識に捉えられていることも、エメットとドナルドの二人に共通している。彼らの強い悔恨の気持ちは、ドナルドの「あそこでも表土を剥ぎ取ってたんだ。表土ってのは、その国の文化と人間みたいなもんだ。大地と国の一番いい部分なんだよ。俺たちがあの国をだめにしたんだ」（一四八）という言葉に表れている。

一方、「ビッグ・バーサ物語」の主人公ジャネットには、『イン カントリー』に登場する女性達と考え方や生き方において、いくつかの共通点がある。ジャネットはサムの母親のアイリーンとまさに同じように、できることなら彼女の記憶から戦争に纏わることは全て追い出してしまいたいと思っている。ジャネットはベトナムの話は聞きたくなかったし、いつまでもベトナムにこだわっているのは不健康でさえあると思っている。過去のことは忘れて、現在に生きるべきだと考えている。そして、アニタがエメットとの関係に苦しんだように、ジャネットはドナルドとの関係に苦しむ。ドナルドはしばしばジャネットと息子のロドニーを置き去りにして家を留守にするが、ドナルドとジャネットはお互いにとってかけがえのない存在であり、愛し合ってもいる。しかしながら、二人がしばしば自分の気持ちを持て余すことも確かだ。ジャネットはドナルドに、彼らは互いに傷つけ合っている、こんな関係を続けていてはいけないと言う。

「ビッグ・バーサ物語」が収められている短篇集『ラブ・ライフ』(*Love Life* 1989)の中には、破綻した男女関係や夫婦関係が数多く出てくる。ジャネットとドナルドの家族も崩壊の危機をはらんだ家族ではあるが、息子であるロドニーに対する二人の愛はこの小説の一つの救いであろう。ベトナムの記憶を持て余し頭痛と悪夢に悩まされるドナルド、生活保護を受け寂しさに耐えながら夫の気紛れな帰宅を待つジャネット、父親と同じように悪夢にうなされるロドニー。一家は悲惨な状況にあるが、特にドナルドとロドニーが交わす微笑ましい会話は一種の救いとなって、作者のメイソンが幸せな家族の再生を願い、親と子の愛情に信頼を寄せていることを思わせる。ドナルドはロドニーなんてくだらない名前は大嫌いだとか、子供なんて親を裏切るものだと言うが、そのような言葉とは裏腹に、彼のロドニーに対する静かではあるが深く揺るぎない愛を、彼の行動や言葉の端々に感じ取ることができる。『イン カントリー』でアイリーンがサムを何かから守りたいと思ったように、ドナルドもロドニーを何かから守りたいと思っているのではないだろうか。久し振りに帰って来たドナルドに素直に甘えることができず、押し入れに隠れてなかなか出てこられなかったりするロドニーだが、ドナルドとロドニーをつなぐものはビッグ・バーサを巡るたわいない会話である。

「ビッグ・バーサ」とは、ドナルドが働いている露天鉱山で使われている巨大な掘削機に、ドナルドが付けたニックネームである。ドナルドはロドニーには、ビッグ・バーサは民話の巨人ポール・バニヤンの女性版だと思わせている。彼はビッグ・バーサについての奇妙な物語を次々にロドニーに話して聞かせる。ロドニーとビッグ・バーサの物語の架空の世界で遊ぶことは、ドナルドにとって苦しく厳しい現実からの逃避であり、離れて暮らす息子への愛を実感する時でもあった。しかしながら、ビッグ・バーサを主人公にしたドナルドの作り話は、彼の不安定な精神状態を投影しているかのように、滑稽無糖で話の筋は混乱しており尻切れトンボのものも多い。中性子爆弾やミサイルが飛び出して、子供向きのお話とは決して言えないが、それはドナルドが戦争を決して忘れることができないということを暗示している。そもそもビッグ・バーサが土を掘るところを見ると、ドナルドは否応なくベトナムを思い出すのであった。

ベトナムの話をしても、ドナルドとジャネットの話は噛み合うことがない。ある夜、ドナルドは駐屯していたベトナムの村の話を始める。ファンという若いベトナム女性や彼女の家族のことを、ドナルドはかなりノスタルジックな調子で話す。もう一度その村に行って、彼女がどうなったか知りたくはないのかというジャネットの問いに、ドナルドはその村は吹き飛ばされてもうないと答えた後、まるでベトナムの悪夢が再び蘇ったかのように激しく震え始める。ジャネットの運転で病院に向かうドナルドは、ことを決めたのは、それから間もなくのことであった。ドナルドが自ら復員軍人病院に入る何もかも吹っ切れたように穏やかで、ビッグ・バーサを引き合いに出して茶目っ気のある冗談を言ったりするが、彼が陽気に振る舞えば振る舞うほど、夫の役割も父親の役割も放棄して、まるで老人ホームに連れていかれる老人のような彼の姿には痛々しさが漂っている。入院中のドナルドから、だんだん良くなっているという知らせが来る。彼が現実を受け入れ、心の傷が癒され始めたかに見えた。そして、ジャネットも生活保護を返上し、ウエイトレスとして働きながら彼の帰りを待つ。一人になったジャネットはいろいろなことを考え、今更ながらドナルドへの愛を確信する。

全てが順調に進み出したかに思えたとき、ある夜ジャネットはトランポリンをしている夢を見る。その日は、昼間ロドニーとトランポリンを楽しんだのだった。夢の中でジャネットは柔らかい苔の上で跳んでいたが、やがて苔が弾力のある死体の山へと変わってしまう。これは、大方の読者の期待を裏切る予期せぬ結末であり、あまりに衝撃的な結末でもある。ドナルドの悪夢はロドニーに影響を与え、更にはジャネットまで悪夢にうなされてしまったのである。懸命に生きようとする人々にやっと訪れたかに思える穏やかな日常にそっと忍び込んでくる悪夢から、人々が解放される日は来るのだろうか。

『イン カントリー』では、ベトナム戦争で苦しんだ人々の癒しをはかり、人々の将来にもアメリカの将来にも希望を託そうとしたメイソンだが、「ビッグ・バーサ物語」では一転して、まさにエメットが言ったように、生きている限りベトナムでしたことを忘れさせてもらえないのだということを彼女は暗に示しているように思われる。七〇年代の悪夢を、八〇年代になってもアメリカは見続け、恐らく九〇年代になってもその悪夢は終わらないことを予感させる。それはまた同時に、アメリカの社会が、そして世界がますます不安の時代へ向かっていることを予感させる。アメリカの片田舎に暮らす平凡な人々も、そのような不安から逃れることはできないことを、メイソンは伝えようとしているのではないだろうか。

三

メイソンは一九四〇年にケンタッキー州メイフィールドで生まれた。一九六二年にケンタッキー大学を卒業すると、ニューヨークへ出て音楽雑誌の記者になった。『イン カントリー』では、アイリーンの影響を受けたサムが六〇年代の音楽にひどく傾倒しているが、メイソン自身も少女時代から両親の影響でロックンロールを始めとするポップミュージックの大ファンであり、ニューヨークでの仕事も学生時代からの音楽熱が高じたものであった。その後、大学院へ進んで学位を取得し、大学で教鞭を取ったりしている。サムが六〇年代にこだわるのは、メイソンにとって六〇年代が特別の意味を持つからであろう。六〇年代のアメリカ社会を特徴づけるものとして、公民権運動、対抗文化の隆盛、女性の権利獲得運動、そしてベトナム戦争などが挙げられよう。第二次世界大戦の終結後も、インドシナ半島は引き続き戦火に晒されたが、特に一九六五年のアメリカによる北爆の開始からは、大量の米軍兵力がベトナムに投入され、実に多くのアメリカの若者達がベトナムの戦場へと赴いた。その頃から国内ではベトナム反戦運動が激化し、アメリカ社会は大きく揺れ動いた。六〇年代に二十代を過ごしたメイソンが時代から受けた様々な影響を、『イン カントリー』の中に感じ取ることができるが、メイソンの作品を更に深く理解するためには、彼女が多感な十代を送った五〇年代のアメリカ社会の時代背景も考慮に入れる必要があるだろう。

第二次世界大戦後、アメリカの経済は成長を続け、五〇年代、六〇年代とアメリカはかつてない繁栄の時代を経験する。国民の購買力は大きく伸び、人々は車や諸々の電化製品を手にし、豊かな社会の誕生で大衆文化も大いに栄えた。メイソンの住むケンタッキーの田舎町もこの繁栄を多少なりとも享受したに違いない。当時の若者に人気のあった映画に、彼女も足繁く通って楽しんだし、ラジオで音楽を聴くことも彼女の大きな楽しみであった。サムがアイリーンやエメットと一緒によくテレビを見るが、それはメイソン自身の子供時代の娯楽でもあっただろう。そして、少女時代に家族や土地に対する強い絆を感じながらも、サムのようにメイソンも小さな田舎町に一生埋もれるのではなく広い世界を見たいと思ったのであった。だが、このような五〇年代の繁栄の陰で、貧困や人種問題があり、女性達は自分達が置かれている立場に不満を抱いており、様々な形で社会に対する批判の動きが生まれた。これらの社会批判が公民権運動や女性の権利獲得運動へと繋がり、ベトナム反戦運動を生み出す素地になったことは否めないだろう。

五〇年代に十代を過ごし、アメリカの繁栄と大衆文化の恩恵に浴したメイソンの世代は、アイリーンやサムの世代よりも幸せだったと言えるかも知れない。『イン カントリー』には、混乱の時代を生きなければならなかった、自分よりも若い世代に対するメイソンのメッセージが随所に込められている。六〇年代の後半にアメリカがベトナムに本格的に介入し始め、まだ子供のような若い男の子達が次々と戦場に赴くのを、辛く悲しく腹立たしい思いで見送った大勢の女性達の中にメイソンもいたに違いない。彼女の最初の短篇集『シャイローその他』(*Shiloh and Other Stories* 1982) の中にも、何とか徴兵を逃れたいと思う若者が登場したり(「ナンシー・カルペパー」)、妻を残して二十一歳でベトナムへ行き戦死した、まだ子供と言ってよいほどの若者の写真が飾ってあったり(「古いもの」)するが、真実を知らされないまま戦争に巻き込まれた若い世代や、大人になることを許されずに戦場で命を奪われた多くの若者への深い同情の念が、メイソンにこれらを書かせたのではないだろうか。

また、メイソンは戦争が持つ危険な魅力と人間の心の奥底に潜む醜さを描くことによって、戦争が人々の心に残す傷の深さと人々が味わう疎外感の深刻さを伝えている。サムはベトナムからの帰還兵が全てエメットのように社会に適応していないわけではないことに気づいていたし、戦争は魅力的なものだという考え方に、いくらかの真実があるのではないかとも思っている。ベトナムからの帰還兵であるピートは、ある意味ではベトナムでの生活ほどいい生活はなかったとサムに語る。それは、自分が何をしているかはっきりと分かっていたからだと彼は言う。ドナルドでさえも、ベトナムでの生活をノスタルジックに話していた時期があった。戦争という、生死の分かれ目のあまりに過酷で悲惨な体験は、強烈であるが故に、人々は正常な判断力を奪われ、その体験に酔いしれてしまうのかも知れない。あるいは、払った代償の大きさ故に、自分達がしてきたことは無駄で愚かしいことだなどと考えたくないのであろうか。そして、同じくベトナムからの帰還兵であるトムが言うように、人々は体験したことを自分の都合のいいようにねじ曲げてしまう。何故ならば、そうしないと生きていけないから。自国にとっての身勝手な正義の戦いが、いかに他国の罪のない人々を苦しめようとも、それに気づかない、いや気づこうとしない人々の存在をメイソンは描き出している。

だが、メイソンの非難は個人に向けられてはいない。アニタがサムに「お父さんを誇りに思いなさい」と言ったように、そしてドウェイン自身もアイリーンに宛てた手紙に「僕を誇りに思ってくれ」と書いたように、国家を疑うことを知らない素朴で善良な庶民の当時のごく一般的な思いを、メイソンはありのままに描いている。彼らの言葉から、疑うことを知らない優しい人々の切なさが伝わって来る。それ故に、エメットのように国家によって裏切られたことに気づいたとき、国家への失望と怒りはあまりに大きく、自分はどこにも属していないという疎外感だけが残る。エメットの顔の吹き出物や頭痛の訴えをあざ笑う医者の態度や、枯れ葉剤の影響を決して認めようとしない国の姿勢が象徴しているように、いつの世も変わらない権力を持った者の奢りと国家の非情が、メイソンの語り口が静かであればあるほど読者の胸に迫ってくる。

作家の実体験が作品の中で使われることはよくあるが、サムがワシントンで慰霊碑に彫られた「サム・A・ヒューズ」という自分と同じ名前を見つける場面もその一つである。一九八三年にワシントンの慰霊碑を訪れたメイソンは、自分と同じ「ボビー・G・メイソン」という戦死者の名前を発見する。戦死したのは自分であったのかも知れないのだ。主人公にサムという男の子のような名前を付けたのは、メイソン自身がボビーという男の子のような名前を持っているからであり、主人公に対する思い入れの深さが感じられ、サムはメイソンの分身と見なすことができる。ベトナムに行っていない女達には本当のことは分からないというサムに向けられた言葉は、メイソン自身が深く傷つき疎外感を味わった言葉だったのだろう。男達が引き起こしたベトナム戦争の女達の物語を、メイソンは描こうとしたのではないだろうか。

サムの周りの大人達は、彼ら自身が孤独を抱え悩みながら生きているが、サムの成長を暖かく見守る存在でもある。エメットにとってサムだけが心を許せる相手であり、彼が苦しみを乗り越えて人生をやり直すことを決意したのは、彼の心が癒されることを願うサムの長年の思いに応えるためであった。キャウッドの池でエメットはサムに語りかける。自分の頭でじっくり考えることの大切さ、歴史から学ぶことは何もないこと、そして物事を観察することによって多くのことが見えてくることを。これらは、サムの世代に送るメイソンからのメッセージに他ならない。キャウッドの池の遊歩道を歩くエメットの後ろ姿は赤ん坊を抱いた老農婦のように見え、サムの目に彼の姿が美しく映った。メイソンは彼女の作品の中で、女性達の持つ優しさと強さ、アイリーンとサムのように母と娘との愛と絆に、不安の時代を生き抜く普通の人々の精神的な拠り所を見出そうとしている。ロドニーと一緒にロナルドの帰りを待つジャネットも、サムが憧れる美しいアニタも、平凡な女性ではあるが、二人とも優しさと忍耐力と包容力を兼ね備えた女性である。アイリーンは自分の人生を切り開いてゆく強さと、サムを遠くから忍耐強く見守る包容力を併せ持つ、優しい女性である。今や女性達は何でもできる時代になったのだからと、アイリーンはサムに大学進学を勧める。これは、女性の権利獲得運動が隆盛を極めた六〇年代を、身を以て体験したメイソンの実感であったのだろう。六〇年代は、大学へ行く女性の数が十年前に比べて倍増した時代でもあった。

しかしながら、六〇年代にアメリカ社会が体験した様々な変革の波は、残念ながらアメリカ社会を決して良い方向へばかり導いていったわけではなかった。そして、七〇年代に入って、人々がまだベトナム戦争の敗北から立ち直ることができないでいる頃、国家に対する幻滅を更に深めるようなウォーターゲイト事件が発覚した。失墜した国家の威信の回復を願っていた国民の期待は裏切られ、人々はかつてないほど大きな精神的打撃を受けた。五〇年代にアメリカの人々は豊かで平和な社会の実現を夢見ていたが、六〇年代にはその夢は悪夢に変わり始め、七〇年代にはまさにアメリカが見ている夢は悪夢以外の何物でもないことを人々は思い知らされたのである。

結び

ベトナム戦争の終結からちょうど十年目に、何故メイソンはベトナム戦争をテーマとする作品を発表したのであろうか。その疑問を解く鍵が、マモウがサムとエメットに語ったエピソードにあるように思われる。マモウが見たテレビ番組で、ベトナム戦争の帰還兵が十年後にやっと気持ちの整理がついて、戦死した戦友の母親を訪ねることができたという。アイリーンはドウェインの死を犬死にだと考え、戦争を忘れようと努めてきたが、それはまさにベトナム戦争に対するメイソン自身の気持ちであったと思われる。だが、終戦から十年近くが経過し、ベトナムでの失敗を忘れて対外的にも強いアメリカの再生を求める気運が高まる中、メイソンはベトナム戦争について書くべき時が来たという思いに駆られたのではないだろうか。そして、メイソンが自分もそのような少女の冒険の物語を書きたいと願った、『ハックルベリー・フィンの冒険』が発表されてからちょうど百年になる頃でもあった。ハックの物語が単なる少年の冒険談で終わっていないように、メイソンもサムの自分探しの旅を通して当時のアメリカ社会の一面を描き出した。打ち砕かれたアメリカの夢の回復は容易ではないが、男達には書けない、ごく普通の女達のベトナム戦争の物語を書くことによって、メイソンは戦争で傷ついた人々の心が癒されることを願い、若い世代にアメリカの未来への希望を託したのではないだろうか。

参考文献

Mason, Bobbie Ann. *In Country*. New York: Harper Perennial, 2001.

———. *Love Life*. New York: Harper Perennial, 1990.

———. *Shiloh and Other Stories*. Lexington: The University Press of Kentucky, 1995.

Price, Joanna. *Understanding Bobbie Ann Mason*. Columbia: University of South Carolina, 2000.

Wilhelm, Albert. *Bobbie Ann Mason: A Study of the Short Stories*. New York: Twayne Publishes, 1998.

サラ・M・エヴァンズ、『アメリカの女性の歴史』（小檜山ルイ・竹山初美・矢口祐人訳） 明石書店　一九九七年

紀平英作編『アメリカ史』（新版世界各国史24） 山川出版社　一九九一年

メアリー・ベス・ノートン他、『冷戦体制から21世紀へ』（アメリカの歴史第６巻 本田創造監修） 三省堂　一九九六年

オーガスト・ラドキ、『アメリカン・ヒストリー入門』（川口博久・千葉則夫他訳） 南雲堂　一九九四年

尚、本文中の邦訳については、亀井よし子訳『イン カントリー』（ブロンズ新社、一九八八年）、亀井よし子訳『ボビー・アン・メイソン短編集〈上・下〉』（彩流社、一九八九年）、亀井よし子訳『ラブ・ライフ』（草思社、一九九一年）を引用させて頂いた。

ラッセル・バンクスの『大陸漂流』と「ジグザグ・パターン」
――八〇年代のアメリカ小説における リアリズムとミスティシズムの接点――

高田　修平

ラッセル・バンクス（Russell Banks 1940–）は、自分の体験に基づいて現代アメリカ社会における労働者階級の生活を描きつづけた作家であるが、七〇年代以降の保守的な政策によって誘導された階層化された（所得格差の広がる）アメリカ社会において、貧乏人が巨万の富を築くいわゆるアメリカン・ドリームの逸話はほぼ実現不可能な空想の産物となり、彼が小説の中で描くアメリカ中下層階級の人々の生活は、希望のない暗さに満ちている。バンクスの小説は、個人は社会階層という厚い壁に支配されているという認識において、一面ではドライサー的なナチュラリズムの特徴を持っている。

しかし、たとえば彼の代表作とされる『大陸漂流』（*Continental Drift* 1985）を読むと、ナチュラリズムの決定論的な暗さとは異質な開かれた要素をも持っていることがわかる。それを仮に彼の小説における「ジグザグ・パターン」の現象（すなわち、アメリカン・ドリームの挫折とそれを乗り越えようとする力との相反する二つのベクトルの衝突）と名付けるならば、それはラッセル・バンクスの個人的な資質を反映していると同時に、八〇年代のアメリカ小説の流れに共通する特徴ともなっていると筆者は考える。この論文では、まずバンクスの小説のテーマとして現れる「ジグザグ・パターン」を『大陸漂流』を中心に分析し、次にそれが八〇年代のアメリカ小説の流れにいかに関わっているのかを検討してみたい。

ラッセル・バンクスとボブ・デュボイズ

ラッセル・バンクスに関する唯一の系統的な研究書であるロバート・ニエミの『ラッセル・バンクス』（一九九七）を読むと、バンクスが少年時代に体験した次のような荒廃したある意味では典型的なアメリカ労働者階級の生活が、彼のその後の創作活動に大きな影響を与えていることがわかる。

バンクスの父は酒飲みで浮気癖もあり、彼と妻は自分たちだけではなく、子供たちをも絶え間ない家庭内の騒動にさらしていた。(中略) バンクスが十二歳の時に、父はガールフレンドと同棲して永久に家庭を捨てた。母のフロレンスは離婚の訴訟を起こして、四人の子供たちの親権を握った。職場への復帰を余儀なくされた彼女は、会計士の職を見つけたが、安くて骨の折れる仕事は、彼女の生活を生きるために必死にもがくだけの毎日に変えてしまった。(ニエミ　一―二)

これはまさに『大陸漂流』に代表される、ニューイングランドのアメリカ労働者階級の家庭を舞台とした彼の半自伝的小説のなかに繰り返し描かれる情景である。しかし困窮した母子家庭の中で、長男として父親代わりの役割を押し付けられたラッセル少年は、果敢にそれを果たそうとする。ニエミはバンクスのそのような行動を、妹のリンダの証言やインタヴュー記事でのバンクス本人の証言を引用して裏付けているが、次のバンクス本人の証言に見られるように、彼の行動はある種の理想主義を反映している。

家の中は混乱の極みだった。大人たちの混乱から自分の身を守らなければという痛切な思いに自分が駆られていたことを、よく覚えている。僕はできるだけ秩序のある生活をしようと心がけた。それについて寄り目になってしまう程自意識過剰になり、それで大人びた外見を早く身につけてしまったのかもしれない。(ニエミ　二)

こうしてバンクスの一連の半自伝的な小説の中では、荒廃したアメリカ中下層階級の家庭で生活しながら理想を追求する主人公という図式が形成される。

夢の挫折を乗り越えようとするひとつのベクトルが、バンクスの内面的な理想主義を示しているとすれば、困窮した母子家庭の中で蒸発した父の代わりを必死に演じようとするロバート少年の苦闘は、たとえば『大陸漂流』の冒頭、「うんざり」（原題は "Pissed"）という章の中で、石油バーナーの修工という単調な仕事にまさにうんざりとしながらも理想を失うまいとする主人公、ボブ・デュボイズの姿に重ね合わせることができる。仕事帰りに行きつけの酒場に寄ったボブは、酔った勢いで衝動的に自分の車のフロントガラスを叩き割る。ガラスの破片が飛び散った車のシートに座って深夜の町を家までドライブする彼は、自分を「手足に枷をはめられて身動きがとれず、わらの中に縮こまって冷たい風と雪をしのぎ、病気の老いぼれた馬がひく幌のない荷馬車の後尾で、凍りついた轍の上をがたごとと揺られてゆく」帝政ロシア時代のシベリア流刑を連想させるような「罪人」（三一）に準える。しかし作者はボブの荒涼とした心的風景を幾重にも重ねあわされた後で、「胸の真ん中にともる火をたやさぬように気をつける」（三二）ボブの姿に目を留める。ボブを取り囲む荒涼とした心的風景とその真ん中にともる「火」（原文では "a tiny, carefully tended fire"）のコントラストは、まさに絶望的な状況の中でアメリカン・ドリームの理想にしがみつく労働者階級のひとりのアメリカ人の生き方を象徴している。

ボブにとってのアメリカン・ドリームとは、単なる金儲けという物質的側面だけではなく、男らしい生き方という精神的側面にもつながっている。それは端的に言えば、どんな状況でも弱音を吐かずに黙々と責任の重い使命を遂行する、妹のリンダの証言した少年時代のラッセル・バンクスに通じる男らしさである。引用した「うんざり」の章の後半には、その夜帰宅したボブが泣いているのを見て妻のエレンが驚く場面がある。彼女はボブと知り合って十年間、彼の「怒り、傷つき、喜び、悲しむ姿」は見てきたが、彼が「泣くのを見るのはこれがはじめて」（三三二）であったのだ。ボブは母親の死や娘の病気などのそれまでに出会ったどんなにつらい場面でも、「ただぐっと顔をこわばらせただけ」（三三二）でけっして涙を見せない。ボブが執着するこのような男らしさの理想像は、父親への屈折した心理を反映しているとも言える。ラッセル・バンクスの父を原型とした自堕落で暴力的なボブの父は、彼のイメージする理想的な男らしさとは一面ではかけ離れているが、自分の妻と娘の「三人の女性の肉体が、はかなく、こわれやすく、苦痛や破壊に対していかに弱いかを身にしみて感じた」時に、彼は自分自身の暴力性を恥じると同時に「いま絶対に傷つけまいと誓ったその同じ弱さに対して、胸の奥底から暗い憎悪がふつふつとわきあがる」（二七―二八）のを意識する。すなわち、ボブは父の暴力性を忌み嫌いながら、その中に含まれた女性たちの「弱さ」に対抗できる「力強さ」を通して、「男らしさ」に関する彼独自の理想像を形成しているのだ。

リアリズム小説としての『大陸漂流』

バンクスの『大陸漂流』は、ボブ・デュボイズとハイチ人女性ヴァニーズに関するそれぞれ別のプロットが交互に配置された構成を持ち、二つのプロットの関係は、リアリズムとミスティシズムの関係について考察する論文の後半部分で詳述する。さしあたってボブの問題に焦点を絞るために、論文の前半ではヴァニーズに関するプロットを排除して議論を進めたい。ボブ・デュボイズというひとりの労働者階級のアメリカ人に関するプロットを見る限り、この小説はリアリズムの手法で書かれているが、前述したニエミを含めて多くの批評家が指摘するように、バンクス流のリアリズムは作家が自分の視点から頻繁に小説を解説する点において、いわゆる登場人物の自律的な内面描写を重視する本来のリアリズムの手法から逸脱している。たとえばジーン・ストラウスは“Indifferent Luck and Hungry God”の最後で、「読者は情け容赦なく説明される登場人物よりも、本当のフィクショナル・ライフを与えられた登場人物を歓迎する」(十二)と述べて、バンクスのオーソリアル・イントルージョンを批判している。しかしロバート・タワーズは逆に“Uprooted”の最後で、作家の「干渉する声は小説の展開に流れと勢いを与え、それを阻害するよりもむしろ進行させている」(三七)と指摘している。二人の批評家の見解の相違は、それぞれの小説観の相違に由来していると思われる。ストラウスが登場人物の自律性というフローベール以来のリアリズム小説の見方を重視するのに対して、タワーズの見方はむしろ、"Who to Blame, Who to Forgive" の中でウェスリー・ブラウンが引用している、バンクス自身の「作家は登場人物と同様に（小説を語る）責任をもつ」（六九）という言葉に反映された小説観に近い。

リアリズムという手法自体の妥当性が疑問視されている現代では、むしろ本来の手法から逸脱したリアリズムの使い方によって、バンクスがリアリズムの小説に新たな息吹を吹き込もうとしているように私には思える。すなわち、時間の概念やディスコースの問題を含め、リアリズムの手法が既成の価値観を追認し、商業主義的な人間性の搾取を助長していることが、今日では一連のポスト構造主義的な思想によって明らかとなっているが、バンクスは登場人物の内面描写というリアリズムの手法の限界を乗り越えるために、あえてオーソリアル・イントルージョンという荒削りな手法を使っているのではないか。『大陸漂流』から引用した次の一節は、黒人女性のマーガリート・ディルとの出会いを通してボブの心に変化が生じる様子を描いた場面であるが、オーソリアル・イントルージョンがその描写に効果的に使われている。（以下の引用箇所の傍線による強調は、すべて筆者による。）

ボブは、セックスはたんにセックスにすぎないことを、まだセックスが享受できるうちに知った小数の幸福な男女の一人だった。どうしてこうなったのかはよくわからないが、とにかくこの境地に至ったこと、それがマーガリートとの情事になにか重要な関係があることだけは知っている。自分の性のありかたに対する意識がいつ変化したかという明確な時点はなかった。気がついてみると、違ったふうにふるまっていた——つまり幻想を抱かなくなった——それだけのことだ(1)。

引用した箇所の大部分はボブ自身が認識する心の変化に関する描写であるが、傍線部の箇所は明らかに作家の視点からなされたボブという登場人物の解説である。それは登場人物の自律性を重視するストラウスのような批評家から見れば、作家の余計な干渉であるかもしれないが、オーソリアル・イントルージョンはこの場面で、小説の展開にひとつの重要な役割を果たしている。すなわち、マーガリートの「愛を得ることができたなら、……違う男になれる」（一四五）という幻想に溺れて行き詰った生活から逃れようとしていたボブが、小説の結末では「幻想にとってかわるべきもの」（三九四）としての「希望」を求めて贖罪に命をささげるまで変化を遂げるのであり、そのボブの段階的な心の変化を解説するために作家の視点は必要不可欠であると私には思える。言い方を変えれば、リアリズム小説の内面描写を通して経済活動の名目で個人を搾取する現代のアメリカ社会が描かれる一方で、その中で失敗を重ねるボブを転落から救う別の視点をこの小説は必要としている。ボブはそれら二つの視点から合成された登場人物なのだ。

ボブがオーソリアル・イントルージョンとリアリズムの内面描写という二つの要素から合成され、しかもロバート・タワーズが指摘するように、その二つが噛み合って「小説の展開に流れと勢いを与えている」（三七）とすれば、どんな小説の技巧がそのような効果を生んでいるのか。私はその鍵は、バンクスの柔軟なオーソリアル・イントルージョンの使い方にあると思う。今引用した一節では、オーソリアル・イントルージョンは登場人物を彼の自律的な内面の世界から別の方向へ導くために使われているが、次に引用する一節は、「人生の梯子」（一四）をすべり落ちるボブが最終的に観光船で密入国者を運ぶ非合法の仕事に手を染める場面であるが、オーソリアル・イントルージョンは明らかに異なる目的で使われている。

自分のよく知っている生活、生まれた時にあたえられ、成長する過程でさまざまな偶然の出来事を積み重ねて目の前に築きあげられていった生活を手放すたびに、そのような生活を新しい生活への夢と交換するたびに、彼はどんどん力を失くしてゆくのだ。いまのボブ・デュボイズはそう信じている。だが彼は、切り立ったつるつるすべる壁に囲まれた、暗い、冷たい場所に落ち込んでしまった。出口はすべて封じられている。しかも一人ぼっちだ。彼はそこで生きていかねばならないだろう。もしまだ生きていくつもりならばだが。善良な男が善良さを失っていくのは、このようにしてなのだ。（三〇九―一〇）

前回の引用において作家は「幻想」に溺れるボブに救いの手を差し伸べていたが、今回の引用では作家はオーソリアル・イントルージョンによってボブの破滅を断言している。ボブは理想主義とその法外な責任感からの逃避という「ジグザグ・パターン」を繰り返しながら、次第に人生の梯子をすべり落ちるのであるが、作家はボブの意識よりも深いレベルで、それが個人を搾取する現代アメリカ社会の経済的メカニズムから生じていることを示している。すなわち、オーソリアル・イントルージョンに関する第一の例（三三四）では、登場人物の内面描写に基づいたリアリズム小説の展開とは別の方向を示唆するためにそれが使われているのであるが、第二の例（三〇九―一〇）では、むしろリアリズム小説が自律的に展開された場合の方向を要約して示すために使われているのであり、オーソリアル・イントルージョンはこの小説の中で相反する二つの目的に使われていると思われる。

メタフィクションとの接点

オーソリアル・イントルージョンに込められた作家バンクスのメッセージを考察すると、彼が登場人物のボブ・デュボイズを現代アメリカ社会の経済的メカニズムから救い出すために手を差し伸べているのか、それともその中に埋没させようとしているのか、非常にあいまいである。この問題を追及するためには、まず『大陸漂流』という小説の特殊な構造の問題を考察する必要がある。ニエミの『ラッセル・バンクス』によれば、第四作目の『大陸漂流』を書く前に、バンクスは小説のテーマ（ニュー・イングランド、熱帯地方）やジャンル（短編小説、長編小説）、スタイル（リアリズム、メタフィクション）などに関してさまざまな試行を重ねている。ニエミはその軌跡を次のように要約している。

一九八九年のウェスリー・ブラウンとのインタヴューで、ニュー・イングランドと熱帯地方の間を行き来しながら小説を書く方法を形容するために、バンクスは「バイ・ポラリティ（双極性）」という言葉を使っている。同じ言葉がスタイルの問題にもあてはまる。八〇年代半ばまで、バンクスは短編小説にはリアリズム、長編小説にはメタフィクションを好んで用いた。しかし一九八五年の第四作目の小説『大陸漂流』で、この二重の分割はきっぱりと解消されてしまった。それ以降の作品で使用し続けることになるドライサー流のリアリズムのイディオムで書かれた『大陸漂流』には、二つの筋を交互に配置する方法で労働者階級のニュー・イングランドとカリブ海が結合されている。（ニエミ　二〇）

ニエミの要約をさらに補足すれば、ドライサー流のリアリズムはボブに関するニュー・イングランドのプロットに限定され、ヴァニーズに関するカリブ海のプロットは現地のヴードゥ教にまつわるミスティシズムの色調に支配され、小説の前後にはメタフィクショナルなタッチの「呼び出しの呪文」と題されたプロローグと「結び」が配置されている。すなわち、バンクスがそれまでに試行した小説のテーマ（ニュー・イングランド、熱帯地方）やスタイル（リアリズム、メタフィクション）が、『大陸漂流』というひとつの作品の中に混在している。しかし、だからと言ってこの小説がさまざまなテーマやスタイルの寄せ集めであるという意味ではなく、小説の中心にはやはりリアリズムの手法で書かれたボブに関するニュー・イングランドのプロットがあり、他のスタイルやテーマがそれに対してどのように関わっているのかを考察すべきである。

ボブに関するニュー・イングランドのプロットの中心的テーマは、現代アメリカ労働者階級の経済的困窮とそれから生じる家族の不和であるが、これはラッセル・バンクスの少年時代の体験に直接つながるテーマである。このような少年時代のトラウマが彼の創作に決定的な影響を及ぼしていることは、たとえば前述したウェスリー・ブラウンの雑誌記事における、「自分の少年時代に受けた心の傷へ戻ろうとするオブセッションに駆られ、それはどのように発生したのか、いったい誰が悪いのか、誰は許せるのかといつも考える」（六六）というバンクス自身の証言を見ても明らかである。トラウマによっていわば少年時代の殻の中に閉じ込められてしまったバンクスは、過去の体験がブラウンの言葉を借りれば“emotional reservoir”（感情の蓄積）となって、心の痛みをテーマとした自伝的色彩の濃い小説を相次いで出版するのである。彼は短編小説集を除いて今までに十編近くの小説を書いているが、その中でもニュー・イングランドのプロットに関する三つの小説――『ハミルトン・スターク』（一九七八）、『大陸漂流』（一九八五）、『アフリクション（苦痛）』（一九八九）――はいづれも彼のトラウマを正面から扱った作品であり、それらに共通する特徴を考察することによって、彼の創作に対する基本的な姿勢が浮かび上がってくると思われる。

ニエミは『ラッセル・バンクス』の中で、『ハミルトン・スターク』と『アフリクション』に共通する次のような特徴を指摘している。それはある意味で『大陸漂流』にもあてはまる興味深い特徴である。

『アフリクション』は『ハミルトン・スターク』と同様に、最初から不在の主人公に関する細心の注意を払った語り直しである。しかしそれが以前の小説よりも進歩しているのは、調査する語り手と彼の分身である破滅を運命づけられた主人公との距離がさらに狭まっていることだ。それは心に傷を受けた暴力的な若い時の自分と作家になってより慎重になった自分をバンクスが次第に融合させようとする努力を示している。（ニエミ　一五一）

『アフリクション』を執筆した時の五十歳に近いバンクスが、遠い過去に受けたトラウマを次第に乗り越えようとしていることは十分に考えられる。しかし問題はバンクスの二つの分身の距離が狭まったことではなく、いずれにしても作家の二つに分裂した自我が存在し、それが二つの小説にひとつの大きな特徴を付与していることである。両者において語り手の役割を担うのは、主人公の近親者または心理的に近い登場人物であり、主人公の分身と言える程彼のトラウマを共有できる立場にいる人物である。こうして語り手は時には主人公の観察者となり、時には彼のトラウマを追体験する。『大陸漂流』には語り手の役割を担う登場人物は存在しないが、作家バンクスが小説本来の筋への干渉によってボブの観察者と分身の役割を果たしているという意味で、他の二つの小説との共通性を見ることができる。三つの小説の語り手に共通するのは、彼の意識の中で二つの役割がたえず混ざり合って、客観的な観察者の役割に徹しきれないことである。彼は一方では主人公のトラウマをひとつのストーリーとして記述しようとするが、他方では主人公をトラウマから救済するために、ストーリーの自律的な展開に干渉しようとする。こうしてリアリズムの視点とメタフィクショナルな視点が、語り手の意識の中で交錯することになる。

以上の考察で明らかなように、『大陸漂流』の特殊な構造にはバンクスの創作に対する基本的な姿勢が反映されている。メタフィクショナルな視点とは、小説の創作過程に注意を引き寄せて、それが現実のミメティックな書き写しではなく作家の想像上の産物であることを読者に意識させることである。しかし『大陸漂流』のように現代アメリカ社会の労働者階級を描いた小説の場合、ミメーシスに基づいたリアリズム小説の要素を完全に払拭することは不可能であり、バンクスの試みは結局二つのスタイル（リアリズムとメタフィクション）の間でこの小説をどっちつかずの宙ぶらりんな状態に置くことになる。『大陸漂流』の中でメタフィクションの要素が明確に現れているのは、「呼び出しの呪文」と題されたプロローグと結末の「結び」（原題は“envoi”）であるが、クリストファー・ヒチェンズが“The New Migrations”と題した書評の中で、この小説の「気取った結び」は余計であり、「それを削除するように助言する厳しい友人がいなかった」ことを残念がっているが、まさにこの小説の特徴を言い当てたコメントである。

ミスティシズムとの接点

自分のトラウマを客体化して描こうとするリアリズムの視点と、それに対する主観的な思い入れにこだわるメタフィクショナルな視点の交錯は、さらにリアリズムとミスティシズムの交錯につながる。一般的にミスティシズムと言えば、現代社会とは異質な空間において実践される神秘的な思考体系を意味するが、キャサリン・ヒュームは*Pynchon's Mythography*（1987）の中で、現代社会の中で人間中心の秩序を模索する試みを指して、より広義な意味でその言葉を使っている。(2) なぜ人間中心の視点がミスティシズムになるのかと言えば、人間性を度外視した経済活動や科学技術の振興に支配された現代社会の中で、それがミメーシスの要素を失い、現実と接点のない「恣意的な思考方法」（一九七）になってしまったからである。こうしてヒュームは、ピンチョンの小説における人間的視点を「パラノイア」の一種であると考えるが、それは生きるために欠かすことのできない妄想、すなわち「クリエイティヴ・パラノイア」なのである。ヒュームの「ミスティシズム」は直接的にはピンチョンの『重力の虹』（一九七三）における人間的な意味の探求を指しているが、個人を搾取する現代アメリカ社会の経済的メカニズムを描いたバンクスの『大陸漂流』に関しても、それは非人間的な現実に対抗する概念として十分に適用できると思われる。

ヒューム的な意味でのミスティシズムをこの小説の中で最も明確に体現しているのは、たとえば次の一節に見られるオーソリアル・イントルージョンである。

一人で、家族で、部族で、国民全体で、さらに種全体で動きつづける。これこそが、われわれがエントロピーに対して申し立てうる唯一の異議なのだ。いや、異議というのは正確ではない、それは一つのヴィジョンである。肯定的言明の形をとった否認、逸話の形をとった反証、すなわちそれは、事実を数えあげることではなく説明することであり、再現ではなく表現であるということだ。（五一）

これは小説のタイトルになった「大陸漂流」という言葉に関する、小説冒頭での作家のコメントである。ボブとヴァニーズに関する二つのプロットを見れば、「漂流」がこの小説の主要なテーマとなっていることはあきらかであるが、バンクスは上記の引用に見られるように、その言葉に現代社会の「エントロピー」に対抗できる「ヴィジョン」という哲学的意味を付与している。さらにバンクスはこのコメントをヴァニーズに関するプロットの冒頭に配置して、二つのプロットの「エントロピー」対「ヴィジョン」、リアリズム対ミスティシズムというコントラストを強調しようとしている。しかし小説全体の構造から考えれば、これはあくまでも作家の「妄想」であり、彼のコメントに沿ってヴァニーズに関するプロットを解釈すべきではないと私は思う。

『大陸漂流』に関する雑誌の書評を読むと、二つのプロットの違いに関して数人の批評家が共通の指摘をしている。それはたとえば、次に引用するジーン・ストラウスのコメントに代表される指摘である。

　ヴァニーズのストーリーはボブのそれほど生き生きと伝わって来ない。それは雲がかかったようにぼんやりと知覚されているようだ。バンクス氏はここではボブに関してよりもさらに解釈を控えて、語ろうとしているのであるが。（十一）

原文の書評で「解釈」と「語り」に相当する言葉は、それぞれ"interpret"と"tell"であるが、両者の違いをロバート・タワーズのコメントに照らし合わせて考えれば、ヴァニーズに関する「語り」とは「作家が頭の中で行う」行為であり、ボブに関する「解釈」とは本来作家の「心の奥にある心情的なもの」を「よりくつろいだ」姿勢で考えることである。さらにスベン・バーカーツは『アフリクション』に関する書評の中で『大陸漂流』に言及し、ボブに関するプロットは「登場人物が（作家の心に）住んでいる」時に認められる「自信と正当性」を持って描かれているが、ヴァニーズに関するプロットはその特徴を欠いていると述べている。二つのプロットの違いに関する三人の批評家の指摘は、要するに『大陸漂流』が書かれた一九八〇年代の小説におけるミスティシズムの位置を示している。それはすでにミスティック・リアリズムと呼ぶべき実体を喪失し、現実と接点のない「クリエイティヴ・パラノイア」になってしまったのである。

ピンチョンは『メイソン&ディクソン』（一九九七）の中で、合理主義と神秘主義が覇権を争う様子を描いているが、西欧諸国に啓蒙主義の嵐が吹いて、そのディスコースがミスティシズムから実体を奪ったのは十八世紀のことである。神や妖精が実在するいわばミスティック・リアリズムの空間は、経済的グローバリズムの進展によって第三世界からも姿を消しつつある。バンクスはこの小説の「大いなる道」と題された章の中で、ナッソーを文明と未開が奇妙に同居する場所として描いているが、資本主義経済に支配されながらかろうじて土着の文化や風習が継承されているという意味で、カリブ海全体がすでに「フロリダのリトル・ハイチ化」していると言っても過言ではない。ヴァニーズが体験する搾取は、ボブが体験するそれよりもさらに人間性の根源に関わるものであるが、究極的には両者とも現代社会の経済的メカニズムに由来している。あえて二つの搾取の間の違いがあるとすれば、それはジーン・ストラウスが指摘するように、搾取を蒙る被害者側の態度の差である。ボブはアメリカン・ドリームの虚像に振り回されて、自分の欲で経済的メカニズムの泥沼にはまるのであるが、ヴァニーズはだまされ、陵辱され、子供を失いながら、すべての出来事を人間とロアの神々との関係から解釈し、彼らへ供物をささげるために奉仕する。そこには確かに現代人の合理主義とは異質な、ミスティシズムの香りがある。しかし問題はむしろ、一連のミスティックな現象を記述する作家バンクスの側にある。クリストファー・ヒチェンズが指摘するように、彼は「批判的観察」に踏み込まず、ヴードゥ教の信仰にまつわるハイチ人たちの頑強な意志を「額面どおりに受け止めて」（一二〇三）いる。こうして二つのプロットに関する作家バンクスの取り組み方に「語り」と「解釈」の違いという言葉で示されるような不均衡が生まれ、それらがひとつのプロットにつながる小説の結末部分が「感傷的」で、「ありそうもない」という印象を与えてしまうのである。

以上の考察で明らかなように、ボブとヴァニーズに関する二つのプロットが対等の存在感で併置されているのではなく、小説の中心にはやはりリアリズムの手法で書かれたニュー・イングランドのプロットがある。しかし、メタフィクションのスタイルがオーソリアル・イントルージョンの手法によってボブに関するプロットに一定の作用を及ぼしているのと同様に、ヴァニーズのミスティシズムに関するプロットも、小説の中でひとつの役割を果たしている。それはボブの心に内在する理想主義を刺激して、モラル・エピファニー（道徳的覚醒）を導き出すことである。次に引用する一節に見られるように、金もうけのためにハイチ人たちの密航を手伝ったボブは、彼らの溺死という思いがけない結末によって、今までの自分の日常生活を別の角度から見る視点を手に入れる。

車に向かって歩きながら、おりたたんだ新聞紙を左のわきにたくしこみ、両手をズボンのポケットの奥深く突っこんだとたん、左手に厚さが半インチほどもある札束が触れたのだ。そうか、これがあったんだ、血まみれの金が。数えられず、忘れ去られて、何時間も目に見えなかったものが、突然姿をあらわして、あらゆることをもとどおりにむすびつけてしまった。彼の生活に生じた断層はみるみる閉じて接合され、夢の中の出来事と日常生活での出来事はふたたびひとつになった。恐ろしいことだ。恐ろしいことだ。彼はそう思った。（三七一）

自分の観光船を使ってハイチ人たちの密航を助けることは、それまでのボブにとっては日常生活のひとつの経済活動である。しかしそれが彼らの溺死という悲劇につながった瞬間、「夢の中の出来事」と「彼の日常」がひとつにつながって、ボブは自分が組み込まれていた現代アメリカ社会の経済的メカニズムの連鎖を見通す広い視点を手に入れる。それはヒチェンズが「感傷的」で「ありそうもない」と批判した小説の結末部分よりもはるかにうまく二つのプロットが結合した瞬間であり、またジェイムズ・アトラスが指摘するように、みすぼらしい社会の底辺を描いた同時代の他のアメリカ小説とは別の側面をこの小説に与えている。

結論

『大陸漂流』は全体的にみれば難解な小説ではないが、異質な複数のスタイルやテーマから構成され、しかもそれらの要素が不安定につながっているために、どの要素に焦点を絞るかに応じて多様な解釈を内に秘めた小説である。しかし厳密な整合性を欠いた小説が、必ずしも失敗作になるとは限らない。むしろ不整合な要素の衝突をポジティブにとらえ、リアリズムとメタフィクション、あるいはリアリズムとミスティシズムの衝突から生まれる不協和音に、私はむしろ肯定的解釈をしたい。これは様々な技巧を駆使してリアリズムという八〇年代の怪物に立ち向かうひとりの作家の姿なのである。

注

（1）ラッセル・バンクス『大陸漂流』黒原敏行訳、早川書房、1991, p.334. 以下の『大陸漂流』からの引用箇所のページは、すべてこの版による。

（2）ヒュームのミスティシズムに関する考え方は、*Pynchon's Mythology* の第五章、特に The Nature and Suitability of Pynchon's Mythology（一九五一九七）の一節を参照。

引用参考文献

Aldridge, John W. "Blue-Collar Enigma." *New York Times Book Review*, 22 June 1986: 22.

Atlas, James. "A Great American Novel." *Atlantic Monthly*, February 1985: 94, 96–97.

Banks, Russell. *Affliction*. New York: Harper & Row, 1989.

———. *Continental Drift*. New York: Harper & Row, 1985.

———. *Hamilton Stark. Boston*: Houghton Mifflin, 1978.

Birkerts, Sven. "Bleak House." *New Republic*, 11 September 1989: 38–41.

Brown, Wesley. "Who to Blame, Who to Forgive." *New York Times Magazine*, 10 September 1989: 53, 66, 68–70.

Hitchens, Christopher. "The New Migrations." *Times Literary Supplement*, 25 October 1985: 1203.

Hume, Kathryn. *Pynchon's Mythography*. Carbondale: Southern Illinois UP, 1987.

Niemi, Robert. *Russell Banks*. New York: Twayne Publishers, 1997.

Pynchon, Thomas. *Gravity's Rainbow*. New York: Penguin Books, 1973.

———. *Mason & Dixon*. London: Vintage, 1997.

Strouse, Jean. "Indifferent Luck and Hungry Gods." *New York Times Book Review*, 24 March 1985: 11–12.

Towers, Robert. "Uprooted." *New York Review of Books*, 11 April 1985: 36–37.

マキシーン・ホン・キングストンの『女武者』における食べ物

アラン・ローゼン
（訳）池田　志郎

『女武者』（*The Woman Warrior* 1976）の研究は基本的に三つのパターンに分けられる。フェミニスト的、自伝的、そして異文化的研究である。[1] 三タイプの論文はどれも、程度の差はあるが、キングストン（Maxine Hong Kingston 1940–）が到達した語りにおけるモチーフ、あるいはイメージの塊として食物の重要性を認めてはいるが、ただ単に、その出現を選択的に利用し、特殊な点を説明するために一―二の例を取り上げているだけである。本論文ではそれとは対照的に、キングストンの食べ物と食事のいろいろな使い方をより包括的に検討する。さらに、後の章での食物の使用が前の章での使用に新しい側面を付け加える際に、これらのモチーフがどのように相互に作用するのかも検討する。本作品を通して食物はしばしば人間性を示すものとして、特に、語り手の母親ブレイブ・オーキッドの多面的で、時には自己矛盾した個性を表わすものとして使用されている。「回想録」の本の中でキングストンは、単に心理学的にではなく、社会的・政治的にその人がどんな人物であるかについて多くのことを示すために、何をどのように食べるか、あるいは「食べないか」についての人の思い込みを利用している。(2) さらに、キングストンは、母親と自分自身との複雑な関係だけでなく、ジェンダーの抑圧、文化的他者性をも明確に表現するために食べ物を使用する。本論では、『女武者』の五つの章がそれぞれどのように食物のイメージと、異なった、しかし、時として内的に関連した方法で、食べることと空腹という連続したテーマを広範囲に利用しているかを示したい。

一

第一章「名のない女」の中で、キングストンは食物に対する人の態度とその人の基本となる個性すなわちアイデンティティとを直接的に結びつけ、何をどのように食べるかはその人の魂を見るための窓であると示唆している。彼女は、食物に対する自分の母親のほとんど貧乏症的な態度を通して、神経症的に見える母親の実用主義を明らかにする。継続的で深刻な食料不足に苛まれた中国という国で育ったことによって形作られたブレイブ・オーキッドの大人としての食物に対する価値感は、豊かな大地カリフォルニアで何年も過ごした後でさえ基本的に変わることはなく、いかに奇妙なもの、変形したもの、残り物であっても、食べられる物を食べずにいることを拒否することは、今でもやっていることであり、未だに完全には「アメリカ的」ではない。「母は芝生を植えずに野菜を植える。畑からおかしな形のトマトを家へ持ち帰り、そして神々に供えてあった食べ物を食べる」(3)(一六)。キングストンは自分の母親にある根深い習慣を、文化的に、年代的に、そして地理的に離れた名もない中国人の叔母の世界を見る窓として使用している。

姦通はぜいたくである。自分たちで鶏の雛を孵し、孵らなかった雛や鶏の頭を珍味として食べてしまう人々、宴会用の料理として鶏足を酢で煮て、砂嚢まで食べてしまい、残すものといったら砂だけという人々、そんな人々が放蕩者の叔母を生み出すことなどありえようか。飢餓の時代に女であること、娘をもつこと、それだけですでに浪費であった。(一六)

もし、この飢餓と姦通のつながりがいくらか牽強付会、あるいは「東洋的」だとするならば、西洋の知的伝統の中にある大食と肉欲の強固かつ伝統的関係を思い出してもらうと良い。マギー・キルゴアが『聖体拝領からカニバリズムへ』で指摘しているように、「キスすることと食べることは明らかに両方とも口を使う行為であり、極度の激しさのレベルにおいては、エロチックで攻撃的な面、つまり、結合は差異化され得ない。その結果、どの時点で目的達成願望が消費願望へと変化するのかを告げることは困難となる」(4)。ブレイブ・オーキッドの子ども時代の中国においては、徹頭徹尾実用的であること、希少な食べ物を無駄にしないこと、たとえ食欲をかきたてられなくとも、完全に食用に適さない物を除いては全て食べることという生死にかかわる必要性によって、マキシーンの叔母が審判を下される社会基準というものが決定される。ある意味で、彼女の罪は彼女が婚外性交渉を持ったということではなく、彼女が個人的かつ地域的貧困を充分に認識しないで、その結果、私的「消費」を抑えることが充分にできなかったということなのである。彼女の母親は、マキシーンに乱交あるいは肉欲を戒めるためにこの話を使ったけれども、彼女の叔母の罪は大食の罪により近かった。つまり、彼女は利己的願望に浸るために希少な食物源からのエネルギーを浪費し、さらに悪いことには、食べ物を与えざるを得ないさらにもうひとつの口(おそらくは女の子)を生み出したということであった。

実際に、話全体の精神規範は、食料が希少であるという悲惨な事実に行き着く。彼女の叔母の社会的に認められない妊娠それ自体がタブーであったのと同じように、キングストンはその反応のレベルをその時代の経済的逼迫の責任だと考えている。社会行動を形成する食べ物の力、特に地域における食料の欠如は、語り手の叔母への村人たちの暴行に対する認識によってはっきりと説明されている。

叔母は、もし穀物が豊作で平和な時代に、また多くの男児が生まれ、あちこちの家で増築が行われていたような時期に家族を裏切ったのであったなら、それ程までに苛酷な罰を受けずにすんだかもしれない。だが、飢えて貪婪な男たち、旱魃の土壌に作物を植えつけることにも飽いた寝とられ男たちは、食物を買うための金を送るために村を出ていったのだった。亡霊たちが災をもたらし、匪賊が跳梁跋扈し、日本との戦争が、洪水との戦いがあった。中国で生まれたわたしの兄や姉たちは病名も分からないような病気で死んだ。良き時代にはおそらくただの過ちにすぎない姦通も、村が食物を必要としていた時代には犯罪になった。（一二）

キングストンは禁欲と放縦に対する読者の観念を広げるために、食べ物とセックスとの伝統的な連想を再統合する。性的放縦は、それが友達を飢えさせるということに道徳上等しい場合、食物軽視を意味する限り、許されない。

食卓それ自体が家族愛の比喩であり、それがなければ人は耐えられないほど孤独になる。追放された叔母が自分の赤ん坊と一緒に豚小屋で横になって自分の惨めさについて考えているときに、彼女は家族の食事風景を想像することで慰めを見出そうとする。

日常の安楽の幻覚が襲ってきて、現実を忘れてしまうこともあった――夕べに食卓を囲んで賭けごとをやっている家族の姿、若い者たちが年寄り連中の背中を按摩してやっている姿。稲の芽が出た朝、高揚した喜びに挨拶をかわす人々の姿。これらの光景が破れ散ると、星はさらにその互いの距離を広げた。黒い空間が口を開けた。（一四）

キングストンは、食べるための、あるいは何か他の活動のための食卓の席は、失われるまで当然と考えられている一種の特権であり、そこから除外されることは追放に等しかったことを示している。この食卓は、所属の隠喩、家族愛の輪の中に場所を持っているという隠喩なのである。キングストンは、妊娠した叔母は恐らく「追放された者たちの食卓」で一人で食事をさせられたのだろうと想像する。

食料が貴重である「他の人たちと同じ食卓で食べるという」共卓的生活の伝統においては、権力を持っていた年輩の者たちは罪人に一人ぼっちで食卓に向うようにさせた。日本人はそういう人々には、別の土地で侍や芸者になって新しい生活を始めさせたものだが、中国人の家族というのは顔をそむけつつも横目でにらみつけながら、犯罪者にあくまでもしがみつき、残飯を与えたものである。私の叔母もきっと、私の両親と同じ屋根の下に住み、罪人用の食卓で食べたに違いない。（七）

キングストンは、日本では追放者はその出自に関わらず、フランス外人部隊の日本版である侍部隊になんとか入隊し、侍になることができると誤って信じていたようであるが、追放者の食卓での時間をかけた処罰は特に残酷であったという彼女の論点に変わりはない。その犠牲者たちは、身体的に近くに置かれ、生物学的に生かしておかれ、にもかかわらず、心理学的・社会学的には隔離され、犬や物乞いのように残飯を食べさせられ、日に三度自分たちの罪を思い出させられ、しかも、屈辱が完全に中断されることは許されない。彼女の母親の村では食卓がいかに神聖な場所を占めるかということが、次の食卓にまつわる礼儀作法の描写によって明確にされている。

しかし、家族がもっとも近々と身を寄せ合った夕飯のときには、罪人も普通の者たちも、口を利いてはならないことになっていた。口からこぼれる言葉はすべて空しく失われた。彼らは沈黙のうちに食べ物を差し出し、それを両手で受け取った。うっかりして片手で碗を受け取った子どもは、横目でじろりと睨まれた。（一一）

キングストンが描写しているように、食卓で家族と一緒に食事をすることはほとんど宗教的な意味合いを帯び、静けさは畏敬を、両手を使うことは敬意を表わす。ある意味で、その共同体での食儀式からの叔母の追放は、村での宗教的破門に等しい。

追放者用食卓での罰の別の一面は、たとえ犠牲者が死んだとしても、それが本当に終焉することはないということである。たとえ彼女が幽霊（鬼）になったあとでも飢えから自由になることはない。もし、誰も彼女の墓に食事を供えて世話をすることがないならば、食べ物を乞わねばならないという必要性が彼女を永遠に苦しめる。したがって、死でさえも出口ではない。家族とは「一家を守ってくれる老人や死者たちに食べ物を与える息子たちを産み、忠実に家系を継承してゆく完全なものでなければならない」（一二）とキングストンは書いている。それが分かっているので、叔母は新しく生まれた子どもを「この子が墓に供えものをして、彼女の霊をなぐさめてくれるだろう」（一五）と守ろうとするが、自分の埋葬場所に印がないなら、その子は彼女を見つけることはできないだろうとすぐに理解する。だから、中国式の地獄とは、常に必死に何か食べ物を探しまわる必要がある、永遠に腹を空かせた物乞いの絵図となるのである。

常にひもじさに苦しむ彼女は他所の鬼たちに食べ物を分けてくれと乞い、子孫に供えものをしてもらっている鬼たちのものをかすめ取り、盗む。彼女は四つ辻に大勢集まった鬼たちと饅頭を取り合う。饅頭は思いやりある人々が、彼女を村や家から遠ざけ、先祖の霊に安らかに飲み食いして貰おうという目的で置いたものである。平和な時には、彼らは亡霊としてではなく神々のように振舞う。その彼らに子孫が、紙の背広やドレス、神様用の紙幣、紙の家、紙の自動車、鶏や肉や米を無窮の時空に向けて供えるのである。煙や炎にのせて精髄がとどけられる。飯碗の一つ一つから香と湯気が立ち昇る。中国人が家族以外の者たちにも思いやりを持つようになるようにと、毛首席は、先祖が誰であるかに関わりなく、功労のあった兵士や労働者の霊に対して紙の模型を供えよと言う。私の叔母は永遠にひもじいのである。死者の間では、富は平等に分配されてはいない。(一六)

二

もし、第一章「名のない女」が空腹の惨めさと充分に食べられない苦悩を描いているとすれば、第二章「白虎」は、空腹の積極的な面を紹介して敬意を払い、人をより高い存在へと引き上げる擬似魔術的特性を禁欲に付与していると言える。女武者ファ・ム・ランの伝説を再創造することで、キングストンは、たとえ一時的ではあっても、食物の必要性を超越することができる霊力を称える。食事はいろいろな形態をしている。その若い少女が長きに渡る山登りの後で老夫婦の小屋に辿りつくと、まるで彼らは彼女を待っていたかのように挨拶をし、一緒に食事をするようにと誘う。

扉が開いて、おじいさんとおばあさんが飯と汁の碗と葉のついた桃の枝を手にして出て来た。

「あなた、今日もごはんを食べましたか?」彼らは私にそう言って挨拶するのだった。「はい、食べました」、礼を失してはならないと思って、私はそう答えた。「ありがとうございます。」(「いいえ、まだです」、現実の生活でなら私はそう答えたことだろう。嘘ばかりついている中国人に腹を立てて、「お腹がペコペコです。クッキーありますか。チョコチップ・クッキーが食べたいです」と。)

「私たち、ちょうど食卓に着こうとしていたところでした」とおばあさんは言った。「どうです、一緒に食べませんか?」

二人は松の木の下に置かれた、厚い板でできた食卓に、ちょうど三つのご飯碗と三膳の銀の箸を持って来ているところだった。まるで誕生日ででもあるかのように、私に卵をくれた。二人は私より年上なのに、お茶もくれた。でも、私が二人にお茶を注いだ。急須もご飯鍋も底なしのように見えたが、きっとそうではなかっただろう。桃を除いて、二人は殆ど何も食べなかった。(二一二)

食事それ自体は質素かつ健康的で(現代アメリカの子どもの恥とも思わないチョコチップ・クッキー好きと面白い対照をなしている)、ほんの少しだけ余る位である。食卓は戸外の松の木の下に心地良く設えられ、その老夫婦の友好的で丁寧な優しい態度は、既に彼女の行動を改善しているようだ。というのも、彼女は当然のように彼らにお茶を煎れるからである。翌日目覚めると、彼女は再び食事を提供された。その一方で、老夫婦は「ほとんど食べなかった」(二一二)。

しかし、彼女の武者としての訓練が進むと、その老夫婦の自然の節制は、彼らが年老いているからというだけではなく、彼らが沢山の食べ物に対する必要性を超越してしまっているからだということが分かる。ちょうどファ・ム・ランが学ばなければならないように。ファ・ム・ランがひとりで森を抜けて行くときに、節制のテーマ、自分の食欲を克服するテーマが際立ってくる。それは彼女が、燃料をほとんど、あるいは全く必要としないで素晴らしい離れ業をやってのけることができる、極めて効率的な機械に自分自身を作り変えるという考えである。彼女の最大の敵は放縦なのだ。確かに空腹ではあっても、本当に辛い山登りや食べ物のない土地に行ったときのために、彼女は僅かばかりの木の実や掘り出した木の根を入れたささやかな小袋を持っている。「何も食べず、ただ火で溶かした雪の水だけを飲んだ」(二一五)。先ず最初は、素早く動きながらも、何も食べないようにして、彼女は自己抑制の化身となるように思われる。

最初の二日間、断食は楽で、どうということもなかった。何だこんなことかと自信を持ち過ぎた私は、もっとも難しい三日目、うっかりして、気が付いたら、衿巻を広げて木の実や根をじっと見つめていたのである。歩調を乱さずに歩くことも、食べることもせず、私はぼんやりとかって母が作ってくれた肉料理の夢を見ていた。修行僧の食物のことも忘れて。（略）私は老人たちと暮らすようになってから肉食の習慣は捨ててしまっていた。わたしの間近で踊りを踊る鼠や、火のすぐ近くに落ち込むようにして舞い降りる梟を捕まえたりすることはなかった。（二一五）

彼女が食べ物の欠如による幻覚症状直前にあるちょうどそのときに、彼女の心は晴れ渡り、より肉体を必要としない存在レベルへと到達したように思われる。彼女はもはや肉を食べず、焚き火近くの鼠たちが提供する料理の誘惑にも屈しない。その代わり彼女は断食を続け、その結果興味深いことに、空腹感を生き残りのための道具として使う方法を学ぶのである。

四日目、そして五日目、飢えのために私の視力は鋭さを増し、鹿の姿を認めた私は、私たちの道が重なる所では、鹿の道を歩いた。鹿たちがわずかに餌を食べるところで、私も茸を集めた。不死の茸である。（二一五）

彼女の感覚は空腹感で鈍くなるのではなく、究極まで研ぎ澄まされ、たとえ鹿のようにはいかないにしても、動物に近いものになることができ、その結果、「不死の茸」を捜し集めることができた。その茸が何であるにせよ、それはメタファーというだけではない。なぜなら、ファ・ム・ランは数日後それでスープを作るからである。

十日目の正午、氷の指が私に教えてくれた風化してできた岩の窪みに、私は米のように白い雪をつめ、岩のまわりに火を起こした。温まってきた水に、木の実や根や不死の茸を入れた。単調にならないように、木の実や根の四分の一は生で食べた。口に、頭に、胃に、爪先に、魂に、おお、すばらしい悦びの感覚がふいに溢れて――あれは他にたとうべくもない、すばらしい食事だった。（二五）

溶けた雪の中で茹でられた木の根、木の実、茸、変化をつけるためのいくつかの生の木の実や木の根が添えられる――まさしく空腹は最良の調味料であろう。われわれは、彼女の視力だけでなく、味覚もまた普通の人間の感覚の限界を超越する程にまで研ぎ澄まされてきたことが分かる。今や彼女の身体全体がほとんど性的なほどに、食する喜びに反応する。しかし、その粗食が美味しくとも、彼女は二度とそれを作る気はないようである。実際、彼女は「荷も軽く、わたしは長い道程を大またにどんどん歩いていた。食糧になるようなものはもうすっかり姿を消してしまっていたので、足を止めて集めることもなかったのだ。（略）次の森林地帯までの半分を行ってしまうまでは断食することに決めたのだから」（二五）と言っている。彼女は人間の心理的行動基準を超越し、食べ物が少ないからといってそれを拾い集めることはしない。

ある寒い夜、わずかな量の最後の食事を食べた後、火を見つめながら、彼女は「母の料理の手伝いをしたこと」(二一六)を思い出して感極まり、涙を流す。第一章「名のない女」の寂しい叔母の姿を思い起こすというファ・ム・ランの回想は明らかにメタファーであり、食べ物への肉体的な飢餓感はそれに付随する感情的なもの、つまり、自分の母親、父親、それに元の家族生活への飢餓感を表わしている。この食べ物と愛情、肉体的な滋養と精神的な滋養の混合は、この後に続く奇妙な食事場面の意味をわれわれが理解する一助となる。数日前に火の所に現われた鼠たちを連想させるような白兎が、やはり火の前で、自分自身を捧げる場面である。「兎は鶏のような味がする」と彼女は思うし、兎の殺し方も知っている。しかし、自分自身の必要性を満足させる代わりに、彼女はその兎に同情し、炎で暖まるように勧める。兎は彼女の無欲の行動に反応して火の中に飛び込み、「ちょうどよい加減にこんがり焼けて」、彼女のために自分自身を料理する。彼女は今では基本的に菜食主義者であるけれども、その生命を無駄にすることはできない。「兎は私のためにその身を投げ出してくれたのだと分かっていたので、私はその肉を食べた。兎は肉の贈りものをしてくれたのである」(二一六)。

空腹は彼女に教訓を教え続け、彼女はそれが作り出す物事への自分の感覚の変化に気付くようになる。

木立の中を余りにも長いこと歩いていると（略）自分の目が新しい風景を作り出す。飢えも世界を変えてしまう——食べることが習慣でありえないとき、見ることもまた習慣ではありえない。私は黄金の人間が二人、大地の踊りを踊るのを見た。（略）つかの間に数世紀が過ぎて行くのを私は見ている。私はふいに、時間というものを理解する。（略）

不思議な体験にできた小さな割れ目は二人の老人の魔法の力で開かれたというよりは、むしろ飢えによって開かれたもののように思われる。その後、飢餓や戦いで長いこと食べないでいると、何でもない普通の人々をじっと見詰めているだけで光と黄金を見たものだ。彼らの舞踏が見えた。すっかり空腹になると、殺戮も死も舞踏である。（二一六—二一七）

ここでは空腹が精神拡張薬、新しい道や可能性を開く幻覚剤の役割を果している。全ての生き物に対する親切心、敬意、そして優しさの力についての兎の教えの他にも、ファ・ム・ランは変化と輪廻の本質について何かを学び始めてもいた。つまり、兎は自分自身を肉に変え、その肉は彼女の肉体に変わるのである。もちろん、それはあまりにも単純化し過ぎているが、最終的に老夫婦と再会するときには、彼女は自分が以前より賢くなったと感じる。彼女は今では語るべき哲学的な話、食べる行為から導き出された仮説を持っているのである。

二人の老人は私に温かい野菜スープを食べさせてくれた。それから、白虎の山で何が起きたか話してごらんと言うのだった。私は彼らに話した。（略）自己犠牲と、いかに速やかに転生するかを教えてくれた兎に会いました、と。まず蛆虫にならなくても、直接人間になることができるのですね――だって、ほらこうして、たった今私たちは野菜スープを人間に変えてしまったではありませんか、と。それを聞いて二人は笑った。「お前は話がじょうずだね」と言って。「じゃあ、もうお休みなさい。明日からは龍の修行だよ。」（二七一一二八）

質素な食事はやはり彼らの歓迎の表現であり、彼女の幸せな帰郷と厳しい修行の最初の部分が首尾よく終了したことが一椀のスープで祝われる。その老夫婦の家では、年に一度の最大の休日である正月でさえ、特別な食事など何もなく過ぎ（「いつものように、私たちは修行僧の食事をとった」（三〇））、ファ・ム・ランが飲み水用瓢箪で自分の家族の食卓を見ると、「家族は一年中でも一番のご馳走を食べているところで、私はとてもさびしくなった」（三〇）と、少しホームシックになる。彼女が後にしてきた世界は、特別なときには特別な食事が供される。しかし、修行中の武者の世界では、彼女はそのような贅沢な欲求を乗り越えて生きることを学ばねばならない。彼女の成長で著しいことは、いかに彼女が聖人のように世俗的な欲望を超越するようになったかではなく、彼女に残った多くの欲望をいかに制御できるようになったかである。（おそらく、肉に対する願望を除いて）彼女の通常の食欲が弱まったというのではなく、それらの食欲を無視し制御する能力が強化されたということである。

彼女がいつか殺さなければならない男たちを飲み水用瓢箪で見ると、その男たちが不快な大食漢であること、彼らの堕落した性格に象徴的な食べ物（そして、少女たち）との関係が分かる。「私が見ていることも知らず、肥えた男たちは肉を食べていた。太った男たちは米で作った酒を飲んでいた。太った男たちは裸体の少女たちの上に乗っていた」（三〇）。そして、別の時には、「私は男爵の豚のような顔が口も閉じずに供物の豚肉をかじっているところを見」（三二）、その瓢箪に手を突っ込んでその男の首を絞めようとした。ここでもキングストンは、明らかに性欲と食欲とを結びつけ、貪欲を邪悪を示す比喩に変えている。もちろん、ファ・ム・ランの強い怒りは、彼女の周囲に広まっている飢えによってさらに激しくなる（ある農夫が嘆いて、男爵の家族が彼の収穫物を横取りし、自分自身の子どもたちは草を食べざるを得なくなったと後に訴えた（四四））。良い為政者は国民を「これほど飢えさせる」（三七）ことはしない、と彼女は結論を下す。哲学的観念の表出とともに徐徐に活動家としての政治意識を現しながら、彼女は「農民たちは大地を知っている農民を、あるいは飢えがどのようなものであるかを知っている物乞いを王位につかせるだろう」（三七）と断言する。換言すれば、彼女は、先ず第一に食べ物――生産するのに努力が必要で、それなしでは惨めなもの――を知っている者たちだけが他の者たちを統治することが許されるべきだと信じるようになった。その太った体と豚のような食事作法が彼の貪欲かつ好色な心を映し出している男爵についに出会うと、彼女はその首を刎ね、手下たちを解放し、女ひとりひとりに袋一杯の米を与える。自己抑制の観念を端的に示しながら、彼女は「余りあるときにだけ、食糧を手に入れ」（三七）、強姦をしないという自分の軍隊の秩序を誇りに思う。

キングストンはこの章で食べ物と女性性との関係のもうひとつの面をさらに解き明かしている。それは、食通の性的倒錯行為ではなく、男性中心の社会構造の社会的倒錯行為である。食べ物とジェンダーは驚くほど狡猾な方法で繋がっている。ファ・ム・ランの両親は、彼女の帰郷を特別なご馳走だけでなく、ジェンダーの礼儀から外れたやり方で祝ってくれる。

息子の帰還を祝うようにして、父と母は鶏を殺して丸蒸しにしてくれた。でも私は肉を食べる習慣を失っていた。米飯と野菜を食べ、来るべき仕事に備えて、私は長いこと眠った。（三四）

彼女は、両親が自分の帰郷を、普通は男にだけ出される鶏料理でもてなす価値があると考えてくれていることを有り難く思っているようであるが、同時に、今では特にジェンダーを無意味だと考えているようで、彼女の気持ちは間もなく来るべき大事な戦いへと向けられている。そうではあっても、後ほど彼女が男性優越主義者である男爵と遭遇する際に、先ず彼女を怒りへと駆り立てるのは、彼のことば、つまり、人間の女は食べ物を無駄にする歩く無駄だと非難する在り来たりな決り文句である。

「おい、おい。機会があれば誰だって女を抱くさ。家族は女を他所へやれば喜ぶんだ。『女は米に混ざった蛆だ』、『娘を育てるよりは鵞鳥でも育てたほうがましだ』、と言うじゃないか、な」。そいつは、私が心から嫌っていた諺を言ってみせるのだった。(四二)

女の子たちは気持ちの悪い「蛆」で、「鵞鳥」程の価値もない。それは、単に、彼女たちが消費する食べ物の方が、彼女たちが売られて(あるいは、嫁に出されて)稼ぎ出すものよりも価値があるという理由からである。さらに悪いことには、彼自身、まるで女の子たちが彼のある種の食料でもあるかのように、望まれていない女の子たちを消費するのである。ファ・ム・ランが自分の裸の背中に彫った社会抗議のことばを彼に見せたとき、彼は彼女の裸の胸にだけ関心があることに彼女は気付く。その時、彼女は彼の首を刎ねる――口をぽかんと開き、目を見開き、遠慮も同情もせず消費に没頭している彼を。

「白虎」は、若いマキシーンが自分の今の人生と環境をファ・ム・ランのそれらと比べながら、現在へとスイッチバックして終わる。いま一度、食べ物が彼女の怒りのイメージの中で大きな場所を占めるのだ。食べる権利を獲得するために彼女は何をしなければならないのか。学校での良い成績では自分は食べさせる価値があると両親を説得することはできない。結局の所、両親も移住して来た村人たちも「女の子に食わせるのは、椋鳥に食わせるのも同然だね」（四六）と、憤慨させるようなことを未だに言うのである。彼らの首を刎ねることもできず、マキシーンは「床の上をのたうちまわっては泣き叫ぶ」（四六）ことしかできない。中国では、彼女のように意地悪で食べ物を良く食べる女たちは、奴隷として売られたものだ、と彼女は結論付ける。彼女にとって、自分の困難な状況に対する恐ろしい真実は、「成績がオールAだからって、そんなもの食べることもできやしない」（四六）という、驚くほど単純なものなのである。

ダイアン・ジョンソンが指摘しているように、「キングストンは、女性を取り巻く状況程には女性の本質を拒絶しようとは願っていない」(5)。マキシーンは、彼女の女性としての役割、特に食べ物に関係するものに求められることを意図的に実行しないことによって、抵抗する。モーリン・サビーンが指摘しているように、「物語の語り手は、女たちに規定されている伝統的な食物生産の役割に組み込まれることを拒み、彼女の母の叱責にほくそ笑む。『悪い女の子はまるで男の子のようなものではないか』（四九）と」(6)ということになる。彼女は料理すること自体を完全に拒むわけではないが、良い料理人になることを意図的にしくじり、滋養物の提供者としての伝統的な女性の役割を拒絶する。

今でも、気が重いときは、料理を焦がしてしまう。私は人々に食べさせたりはしない。汚れた皿は腐るままに放ったらかしておく。他所の家へ行って食べても、その人たちを私の所へは招きはしない。私の所では皿が腐り朽ちてゆく。（四七―四八）

伝統的な女性の役割から抜け出すためには、女性と食べ物との繋がりを破壊する必要がある。しかし同時に彼女は、人に食事を食べさせることによって中国文化がもたらす正統性と是認を切望する。何とか何年もかかって、彼女は自分のアメリカ社会での成功から自己評価の基準を獲得することができた。そして、移住して来た村人たちが彼女のことをどう考えようと、彼らが彼女を判断できる過去は中国にはないので、「今、家族に会いに行くとき、私はアメリカ的成功を肩掛けのように自分の身に巻きつける。私は食べて生きて行く価値があるのだ」（五二）と、彼女は自分自身を受け入れることを学んで来たのである。まだ戦いは続いているが、彼女は彼女なりのやり方で、ファ・ム・ランのように、食べ物、ジェンダー、社会での位置と自分との関係を調和させることを学んでいる。

三

次章「シャーマン」でキングストンは、文化、ジェンダー、そして個性の違いを説明するために、食べ物と食のイメージを使い続ける。しかし、その多様性を著しく広げ、しばしば既に扱われた食べ物の問題に共鳴音を付け加える。新しく幽霊の食、英雄の食の伝説、グロテスクな食の物語を紹介するのである。また、マキシーンとブレイブ・オーキッドの間の特別な食の問題への別の見識をも獲得する。全五章からなる作品の中心章として、キングストンは「シャーマン」で食べ物と食を分量的にも最も多く扱っている。

先ず、マキシーンは、中国文化の中で死者に食事を与えることの必要性を再構築する。自分の両親のアルバムの中の笑っていない中国の人々の写真は、身内の者たちに「この写真の前に食べ物を供えろ」（五八）と永久に命令しているように見える。死者が最も欲しがる物は、より多くの食べ物である。医学校でのブレイブ・オーキッドのクラスメートのひとりは、「ひいじいさんの位牌の前にもっとたっぷり盛った食べ物とフォードの車を置け、ということだった。言われた通りにしたらね、それきり幽霊は出なくなったわ」（六五）と、墓の向こう側にいる彼女のひいじいさんのお告げに関する幽霊話をする。ブレイブ・オーキッドは、死後に自分たちが食べ物に取り憑かれた幽霊になるという考え方に次のように反論する。「もしかしたら、人間は死んで、もうそれきりかもしれない。あたしはそれでも嫌じゃないわね。あなたはどちらがいい？　絶えずお腹を空かしているお化けがいい？それとも無になってしまいたい？」（六六）。

ファ・ム・ランの老夫婦との山での修行を暗示するブレイブ・オーキッドの厳しい医学研修の期間

も、同質の食べ物の場面で始まり、それで終わる。学校初日の新しいクラスメートとの食卓でのお茶は、この章の礼儀と友人関係の最初の語調を決定付ける。

母の同室の女のうちの二人は、すでにそれぞれの領分を気に入るようにしつらえて、お茶を入れ、旅行の食べ物の残りを小さなテーブルに並べた。「もう食事は済みましたか、女学者さん？」と言って彼女たちは母を招いた。「女学者さん、お茶をどうぞ」と彼女たちは言い合った。「お碗を持っていらっしゃいな。」この鷹揚な態度に母は感動した――お茶を煎れること、それは自らを卑下することであるから。母は自分が農家で塩漬けにした肉や、砂糖漬けにした無花果などを持ち出した。それらはとても美味しいとみんなが賞めた。彼女たちはどの村の出身であるか、自分はどの名前を使うことにするのかについて話をした。（六二）

この素朴な寮の場面にある毛むくじゃらな鬼が入り込むが、ブレイブ・オーキッドはそれを打ち負かすと誓うのである。彼女たちの支配権争いは一種の食べ物コンテストの様相を呈する。その重たい鬼の下でほとんど動けずに横たわりながら、彼女は近くのナイフを掴むために腕を動かそうと考えるが、「まるで彼女のその考えを合図とするかように、鬼は母の腕一杯に広がった」（六九）。彼女はそれを見下して話をしようと、長い侮辱のことばの最後を「油を持って来て、朝食のおかずに揚げちゃうからね」（七一）と締めくくる。ブレイブ・オーキッドが心配している友達にすぐに語るように、鬼を負かすためにはやつらを飢えさせねばならないのである。

銀色の光で、その黒いやつが影をその身に引き寄せ、磁気渦巻きを起こすのが見えたの。間もなく、それは部屋を吸い込み、それから寮全体を吸い込むことになる。あたしたちを呑み込んでしまう。（略）あたしがそいつにあたしから栄養分を取らせないようにしたことは、良かったのよ。さもなければ、あたしの血や肉がそいつに体力を付けさせて、あなたたちからも栄養分を奪うようになったことでしょうから。あたしはあたしの意志を妖怪の体毛を包んでしまう卵の殻のようにして、中空の毛が養分を吸い上げられないようにしたわけ。（七二）

鬼と試験を克服した後、ブレイブ・オーキッドは広東市場へ食べ物を買いに行き、自分の医師免許獲得を祝う。興味深いことに、彼女はたったひとつのもの、ライチの大きな袋をひとつだけ買う。自分のためというより、むしろ自分の姪たちや甥たちのために。ファ・ム・ランの森での素朴なスープのように、ブレイブ・オーキッドも自分の食欲を控え目に満たす。少ない方が楽しめるようだ。

ある店主が細い葉のついた小枝になっている生の実をくれた。母は丸めた掌の中でその薄い木質の殻をパチリと割った。母の口の中で、虹彩のない眼球のような白い実から、春の川のように汁が流れ出た。母は茶色の種を吐き出した。虹彩はやはりあったのだ。（七七）

これはキングストンが、口の中で食べ物がどんなに官能的に素晴らしく感じられ良い味がするかを描写する、作品中で二番目の、そして最後のものであり、こうしてブレイブ・オーキッドとファ・ム・ランの間の、微かではあるが重要な関係を確立する。どちらの女も、食べない能力、あるいは少なくとも、ほんの少しだけで満足する能力を共有しているように思われる。

しかし、ブレイブ・オーキッドにはさらにもうひとつの、むしろ正反対の能力、おそらく断食と同じように役立つもの、つまり、実質的に何でも食べることができる能力がある。「今では、母は何でも食べることができるから鬼との戦いに勝ったのだ、ということが分かるようになってきた。さっと、鯉の目を抜く、これは母さんに、これは父さんにと。英雄たちは皆、食べものに対して大胆である」（八八）と、マキシーンは結論する。もし、食欲をそそらない食べ物を人間の弱さ、あるいは、恐怖と捉えることができるならば、それを食べることができる能力は自己の恐怖を克服することであり、一方で、それを食べることができる能力がないということは単に勇気がないということである。何かを食べることができるということはそれよりも大胆であるということ、他者としてのその存在と力を抹消して吸収し、その強さを自分自身の力へと変化させることによって征服することを意味している。

別な言い方をすると、食べる力は征服する力なのである。

理想的な程に食べる能力のある人は、何でも食べられるだけではなく、非常に沢山食べることができる。キングストンは、中国の鬼の伝承から何人かの伝説的な食人を引用することによって、ブレイブ・オーキッドの能力に対する読者の尊敬の念を掻き立てる。いくつか例を挙げよう。

「中国科学院」発表の鬼恐怖研究には、一六八三年、先が分岐した歯をもつ海の怪物が所有していた、料理した鶏五羽と十本の酒を食べて呑みこんでしまった大食漢高鐘のことが出ている。（八八―八九）

漢中の周以漢も大食漢で、鬼を油で揚げてしまった。切り刻んで料理してみたら、それは肉づきのよい棒状のものであった。だが棒状のものの前身は、夜間に外出した一人の女性だった。唐朝の元和時代（紀元八〇六―八二〇年）、陳鸞風は雷神が禁じているのに黄色の蛙と豚肉を一緒に食べた。（略）彼は洞穴に住み、何年もの間、旱魃のとき、村人たちが彼に黄色い蛙と豚肉を食べてくれと頼んだときにはいつも、彼は言われた通りにした。

何と言っても、最も驚異的な大食漢は唐代の大歴時代（紀元七六六―七七九年）の学者にして猟師であった夷滂である。彼は兎や鳥を射ち料理したが、それればかりでなく、蠍や蛇やごきぶり、蛆虫、なめくじ、兜虫や蟋蟀にいたるまで食べてしまうことができた。（略）夷は彼の矢がびっしりと眼玉に覆われている球体に刺さっているのを見た。（略）彼と召使いは矢を抜いて、その球体を細く切り刻んだ。召使いが胡麻油でその僅かばかりを炒めると、すばらしい香りが立ちのぼり、夷は笑った。二人は半分だけ食べて、あとは戻って来る一家の者たちに食べさせようと残しておいた。

大食漢は勝利することになっている。人々が白い絹の布に包まれた荷物をよけて通ったとき、漢中のある学者が名も明かさずそれを持ち帰った。包みを開けてみると銀塊が三つあり、その上に蛙に似た姿の鬼が坐っていた。その学者は鬼を笑い飛ばし、追い払った。その夜、一歳の赤ん坊程の大きさの二匹の蛙が彼の部屋にやって来た。彼は蛙たちを棍棒で打ち殺し、煮て、白ぶどう酒を呑みながら食べてしまった。その次の晩、彼は十二匹を（略）残らず夕飯のおかずにして食べてしまった。三日目の晩、三〇匹の蛙、（略）彼はそれらも食べてしまった。一月のあいだ、夜ごと、体は小さいがさらに数多くの蛙が現われたので、彼が食べる量はいつも同じだった。（略）「針鼠を捕まえてきて、食べるのを手伝わせなさいよ」と家族は悲鳴をあげた。「わしは針鼠ぐらいのことはできるさ」と学者は笑って取りあわない。そして、その一月が過ぎたとき、蛙たちはもう姿を現さなくなり、学者のもとには例の白絹と銀塊が残った。」（八九―九〇）

ひとつの共通点は虚勢のようである。みんな他の者を恐がらせたり、むかつかせたりするものを笑い飛ばすことができる。さらに、男たちはほとんどが学者か召使いであり、普通はそのような食に関する大胆な行動のような英雄的離れ業をほとんど行いそうにはないタイプである。どの話からも教訓が覗える。もし、思い切って食べてみるならば、グロテスクに見えるものでも実際は美味しいかもしれない、と。努力の成果は頑固者と辛抱強い者のものになるのである。

これら全ての話はブレイブ・オーキッドを同じ伝統の中の食人（そして、食事を準備する人）の達人として紹介するためのものである。語り手が述べているように、アメリカの料理基準から判断すると、考えられなくはないが、明らかに普通ではない食べ物をブレイブ・オーキッドは料理し、食べ、そして家族に食べさせてきた。

母は、あらい熊、スカンク、鷹、町の鳩、野鴨、雁、黒い皮膚の矮鶏、蛇、蝸牛、食糧貯蔵室の床を這いまわり、ときには冷蔵庫やガスレンジの下にもぐりこんでしまう亀、風呂桶の中を泳ぎ回っていた鯰などを料理して私たちに食べさせた。「皇帝たちは昔、紫色のひとこぶ駱駝のこぶを食べたものさ」と母はいつも言うのだった。「犀の角で作った箸を使ってたよ。鴨の舌や猿の唇を食べたりね。」庭に生えていた草を抜いて来ると、母はそれを茹でた。（略）私たち子どもは鳥の叫び声や、その甲羅を鍋にぶつけながら、煮えたぎる湯の中を泳ぎまわるスッポンのゴツンゴツンという音を聞くまいと、耳の穴に指を突っこんで、寝台の下に隠れたものだった。あるとき、クリーニング店で働いていた三番目の伯母が飛び出して行ってキャンディを一袋買って来て、私たちにそれを嗅いでなさい、と言った。母が俎板の上で、スカンクをばらしているところだったからである。飴の臭いにゴムのような臭いが重なった。（九〇—九一）

不快なのは食べ物それ自体だけではなく、その準備を含めた経験全てなのである。痛がったり逃げようとするときの生き物の声や音、そして、しばしば吐き気を催させるような臭いである。おそらく、自分の恐がり屋の子どもたちを強くするために、あるいは、比較することでスカンクの載った大皿をもっとおいしそうに見えるようにするためにか、ブレイブ・オーキッドはよく母国中国でのグロテスクな食卓の話を詳しくした。食事のメニューだけでなく、その準備と食べることは、彼女が用意したほとんど全てのものを食べ尽くすのがずっと容易に思えるほどに、忌まわしいものであった。

「金があれば、中国では何を食べると思う?」と母は話し始めた。「猿のごちそうを食べるのさ。会食者たちは真中に穴の開いた厚い木のテーブルを囲んで坐る。給仕が棒の先に猿をつけて運んで来る。猿の首は棒の先についている首輪にはめこまれててね、猿はギャーギャー叫んでる。手は後で縛ってあってね。会食者たちは猿をそのテーブルにはめこむようにして締めつける。テーブル全体がちょうど、首輪の上につけるもう一つの首輪みたいになっているわけ。外科手術用の鋸で、料理人が猿の頭のてっぺんをきれいな円形に切るの。骨を肉から離すためには、小さな鋸で軽く叩いては、そこここに銀の楊枝を押し込んでね。それから、老婆が猿の顔に、それから頭蓋骨に手を伸ばし、毛の一房を握って、頭蓋の蓋を取りはずす。会食者たちは匙で脳味噌をすくって食べるのさ。」(九一―九二)

最近の映画インディアナ・ジョーンズとハンニバル・レクターのシリーズでは、聴衆を不快にさせるために同じような場面が使われていた。キングストンは、「『食べなさい! 食べなさい!』丼にかぶさるようにしてうなだれた私たちの頭に向って、母は怒鳴った。テーブルの真中では血のプディングがぶるぶるしていた」(九二)のように、彼女自身と住み込みの地獄の料理人の他の犠牲者たちへの共感を得るために、その場面を使用している。彼女の家族の食事時間は嫌悪感を引き起こしうるだろうし、そしてそれは、義務付けられた食べ物が食べ尽くされるまでそのままであった。

完全に食べてしまうまでは四日でも五日でも残り物を食べなければならなかった。食べてしまうまでは、烏賊の目玉が朝食にも夕食にも姿を現したものだ。皿という皿に褐色の塊がどかっと載っていることもあった。食事中の私たちを見かけた訪問客の顔色がさっと変るのを見て私

は大きくなった。（九二）

ある意味、この食事の試練はファ・ム・ランの断食の逆になっている。そして、高まって来る自分自身の嫌悪感に対する勇敢で英雄的な勝利だけが自由をもたらしうるのである。「私はプラスチックを食べて生きてやる」（九二）と決めたときに、語り手は自分に英雄的能力がないことを認める。それでも彼女は、「母はそれが生きた物でも、幽霊になってしまった物でも、毛深い獣を相手に戦うことができた。というのも、彼女は獣どもを食べることができたからである。そして、善良な人々が断食をする日には、食べないでいることもできたからである」（九二）と、中国伝説上の偉大なる食人と禁欲的なファ・ム・ランの両方ともに共通のものを自分の母親が持っていたと悟る。

次に、語り手はさらに家族への食事提供者、そして栄養士としての自分の母親の役割を探求する。ブレイブ・オーキッドは食料に関する自分の家族の問題の多くを非難する。マキシーンが実家を訪問すると、「家へ帰ってくる度に、いつも風邪をひいてるね。陰のものを食べ過ぎてるんだよ。もう一枚蒲団を掛けてあげよう」（一〇〇）と、母親は彼女の風邪は食の問題だと診断する。それから、娘があまり食べないことは家族に恥をもたらし、自分自身の命を縮めているとして、非難する。

「ご覧よ、髪がこんなに白くなって、しかも、まだ太りもしないのにさ。中国人たちがあたしたちのことを何と言ってるか、あたしには分かってる。『ひどい貧乏をしてるんだねぇ』と言ってるよ、『娘のうちの誰も肥らせてやることができないんだからねぇ』って。『アメリカにこんなに永く住んでいるのにさ、食べちゃいないいんだから』って言ってるよ。ああ、恥ずかしいことだ――子供はそろって痩せっぽち。そして、父さんはどうだい――あんまり痩せて、もう消えてなくなりそうじゃないか。」

「父さんのことは心配ないのよ、母さん。お医者さんたちは、痩せた人は長生きするって言うのよ。父さんは長生きするわよ。」

「そうだろうともさ。あたしはもうそんなに先が長くないことは知ってたよ。あたしが何でこんなに太ったか知ってるかい。お前たちの食べ残しを片付けてきたからだよ。アイアー、あたしはもうほんとにすっかり歳だよ。間もなくお前は母なし子になるよ。」(一〇一―〇二)

食事提供者としての母親の役割についてのうんざりする程の不満話が続く。「あたしが働きに出ると、食べ残しの物を食べてるんだよ。新しく何か作ったりしないいんだよ」(一〇四)とあるように、アメリカでは彼女は忙し過ぎて、自分の夫がきちんと食べるように注意することさえできない。一方、中国ではもっと自由な時間があり、人々に適切に食べさせることができた。「あっちじゃ、時間はもっとゆるやかに流れるのさ。ここじゃ、せかせかしなきゃなんない。老いぼれないうちに、腹を空かせた子どもたちに食べさせなきゃっていうんで」（一〇五）と。マキシーンは自分の母親の気を静めようとして、「あたしが飢え死にするだろうなんて心配はないのよ。飢え死になどするもんですか。（略）獲物を殺し、皮を剥いだり、毛をむしり取ることも知ってるわ」（一〇六）と、恐らくは、ファ・ム・ランへの言及を試みることによって、自分で食べて行ける能力があることを信じさせようとするのである。

結局、ブレイブ・オーキッドは、食事提供者としても食人としても、アメリカ合衆国で人生を送ることに甘んじることにしたように思われる。ひとつには、彼女は中国で生活するには余りにも優しく、心理的に太ってしまったからである。

「あたしは帰りたくないよ、どっちにしても」と母は言った。「お腹一杯の生活にすっかり馴れちまったものね。それに共産主義者たちは悪すぎるよ。（略）連中は中国人じゃないか。中国人は悪いよ。だめだ、あたしは連中と渡り合うにはもう歳を取り過ぎちまった。とても知恵があるからねぇ。お腹が一杯の生活に馴れて、あたしから狡さが失われてしまった。」（一〇七）

ブレイブ・オーキッドの胃袋は一杯であっても、彼女の家は子どもたちの巣立ちとともにかなり空虚になり、家を子どもたちや、そして、おそらくその親類たちで満たすことができないことから、自分は不適格である、少なくとも不完全であると感じてしまう。本当に満足していると感じるためには、彼女の家は自分の胃袋と同じように一杯でなければならないのである。

「あたしが本当に望むことは、ただひとつ。お前にここに居てもらいたい。ジプシー鬼みたいにさ迷ってもらいたくないいんだよ。お前たちに一人残らずここで一緒に暮らして欲しいんだよ。お前たちがみんな家へ帰って来ると、それぞれの子どもと夫や妻を連れて六人が全員帰って来ると、この家には二〇人から三〇人居ることになる。そうなれば、あたしは満足なの。父さんも満足。どの部屋に入っても、親類が、孫が婿たちが、あふれんばかりでさ。誰かに触らずには振り向くこともできないってふうで。家ってものはそうでなくちゃいけないよ。」(一〇七―一〇八)

ブレイブ・オーキッドは、隣人のひとりがしたように、自分の家族のための食事を整えた後に死にたいと願いさえする。

「横丁のおばさんなんかね、夕飯の支度をすっかり済ませてさ、ご主人と息子さんが帰るのをポーチの階段に腰かけて待っていてさ。おばさんは一瞬眼を閉じたんだね、そして死んじまった。

そりゃすばらしい死に方じゃないかね。」（一〇二）

フェミニストの読み方では、男たちに食べさせることが本当にブレイブ・オーキッドの人生で最も達成感を与える役割のひとつなのかどうかが確実に問題となるだろう。結局の所、彼女はどれくらい真剣なのだろうか。確かにブレイブ・オーキッドは、自分の娘の共感を掻き立てるために、そして恐らくは、自宅に住むことによって自分の生活がより楽になることはないという罪の意識のために、そう言ってもいるのであろう。しかし、マキシーンが、カリフォルニアの両親の家ではよく気分が悪くなり落ち着かないと自分の母親に分からせようとすると、ブレイブ・オーキッドは態度を軟化させ、娘を自由にさせる。この兎（娘）は、自分の母親の必要を満たすために火の中に飛び込むことはしないし、ブレイブ・オーキッドも食べないことを知っているのである。

四

次の章「西の宮殿で」でキングストンが描写するのは、ブレイブ・オーキッドが新しく到着した自分の妹のムーン・オーキッドの面倒を見るときに、彼女が未だに食料の支配者であり、自分が必要かつ適当と思うものを調達し、子どもたちはとても狼狽したが、誰が何をどれ位食べるべきか指図するということである。ムーン・オーキッドが到着する前でも、ブレイブ・オーキッドが空港で彼らに食べさせるために準備した大量の食料から、彼女が来ることがどんなに重要なことかが明らかになる。

床には、鑵詰の桃、生の桃、タロ芋の葉に巻いた豆、クッキー、魔法瓶など、彼女と一緒に食べるのは姪だけなのだが、ともかく全員に行き渡るのに充分なだけの食料が入った二つの紙袋が置かれている。彼女の悪い息子と悪い娘はきっとこっそりハンバーガーでも食べているのだろう。金を捨てるようなことをして。叱ってやろう。(一一三―一一四)

言うことを聞かない子どもたちは彼女と一緒には食べず、彼女の姪、ムーン・オーキッドの成長した娘だけが、「礼儀正しく食べている」。母親の食べ物の好みとその子どもたちの好みのこのギャップが、ムーン・オーキッドの滞在を特徴付ける文化と世代の間の大きなギャップの語調を決定付ける。

新入りのムーン・オーキッドの存在によって、中国文化とブレイブ・オーキッド自身の子どもたちのギャップが明らかになり、彼女のフラストレーションがくすぶり始める。これを示すためにキングストンは語り手の口調を変化させ、これらのギャップに自分が橋渡しできないことに対するブレイブ・オーキッドのほとんど隠しきれない怒りだと自分が想像するものを表現するのである。

大庖丁をバシッと振りおろし、彼女は氷砂糖をギザギザのかけらに割った。「お食べ」と彼女はせき立てた。「もっとお取りよ。」彼女は家族の一人一人に赤い紙の皿に黄色の水晶を載せて運んで行った。物事は始めが甘いこと、それは極めて大事なことだった。彼女の子どもたちはそれを食べることがあたかも厄介ごとでもあるかのように振舞った。「まあ、いいや」と言って、彼らは一番小さなかけらを取るのだった。子どもが甘いものが嫌いだなんて、そんなことがあるだろうか。それは異常なこと、子どもらしくないこと、人間らしくないことだった。「大きいのを取りなさい」と彼女は叱った。必要とあれば、薬のようにしてでも食べさせてやる。本当にばかなんだから、まだ大人にもなっていないくせに。この子たちは叔母のアメリカにおける第一日目に縁起の悪いことを口にするだろう、だからやかましい野蛮なこの子らの口を甘さで和らげるのだ。（一一二）

歓迎の食事の際にも、「二人は食堂と台所のテーブルをすっかり覆ってしまうほどの料理を作った。『食べなさい！』とブレイブ・オーキッドは命令した。『食べなさい！』食事中に口をきくことは彼女は誰にも許さない」（一一三）と、キングストンは以前の過剰パターンが繰り返されることを強調する。セイミ・ラドウィッグによると、ムーン・オーキッドが中国から持って来た沢山の贈り物、「口のように」（二一九）あんぐりと開いているスーツケースでさえ、不必要な食料のメタファーになっている。「こどもたちにとっては、明らかに文化的な『鞄』を象徴しているこれらの贈り物は、反吐のようなもの、拒絶された食料のようなものに思える」(7)のである。

夕食後、大人の女たちは、彼女たちの戦略立案室である台所に座って、「仕事」の話をする。それは重要な、いつもきれいとは限らない仕事に備えて作られた、厳粛な部屋であることが分かる。

三人の女たちは肉屋用の俎板と二台の冷蔵庫がある広大な台所に坐っていた。ブレイブ・オーキッドは台所に料理用レンジを一台と、裏手のポーチにもう一台持っていた。一日中、外のレンジで野菜屑や肉の軟骨を鶏肉の餌に混ぜるために煮ていた。彼女が鶏の肩肉を鶏の餌に投げ入れるのを見て、子どもたちはぞっとした。（二二三―二二四）

マキシーンとその兄弟たちにとっては、鶏の残りものを他の鶏の餌にすることは、共食い（カニバリズム）の一形態であり、アメリカ的料理作法の考え方に反するものである。その部屋の様子も少しばかり普通とは違っている。大抵のアメリカ人の台所には一台の冷蔵庫と一台のレンジしかないので、この大きくて充分な設備のある台所は、この家族内では食べ物の準備が特に重要であることを証明している。少し後で、ムーン・オーキッドが電気ミキサーの使い方について語るときに、ブレイブ・

オーキッドの台所がもう少し明らかになる。

彼女は姪や甥のあとをついて回る。彼らの上にかぶさるようにする。「さて、今度はこの子は棚から器械を降ろすところだ。そしてそれに二匹の金属の蜘蛛をつけるところ。コードを差し込む。端の所に卵をぶつけて割って、ボールの中に黄身と白身を入れる。彼女がスイッチを押すと、蜘蛛が卵をかき混ぜるんだね。何を作ってるんだい。」

「おばさん、バターに指を入れないでよ。」

「彼女は『おばさん、バターに指をいれないでよ』と言う。」（一四〇）

ここでわれわれは、この台所は一種の坩堝であり、文化と言語と世代が重なり混じり合う部屋だと分かる。実際に、ケーキを作る過程は力学的に完全に坩堝に似ている。

最後の台所の場面はこの章の終わり近くで登場し、最早話や娯楽の場所としては描写されず、今では台所はムーン・オーキッドの精神の病の治療室となっている。ムーン・オーキッドが屈辱的なことに自分の夫を取り戻しそこね、その結果、ロサンゼルスに行って彼女の娘と暮らすことになった後、彼女はひどい誇大妄想になったので、元外科医であるブレイブ・オーキッドが彼女を治療しようと全力を尽くすことを決心する。自分の妹の精神の健康を取り戻す努力をするときに、彼女は台所を一種のサンルーム、薬局、治療室が一体になったものとして使用する。

ロサンジェルスの医者が処方したソラジンとビタミンBを棄てた。ムーン・オーキッドを台所の陽だまりに坐らせておいて、食器棚や地下室の薬草を、冬の庭に生えている植物を、あれこれ調べて選び出した。ブレイブ・オーキッドは最も作用の穏やかな薬草を選んで、かつて故郷で食べたような料理や薬を用意した。（一五七）

しかし、何も役に立ちそうになく、姉が薬草と料理を準備したにもかかわらず、ムーン・オーキッドは最終的には精神病院へ行かざるを得なくなる。

ムーン・オーキッドが病気になる前でさえ、彼女の存在は彼女らの生活様式にある変化をもたらし、それを通して読者は中国文化に特有のいくつかの料理について学ぶことになる。余りに忙し過ぎて自分では持って来られないので、夫の朝食の配達と準備を息子に任せる。きちんと温め、コーヒーを煎れ、皿洗いをするように言う（一三五）。段になった箱に詰めてあり、スープと「ご飯の鍋」が付いているのが中国式である。食事とお菓子がチャイナタウンでの妹の滞在に区切りをつける。残り物の昼食の後、ブレイブ・オーキッドは「もうちょっと何か食べよう」（一三八）と彼女を中華カフェへと連れて行く。そこでは、「円いテーブルを囲んだ女たちが黒い海草の寒天を食べながら話をしていた。彼女たちはブルブル震える黒い塊に、カロのシロップをかけた」（一三八）。ブレイブ・オーキッドが自分の妹を紹介すると、彼女たちはどうやったら夫を取り戻せるかについての助言をして面白がる。次に彼女はムーン・オーキッドを地元の食料品市場へ連れて行く。

二人は野菜や魚や肉の市場を過ぎて歩いて行った――広東ほど物は豊富ではないし、鯉も赤くないし、すっぽんも年老いてない――そして煙草と種を売っている店へ入った。ブレイブ・オーキッドは人参キャンディやメロン・キャンディやビーフジャーキーを妹の細い手にあふれるように載せた。（一三九）

確かに中華市場ではあるかもしれないが、全くの本物というわけではない。同じように、ムーン・オーキッドは自分の姪たちや甥たちのアメリカ的食習慣も全く違うと分かる。「彼女は子供たちが生焼けの肉を食べるのを見た。彼らは牛乳の匂いがした」（一三四）のである。誰かが料理をするのを見て、「この人たちは牛の油をずいぶん食べるねえ」（一四一）と、彼女は独り言を言う。

この章のクライマックス、いやむしろ反クライマックスも、食事で特徴付けられている。ブレイブ・オーキッドが自分の臆病な妹に自分の夫と向かい合うこと、第一夫人としての権利を要求することと、夫の家にまるでそれが自分の物であるかのように入って行ってお茶とクッキーを用意し始め、彼の新しい妻の押し入れを開けて彼女の服を取り出すことを奨め、そしてその他諸々の当然の憤りを表すドラマチックな行動が何ページにもわたって提案された後で、妹がついに夫と対面し、彼がムーン・オーキッドとの関わりを持つことをきっぱりと拒否したときには、彼女はすっかり臆病になっている。では、ブレイブ・オーキッドは、彼の何年もの不誠実な年月と彼女の正統な家と家族から彼女を騙して追い出したことの見返りに、彼に何を求めるのだろうか。

「少なくともね」とブレイブ・オーキッドは言った、「あたしたちを昼食に招く位はできると思うけどね。あたしたちをお昼にも呼ばないのかい？　昼食をご馳走する義理があるんじゃないのかい？　高級なレストランでね」。彼女としてはそう簡単に許してやるつもりはなかった。そこで彼は二人に昼食を奢ったので、ブレイブ・オーキッドの息子は戻って来て、待たされる羽目になった。（一五四）

キングストンのここでのアイロニック・ユーモアは明らかである。ブレイブ・オーキッドのあらゆる大騒ぎ、挑発、元気の出る話、正統な憤りによる乱暴な宣言などの後、それは静かな昼食で終わる。彼女は自分の全ての怒りをレストランでのたった一度の食事と交換するのである。ここでキングストンは、食料を与えることにそれ程に高い象徴的な価値を置く老世代の中国人の思考を揶揄しているようでもある。その食事は彼らの法廷外での決着であり、彼女たちは彼に二度と会わないだろう。鬼をも食べるブレイブ・オーキッドは、無料の昼食一回で夫鬼を自由にしてやるのである。

五

「胡笳の歌」という最終章では、食べ物と食べることへの言及が再び現われるが、今回はそのほとんどが語り手のジェンダーと文化に関わる問題点を指摘する働きをする。自分の両親が家に招待し続ける「移民ボートから降りたばかりの新人の」中国人独身者の群と自分が結婚しないためには、彼女が食料を誤って扱うことが効果的な武器になることを発見する。「新人にお碗を渡すとき、スープをひっかけた。（略）若い男たちは来なくなった。一人として再訪した者はいなかった」（一九六）のである。そして、彼女は食べ物を準備する際に若干清潔さに欠けることを見せることによって、食料提供者としての自分の評判を故意に落とす。

「鼻をこするのだけは止められないものかね？」と母は怒った。「村人たちは皆して、お前の鼻のことを噂してるんだよ。お前が捏ねたかもしれないっていうんで、皆うちの菓子を食べたがらないいんだから。」（一九四）

食べ物の準備をする非衛生的な人物というマキシーンのアイデアはすばらしい皮肉であり、実際には前章の母親からヒントを得たのだろう。「お前たちの父さんは、中国ではね、女が指で捏ねたその垢を食べるのは嫌だと言って、お菓子を口にしたことはなかったんだよ」（一四二）とブレイブ・オーキッドが子どもたちに話をしたのである。そして、「白虎」の章の男爵がファ・ム・ランに「女は米に混ざった蛆だ」（四三）と言うのを聞くのは嫌でたまらないことではあったが、この章では全く同じことばによる女性虐待が、古い中国文化と新しいアメリカ文化が並列する伝統的な家族の食事場面のエピソードで語られることによって、生き生きと表現されている。

私たちには三人のまた従姉がいた。男の子はいない。彼女らの曾じいさんと私たちの祖父が兄弟だった。その曾じいさんが彼女らの所に住む年寄りで、川筋盗賊だった大伯父が私たちの所に住む年寄りだった。私と妹たちがその家で食事をすると、総勢六人の女の子たちが食事をしていたことになる。じいさんは眼を大きく開けて、それをぐるりと回転させた。みんなに取り囲まれて。彼の首の筋がぎゅーっと伸びた。「蛆虫！」と彼は喚いた。「蛆虫めらが！　わしに男の孫はおらんのか？　わしは男の孫が欲しい！　男の孫をくれ！　蛆虫めらが！」彼は私たちを一人一人指差して「蛆虫！　蛆虫！　蛆虫！　蛆虫！　蛆虫！　蛆虫！」と言った。それから彼は料理に首を突っこむようにしてガツガツ食べ、お代わりをした。「食え、蛆虫」と彼は言った。「蛆虫が食うところを見ろよ。」

「食事の度にこうなのよ」と娘たちは英語で言った。

「そうなのよ」と私たちも言った。「うちのジジイもあたしたちを嫌ってる。ばかなケツの穴よ。」（一九二）

彼女は（ファ・ム・ランと男爵を真似て）彼の首を刎ねることはできないが、少なくとも卑猥な言葉を声に出し、彼女の父がクリーニング屋の客何人かに罵り言葉をよく言ったのとちょうど同じように、彼らを罵ることで満足感を得ることができるのである。「アメリカ人の女の子になりたいなら、タイプを習いなさい」（二〇三）と彼女の母は助言する。確かに彼女は、女たちを蛆と呼ぶ男たちを「タイプする（文字にする）」ことを学んできた。

食料はまた、マキシーンが彼女たちの中国出自を公に語ることと結びつくような秘密や神秘を描写する際の、中心モチーフでもある。「人には言うな」というのが彼女の両親の、あらゆるアメリカ政府あるいはアメリカ市民権に関わることについての助言である。自分が誰であり、何であるのかについて彼らに嘘をつけ。この話すことができないという外衣が、中国の祝日を祝うことさえも覆ってしまい、食べ物が代えられて、何か特別なことが祝われているという子どもたちのヒントだけが与えられる。

母が並べる料理から、私たち子どもは、その日が祝日であることを推測しなければならなかった。母は祝祭日への期待で私たちの心を掻き立てることも、説明することもしなかった。そう言えば一年前に精進料理を食べたっけ、とだけ記憶している。あるいは、いや、あれは肉だった、肉を食べる祝祭日だったとか、月餅を食べたっけ、長寿を祈って長い麺（長命と長麺の語呂合わせ）を食べたっけ、という具合になるのである。切られた喉を天井に向けている鶏一羽の前に、母は箸と酒杯を交互にいくつか並べる。でも、私たち一家の人数とは数が違うから、これは家族のためにそうしているわけではない。それに、私たちがその前に坐るには、並べ方が近すぎる。その膳の前に坐るには、五センチ幅のノッポの透明人間でなくてはだめだ。母は酒杯にシーグラム7を注ぐが、しばらくすると、それを瓶に戻してしまう。決して説明はしない。（一八五）

マキシーンはますます中国人を「彼ら」と呼ぶようになり、段々と自分の個人としてのアイデンティティを、彼女の両親が彼女に身に付けさせようとしていたであろうものと明らかに異なるものとして、確認して来ている。彼女は最早、自分の両親が彼女に「食べさせる」ような物を「食べない」であろう。彼女が確固とした確信を持って話をするとき、食べ物を含む自分の両親の文化の複雑さと神秘さに飽き飽きしているのである。「プラスチックや、元素周期表や、グリーンピースと人参の付け合わせがついただけのＴＶディナーがあればいい。暗い隅々に光が溢れている。鬼はいない」（二〇四）と。

六

マキシーンは、物事を単純化し、多くの物語や謎の背後にある真実を確かめるための唯一の方法は、中国に行き自分の力で見ることだという結論に達する。「飢餓意識」は彼女が調べたいと思う中心項目である。彼女の家族と祖国中国の親類たちとの食料のためのお金を巡る感情の綱引きに勝つのは誰が相応しいのであろうか。

近い内に中国へ行って、誰が嘘をついているのかこの目で見て来たい——誰に対しても食べ物と仕事を与えることができると言う共産主義者が嘘をついているのか、それとも、塩を買う金さえもないという便りを寄こす親類の者たちが嘘をついているのか。（略）私がいつの日か相続することになるのは、名前がびっしり書きこまれた緑色の住所録だ。私が彼らに送金すると、彼らからは飢えについて述べた手紙が来るだろう。母は、母の父親の三番目の妻の一番若い孫息子から来る手紙をずっと破り続けてきた。彼は自転車を買うために五〇ドルくれと言い続けていた。自転車があれば彼の生活は変るだろうと言う。もし自転車があれば、妻と子どもたちを養うことができるだろう、と。「あたしたちが飢えちまうよ」と母は言う。「あたしたちだって食べて行かなくちゃならないってこと、分かってないんだよ。」(二〇五—〇六)

小説は食べ物と飢えに関するこの最後のことばで振り出しに戻る。注目すべきは、昔の中国の村での飢えの恐怖が新しくなり、現在のカリフォルニア州ストックトンで同じように飢えへの恐怖がブレイブ・オーキッドのことばの中に今蘇ることである。二つの離れた世界の文化的かつ世代的ギャップは、結局はそれ程異なるものではないことが明らかになる。しかしそれでも、小説の結末部では語り手は大きく変化している。語り手は、かつて自分の母親が彼女の前に置いた料理のように、雑多な題材と散文スタイルの中に、表現すべき自分の声を発見したのである。

註

（1）Sami Ludwig, *Concrete Language: Intercultural Communication in Maxine Hong Kingston's* The Woman Warrior *and Ishmael Reed's* Mumbo Jumbo (Frankfurt: Peter Lang, 1996), p. 48.

（2）「アメリカ人批評家による文化的誤読」の中で、キングストンは「そもそも私は歴史学や社会学ではなく、プルーストのように「回想録」を書いている。『ハワイ・オブザーバー』紙のクリスティン・クックや『ニューヨーク・レヴュー・オブ・ブックス』誌のダイアン・ジョンソンがいみじくも理解しているように、（略）『自伝的であると言うよりも、むしろ時代を映し出す一連の物語、逸話』なのです」と説明している。Reprinted in *Critical Essays on Maxine Hong Kingston*, edited by Laura E. Skandera-Trombley (New York: Simon & Schuster Macmillan, 1998), p. 102.

（3）Maxine Hong Kingston, *The Woman Warrior* (New York: Vintage International, 1989), p. 6. 作品からの引用は全てこの版による。なお、日本語訳は藤本和子訳『チャイナタウンの女武者』（晶文社、一九七八）を参考にしたが、論の展開上、訳し直した部分も多い。また、作品の日本語タイトルは原題の通り『女武者』とし、登場人物たちの名前も中国名（「英蘭」や「花木蘭」や「月蘭」など）ではなく、英語からのカタカナ書きにした。

（4）Maggie Kilgour, *From Communion to Cannibalism: An Anatomy of Metaphors of Incorporation* (Princeton, New Jersey: Princeton University Press, 1990), p. 8.

（5）Diane Johnson, "Ghosts," in *Critical Essays on Maxine Hong Kingston*, p. 81.

（6）Maurine Sabine, *Maxine Hong Kingston's Broken Book of Life* (Honolulu: University of Hawai'i Press, 2004), p. 143. サビーンは次のように、語り手の食べ物に対する態度を拒食症患者と近親相姦被害者とに結びつけている。「しかし、彼女の食べ物（そして話し方）に対する口腔コンプレックスは、（略）何でも飲み込み、どんなものでも貪り食える母親に対する受動的かつ攻撃的な自衛手段なのである。自分がなりつつあるヒーローは、近親相姦被害者の娘たちが夢想する貧弱でみすぼらしい男性エゴの典型よりむしろ、彼女の母親に似ている。」（一四三頁）

（7）ラドウィッグ、一三七頁。註の中でラドウィッグは、姉妹たちの体形の違い（「あなたはとても痩せてる。」「あなたはとても太ってる。」）でさえ、「過ぎ去った時間が食べ物のメタファーによって概念化されていることを示している」と示唆している。

戦士の挑戦——同化への夢と悪夢

——ジェイムズ・ウェルチの『インディアン・ロイヤー』——

出井　ヤスコ

はじめに

N・スコット・ママディ（N. Scott Momaday 1939–2003）がアメリカ原住民作家としてはじめてピュリッツァー賞を受けたのは一九六九年のことだが、これは合衆国全土に散らばる数百の先住民部族の作家のみならず、知識人ひいては一般の先住民にもおおいに勇気と希望とを与えた。ジェイムズ・ウェルチ（James Welch 1940–2003）はモンタナの北西部に居留区を持つブラックフィートの出身であり、そこで高校時代までを過ごしたモンタナを代表する先住民作家である。代表作『フールズ・クロウ』（*Fools Crow* 1986）はブラックフィートのローン・イーターズ・バンドの一員を主人公とし、十九世紀末の苛酷な白人侵攻の歴史的事実を背景にきびしい自然と部族の伝統と慣習とを描いている。また、『ジム・ローニーの死』(*The Death of Jim Loney* 1979) は一人の孤独なインテリのインディアンが失われたアイデンティティを求めて一種の狂気にいたる悲劇的な物語であるが、これと比較するとこの『インディアン・ロイヤー』(*The Indian Lawyer* 1990) は主人公が自らのアイデンティティに立ち戻るという暗示で終わるところに明るさがあるといえよう。その道のりにはいくつものハードルが待ち構えていることも事実であるが、主人公シルヴェスター・イエロー・カーフは自らの夢を部族の伝統に忠実に生きることで実現し、インディアンであることの意味と誇りとを取り戻し、ひいては、これによりアメリカという多民族社会の夢の広がりと奥行きを見せてくれる。

二人の対決

ディア・ロッジにあるモンタナ州立刑務所のなかで仮釈放委員会がひとりの受刑者の仮釈放を審査している。委員の中にひとりのインディアンの弁護士がおり、審査をうけている受刑者は白人の三十代の男。彼は武装したホテル強盗で二度目の刑に服しているジャック・ハーウッドという模範囚で、大学出のインテリ、なぜこんなところにいるのか誰もが首を傾げるような経歴の持ち主である。一方テーブルを挟んで座る委員のひとりシルヴェスター・イエロー・カーフはスーツこそ着こなしているが一目でインディアンとわかる髪形と容貌をした堂々たる体格の三十五才の新進気鋭の法律家。ジャックは仮出所を却下されることになるが、犯行の際に行方不明になっている九千ドルについてのシルヴェスターの鋭い質問が、流れを仮釈放却下の方向へ向けたといえる。ジャックは「それは警察が知っているはずだ」(二一六)と失言したとき希望は消えたことを悟った。これが委員たちの反感を買ったことは明らかだった。このふたり、ジャック・ハーウッドとシルヴェスター・イエロー・カーフの対決がこのストーリーを貫いて展開することになる。

ブラックメールの展開

ジャック・ハーウッドは例の行方不明の九千ドルをめぐって刑務所内で出会った二人のインディアンの受刑者、オールド・ブルとウォーカーとに嗅ぎつけられ、在りかを白状せよと脅迫されている。脅しと拷問をうけたジャックはそれでもなお金の行方を言わない、いや言えないのだ。彼は妻パティ・アンの子宮摘出の手術の費用にそれを使っていた。どうしても仮釈放を受けて外へ出なければ身の安全がないのだが、かなり有望に見えた年に一回の仮釈放の審査は却下された。そしてこの先は審査に出頭できるかどうかも覚束ない。審査官の一人シルヴェスターのあの質問が要因だとジャックは思った。受刑者仲間のインディアンからもリンチを受け、仮釈放審査委員のインディアンからも足をすくわれたジャックがひそかにインディアンに対する復讐心を燃やすのも当然だった。

シルヴェスターはモンタナ大学からバスケットの選手として迎えられ、高校時代のカウンセラーの勧めどおり法律のコースを選んで、モンタナ大学卒業後スタンフォード大学のロー・スクールへ進んだ。バスケット選手としての特権を利用して法律家になる夢を達成した彼は、花火のように派手な脚光を浴びた後に消え去る並みのスターではなかったのである。法律家となってモンタナに帰り、州都ヘレナで法律事務所に勤めるやたちまち頭角を現し、いまや押しも押されもしない腕利きの青年弁護士である。

ジャックはこのインディアン法律家にゆすりをかける目的で、面会に来た妻のパティ・アンにシルヴェスターの身辺の調査を命ずる。彼女の困惑は想像するにあまりある。しかし、彼女は愛する夫のため、そしてそれが仮出所の成否に関わると言われれば、一大決心をして実行せざるを得ない。クライアントを装っての最初の面会の後、ジャックはさらにもっと親密な関係を結び、彼女にもっと詳しい事情を聞きだすように命ずる。パティ・アンは夫が入所して以来職場の同僚とも余り付き合いがなく、ましてや男性に出会いそうな場所は極力避けてきた。同僚のミルナとは彼女の夫が同じ受刑者であることを知って以来唯一の友人である。ところが、第一回目の訪問で不思議なことが起こった。彼女はシルヴェスターにふと男の視線を感じた。困惑を感じながらも彼女は自分の心の動きを否定できなかった。彼女の長い禁欲生活がそうさせたのか、あるいはシルヴェスターからの何かが伝わったのか、彼女のなかに異性を感じる力が目覚めたといえる。

ジャックは「次の面会で、単なる依頼人でなく、もっとプライベートなことを探り出すためシルヴェスターと愛をかわすことを妻に要求する。ところがその前日、二人の間はすでに進展しており、パティ・アンは夫の要求の理不尽さを拒絶する態度を装いつつも、自分の本心との間のギャップに驚き戸惑う。二人は一夜のベッドをともにした。自分を醜く罪深い存在と感じながらも、パティ・アンは翌朝シルヴェスターのおいていった電話番号を記したメモを胸に抱きしめ、人種の差どころか不実の罪の意識も消えていた。

そんな矢先シルヴェスターの下院議員立候補の話が持ち上がった。民主党中央本部から新議員候補者のリクルーターであるピート・ファバレスが、シルヴェスターのボスであるハリングトンを通して立候補の打診をしてきたのだ。バスター・ハリングトンは多くの政治家を世に送り出した所謂キングメーカーで、シルヴェスターの力量を買っていたので彼を推薦したのであろう。勿論民主党のほうではシルヴェスターが先住民というマイノリティであること、往年のバスケットボールのスターとして知名度が高いことも勝算の中に入れていた。シルヴェスターにはシェリー・ハットン・バウアーズという元上院議員の娘である白人の恋人がいた。その話に賛成し、興奮していたシェリーは政治家の娘らしく、彼と立候補についてのもっと親密な話がしたいと思っていた。ところが、その数日後のチコ・ホットスプリングズへの小旅行は二人を心理的に引き離す結果となった。シルヴェスターのほうで相手が望んでいるほど胸襟を開いて話せる段階にはなかったのだ。

その間に割り込んだのがパティ・アンとの情事だった。弁護士にとってクライアントとの親密な関係は倫理的にも許されることではない。シルヴェスターがパティ・アンと別れた朝、ブラウニング（ブラックフィート居留区の中心）へ車を走らせたのは、自分の立場を考え直し、態勢を立て直して立候補に立ち向かいたいという無意識の願望が働いたのであろう。幼少の時代をすごしたモカシン・フラットを訪ね、育ての親である祖父母に会い、昔の自分の部屋でもう一度一夜を過ごすことは確かに意味があったのである。

ジャック・ハーウッドはウッデイ・ピーターズというインディアンと特殊要監視棟で知り合った。ピーターズはロバート・フィッツジェラルドという相棒を連れて刑務所で巾を利かせていたが、外へ出ればジャックの出所を助けると約束した。根っからの悪党ピーターズはジャックの頭脳を次の犯罪に利用しようと目論んでいたのである。ピーターズの生い立ちはシルヴェスターのそれとあまり変わらない。同じく両親に捨てられたが、最初の車泥棒から犯罪の道にのめりこみ、世の中のすべてを憎んでいくところからがシルヴェスターと違ってくる。ピーターズは妻を捨て、今では十四と十五くらいになっている二人の子供もいるのだがその消息さえ知らず、フィッツジェラルドとともに同性愛者として生活をしている。ニーナという姉がいて、子供のときから彼をかばってくれ、彼が信頼できると思っている唯一の人間だ。その姉のニーナ・ルドーの電話をジャックとの連絡手段にしていたのだが、ジャックにとって今はそれも断ち切られた。獄中からジャックの受け取った最後の連絡は、彼の妻がすっかりシルヴェスターと深入りしているというピーターズからの報せだった。ジャックは自ら練った計画だったにもかかわらず心穏やかでない。今まさに関係者すべての手の内がお互いにわかったという事態になって、一番不利なのは刑務所に入っている自分だということも明らかになってきた。外との連絡の手段を絶たれ、ジャックは苛立ちのうえに不安をつのらせた。そしてパティ・アンにしばらく友人ミルナのところへ身を寄せるように警告した。彼はどんな凶悪なことでもやりかねないピーターズの本性を知っていたからである。

一方シルヴェスターの動きも迅速だった。立場を利用してピーターズの経歴を洗い、打つべき手を考えていた。ピーターズの脅迫電話で驚きあわてたパティ・アンからの連絡で急を知ったシルヴェスターは、職権を利用してピーターズに関する裁判および入所中のすべての記録を取り寄せて調べた。出生、家庭環境、性格、人相、特徴、それらは大半の受刑者と大同小異であった。ただ彼の出所については、その犯罪歴に照らして不審に思われる記述があった。一連の武装強盗にもかかわらず「危険性なし」と結んであったのである。ピーターズはまだ刑期を勤めているはずなのに、すでに巷に出ているのはなにかの冗談でもあるかのようだ。この冗談は自分が渦中のものと意識し始めたシルヴェスターにとっては冗談どころではない。シルヴェスターは仮釈放保護監察局の役人ビル・レフラーから得た情報で町外れの溜まり場であるバー「シャンティ」へ単身で乗り込む。

シルヴェスターの出陣式

民主党から下院議員に立候補したシルヴェスター・イエロー・カーフはパインハースト校（インディアン孤児のための学校のひとつ）の玄関で、支持者である一般聴衆に加えて、前任の議員やピースパイプを持った各部族の代表や長老たち、この施設の子供たちや職員などの詰めかける前で立候補の抱負を述べた。ここを選んだのは支持団体の意見や希望を容れたからだが、この場所で、このとき初めて、かれは立候補の意味をはっきりと自覚した。居並ぶ先住民部族代表やこの施設の孤児たちをも充分意識した上で、彼は土地や水利権の問題などを取り上げ、資源保護運動家たちと土地開発従事者の双方の意識にも訴えた。加えて女性の権利をはじめ弱者の権利の擁護にも触れた彼のスピーチは普遍的であると同時に自らの地盤であるモンタナとその部族の特殊な問題をも網羅していたのである。シルヴェスターは報道陣の手ごたえと聴衆の喝采の中であらためて自分の使命を感じた。その後のスケジュールはインディアン合同連盟へのスピーチなどすでにぎっしり詰まっており、彼の下院議員立候補の記事はあらゆる新聞の第一面を飾りテレビもトップニュースとして報道していた。

彼は身体中を大きな期待の波が走るのを感じ、自分がいまこそ乗り出すときであり、まさにシルヴェスター・イエロー・カーフであることを世に示す仕事をしてみせると、そして運命が自分の人生をここまで導いてきたこの機をかけがえのないものにするのだと心に誓った。（二九〇―九一）

今までの道のりがこの壮挙へ導いたのだというかれの自覚のなかに真摯な自負が伺われ、そしてそこにはなんの衒いもなく、自分の人生が抜きがたくこの大任へと結びついていて、それに立派に応えたいという正義感あふれる青年政治家の情熱が伝わってくる。彼は「イエロー・カーフを下院へ」と赤とブルーの地に白い文字で書かれたポスターを見上げながら、政治家としての役割と責任を彼なりにはっきりと認識した。彼は、「政治家としてではなく、自らの信条と価値判断に基づいてこの仕事をやること」（二九一）を心に誓ったのであった。

シルヴェスターの家へ送り主不明のクリスマス・カードが届いた。出陣式の数日後のことである。ピーターズからだと彼は見当をつけた。彼はバー「シャンティ」ではじめて顔をあわせたあの夜の後、シルヴェスターの居所を突き止めたのである。それ以外に家のなかに異常はなかったが、先日の「シャンティ」での出会いからピーターズに先手を取られたことははっきりした。さらに選挙事務所には五千ドルを要求するゆすりの電話がかかる。マネージャーのデビーには気にしないように言ったが、自らは安心するどころではなかった。パティ・アンを通してジャックの行動をコントロールするためきびしい言葉でピーターズの脅迫をやめさせるように要求する。そこで彼に明らかになったことは、ジャック・ハーウッドはもはやこのたくらみの主導権を持っていないこと、ピーターズの二人組は信じられないほどの凶悪な犯行の常習者であることだった。彼らは犯罪のための犯罪、殺人のための殺人を平気でやってのける輩だった。シルヴェスターにはこの時点で、果たしてパティ・アンは味方なのかあるいは敵なのかさえはっきりしなくなった。少なくとも彼女はジャックを救うためには何でもするだろうということは予想されそれはむしろ希望の綱だった。そして、ジャックもパティ・アンの身の安全を優先させるであろう。しかし、パティ・アンはシルヴェスターをたとえ愛していたとしてもなおジャックと組んでシルヴェスターを脅迫し続けるかどうかは不明である。ピーターズが絡んできた限り、明らかにシルヴェスターとパティ・アンとは二人とも被害者である可能性が強くなった。果たして数日後、パティ・アンはアパートの前でフィッツジェラルドが張り込んでいることに気づき、シルヴェスターにSOSの電話を入れた。

意外なことにパテイ・アンは脅迫者である二人の男を自分の部屋に迎え入れた。そこへシルヴェスターが到着。ピーターズが五千ドルの要求をシルヴェスターに突きつけた段階では双方の態勢は五分五分だったが、シルヴェスターはここで切り札を出した。彼は、仮釈放保護監察局のビル・レフラーが「シャンティ」での麻薬取引等に絡む二人の罪状をつかんでいると告げた。ビル・レフラーは逮捕令状なしで管轄下の出所者を逮捕できる立場にあった。しかもピーターズが仮釈放の審査なしで出所できたことには何か隠された理由があったらしい。「ビル・レフラーはお前たちのことを知っている。お前たちがへまをやって引っ張られるのを待っているのだ。「シャンティ」でヤクの取引にかかわっているのもちゃんとわかっている。」（三一九―二〇）というシルヴェスター言葉は実ははったりだったのだが、半分は事実だった。ビル・レフラーは彼らを刑務所へ戻すことを望んでいた。重ねてシルヴェスターは、「お前たち二人はどっかの有名人におどしをかけているし……」（三二〇）と暗に自分に対する脅迫も知られていることをほのめかし、仮出所の規則に違反していることを数え上げる。二人の表情がそれぞれ変わってくるのを見計らってシルヴェスターは次のはったりを利かせ、逮捕を免れるための善後策、この時点でなら自分の権限でレフラーを動かして他の州や地域に移管を申し出てもよいと提案する。ついでに、たった今自分は立候補を取り消したことも伝える。「もう立候補は取り消したのだ。もう失うものは何もない。弁護士としてのキャリアには少し傷がつくだろうし、商売をやるには他の町へ移らねばならないかもしれないが、それだって私にはよいこともある。」（三二一―二二）シルヴェスターの立候補の取り止めはピーターズのゆすりの動機を半減させた。この発言の後に最初に折れたのは頭の弱い臆病なフィッツジェラルドだった。そして危険を感じたピーターズの皮肉めいた微笑も消えたとき、シルヴェスターが黙って見守るなか、パティ・アンがはじめて口を開いた。「このまま行ったほうがいいわよ。もう終わったのだから」（三二〇）と。

先住民の水利権を守るシルヴェスター

ときは四月、シルヴェスターはサウス・ダコタ州のミズーリー川に沿った豊かな沼沢地を縫って車を走らせていた。彼が今住んでいるのはビスマーク、そこから彼が仕事を引き受けたスタンディングロック（スー族居留区）まで一時間半の道のりである。さまざまな水鳥、鴨、鶴、おしどり、ミサゴ、ペリカンなどがときどき飛び立ち、鹿や大鹿が姿を現す通勤途上で、彼はこれまでの自分を振り返り思い出にふける。ブラウニングの小学校でバスケットを始めたこと、ミズーラでの大学生活、パロ・アルト（スタンフォード大学）とその周辺の乾いた風景、そしてヘレナでの弁護士活動。そのヘレナでさえ遠いものになりつつあった。ヘレナを出て三ヶ月、彼は今二人の法学生をアルバイトに使ってインディアンの水利権をめぐるケースに取り組んでいる。他の多くの居留区にあるようにここでも巨大な貯水池があるにもかかわらず、居留区の住民は灌漑用水路に水が充分に入ってこないこと、上流での大量の引水が年々エスカレートしていくことに悩んでいた。

合衆国の河川については、一九〇八年モンタナ州で争われたウィンターズ訴訟が基礎となってウィンターズ方式が確立された。この理論によると、河川の水の分配法は耕作その他の目的での利用水量を、現在のみならず将来の利用可能性をも含めて算出するという方式で、先住民の土地と水に関する権利を守るために定められたものである。その後この規則に多くの判例が従ったが、それにもかかわらずもっと多くのケースでこの方式は巧みに押し曲げられ、破られてもいた。ここでも次のような実情であった。州政府は、「前例にある水利用に関する法令は、この特別なケースには適用されない、なぜなら居留区の水のほとんどはいま使用されていないからである」（三四三）という見解だった。つまり、州政府はウィンターズ方式を適用するつもりがなかったのである。水が現に使われているところへ必要なだけ分配するという考えは、白人の農業・牧畜経営者や企業に有利な方針だった。農業も牧畜も遅れている居留区の住民の将来は奪われることになる。シルヴェスターはこのケースを地方最高裁に持ち込み争う準備を整えていた。早急に決着のつく問題ではない。もしかすると何年もかかるだろう。それでも彼は覚悟を決めていた。そのためにはハリングトンのもとで手に入れたパートナーの地位を棒に振ってもかまわないとさえ思っている。直接先住民にかかわる仕事に携わっている今、シルヴェスターは、それを下院議員になるよりも手ごたえがありまた働き甲斐があるものと感じていた。

シルヴェスターに祖父アール・イエロウ・カーフが亡くなったという知らせが届いた。訃報の翌日飛行機とレンタカーを乗り継いで駆けつけた彼は、リトル・フラワー・カトリック教会の式場で祖母と並んで最前列に座っていた。アールは教会へ通う人間ではなかったが、また部族のしきたりや伝統を重んずる人間でもなかったので、妻のリトル・バード・ウォーキング・ウーマンはカトリックの教会に葬式を依頼したのである。このときシルヴェスターは、まるではじめてのようにこの生まれ故郷をじっくりと見回した。

彼の祖父も祖母も故郷を一度も離れたことがなく、その中であれほど重要な存在であったと知って彼は驚きまた嬉しくもあった。ノース・ダコタも、ビスマークも、スタンディング・ロックも遠いところに思われ、ヘレナでさえも更に遠いものに思われた。はるかな道のりを戻ってきて自分の生まれた土地の素朴さと平和が待っていた。(二三四)

改めて自分の生まれ故郷のど真ん中にすわってみると外の世界は遠く見えた。そしてここは隣の州であるのに、彼ははるばると心の国境を越えてこの素朴さと安らぎへと帰ってきたのである。彼の祖父は人々にこれほどに深く尊敬されていて、これほど多くの人々に送られてここを去ったのである。その間にもシルヴェスターがひそかに待っていた一人の人間がいた。彼の生みの母である。しかし、彼女は父親の葬式にすらついに姿をみせなかった。いや、誰も気づかなかったのか、故意に知らせなかったのか、彼女はニューメキシコから帰ってはこなかった。シルヴェスターは最後の望みを捨てた。神父が葬儀の終わりにアールの数々の業績をたたえるスピーチをしている間、祖父のことに思いをはせると同時に自分の身を振り返った。カーライル・スクールに行った以外はここを離れたことのない祖父と、十八歳でここを出たまま白人社会の人間となってしまった自分自身とを比べた。外の世界、白人の世界での成功が何であろうか。外での地位とキャリアが何であろうか。功成り名を遂げた今、彼は自分がいかに伝統的インディアンの生活と意識から逸脱してしまったかを知る。そして、インディアンの多くの家庭に見られる両親との別離といういわば負の遺産をも今更のように重く感じたのである。彼は静かにこれまでを振り返って最近の自分の選択は誤っていなかったと悟る。すなわち、断念の原因は他にあったとはいえ、立候補をやめて直接先住民の権利を守る仕事に携わることでほんの僅かでも自分の所属への復帰ができたことを喜んでいた。

担うべき文化と伝統

作者ウェルチはメアリー・ジェーン・ルプトンとのインタービューのなかで、インディアンの法律家は昔の「戦士」に匹敵するものであるといっている。（*American Indian Quarterly No.1 & No.2* 201）　立候補を決める前、シルヴェスターはブラウニングを訪ねたのだが、そのとき洋服たんすの最上段にのせたままだったメディシン・パウチ（お守り袋）を見出した。その昔、はじめて家を出て大学へ出発する朝祖母が彼のために出してくれたもので、彼はそれを持たずに出発した。メディシン・パウチはインディアンの戦士が戦に出るときに身に着けるもの、中身は秘められた力を与えてくれると信じられていた色々な品物が入っている。祖母自身の祖父から伝わったもので、一種の家宝であるこの褐色の小さな袋を、祖母はシルヴェスターに正式に譲り渡すつもりだったのである。そして今も祖母はそれを願っていた。彼はただ一人の継承者だったのだ。あれからどのくらいの月日が流れたであろう。シルヴェスターはそれを取り上げ、今度は身に着けて持って帰ることにした。

ウェルチは「成功したインディアン」についてのルプトンの質問に答えて次のように答えている。

法律家というものはニュー・インディアンの最たるものだ。インディアンの社会では、法律家は「新しい戦士」と呼ばれている。彼らはその戦いを戦場ではなく法律の組織のなかで戦う。シルヴェスター・イエロー・カーフは私が思うにまさにその新しい戦士のタイプを代表しているのです。(*American Indian Quarterly* 202)

二十世紀の終わりにかけて、ウェルチの言うように確かにネイティブ・アメリカンの法律家もネイティブ・アメリカンの作家と同様に数と質の両面において目覚しい進出を遂げた。N・スコット・ママディや彼に続く作家たちのみならず、ヴァイン・デロリア・ジュニアのような傑出した学者、法律家、宗教家が次々と輩出し、主流アメリカ人に比して遜色のない活躍をしている。ウェルチはそのような成功したインディアンを描きたかったと言っている。メディシン・パウチは今シルヴェスターの活動に自信を与えると同時に彼が自分の伝統と文化に復帰するためのシンボルのひとつであったと言えるだろう。

シルヴェスターは仮釈放審査の席で、少年時代に同じ居留区で兄弟のように育ち、ともに学び、ともにバスケットボールをやったドニー・リトル・ドッグの弟で受刑者のラリー・リトル・ドッグに出会い、その昔の友に思いをはせる。その頃の彼らの生活はともに貧しく苦しかったが、ドニーには両親がいて、シルヴェスターにはそれが羨ましかった。しかし、ある日起こった交通事故でドニーの家庭はたちまち崩壊し、ドニーはバスケットの練習さえ続けられなくなった。インディアンとはそのようなもろい背景を背負っているものだ。バスケットの選手で今をときめいたスターであろうとも周囲の支えがもろく、またたく間に落ちぶれて路頭にさまよう姿も少なくなかったのである。

彼らが若い頃目にしてきたものは、ふとしたことから垣間見た自分自身の姿だった。——かってのスポーツの英雄が、着のみ着のままで車の中や家の戸口に寝ていたり、練習場への通りすがりの彼らに二十五セント玉をねだったりする光景だった。こんな輩の中には、自分たちの叔父やいとこがいたし、また時には父であったりもした。（一〇三）

選手たちが目にする光景——街角で物乞いをし、高校生にさえ小銭をせびる昔のスポーツの英雄たちの姿は、彼らの未来を暗示していた。いかに華々しい活躍をしようともおおかたのインディアンの将来は限られていたのである。しかし、シルヴェスターはその轍を歩まなかった。彼は、白人社会に乗り出すのにスポーツでなく学歴と仕事の腕前という武器を手に入れ、見事に完璧な巣立ちを成し遂げた。

スタンフォード時代につきあった白人のガールフレンドが突然彼を離れて去ったとき、彼も少しはショックを受けた。しかし、インディアンの女性、ニューメキシコのプエブロ部族出身のアニータ・タルコットとの交際と別離のほうが彼により強い痛手を残した。彼女の音信が途絶えたときの悲しみは深く、その後女性へ近づくことへの恐怖からしばらく立ち直れなかったほどである。また高校時代のカウンセラーで親交のあったリーナ・オールド・ホーンについては、生徒から教師への憧れで始まり最後まですれ違いの恋に終わるのだが、彼の心に深い思いを残した。リーナは同じモンタナの部族であるクロウ族の出身であるが、ブラックフィートの中心地ブラウニングではよそ者の域を出ず、結局職を去るまで独身で過ごした。インディアンであるシルヴェスターは異性との関係で人種とか部族とかをあまり意識していない。差別も優越感ないし劣等感もない。しかし白人の女性の側には、少なくともはじめのうちは程度の差こそあれさまざまな拒絶反応、躊躇、理解不足が見られる。シルヴェスターのほうでもそれは一応計算に入れて行動しているようである。特に本人よりも周囲の社会的なプレッシャーが問題になる。シルヴェスターとシェリーが保養地チコ・ホットスプリングズで夕食をとっている席で、二人を見て顔をしかめあからさまに不快感を示した白人をシルヴェスターは認めた。

このことにみられる白人の間の根強い反感ないし差別意識はこの時代（一九八〇年代）になっても容易に拭い去れるものではなかったらしい。感謝祭のディナーに集まったシェリーの親戚も然り。同席したシルヴェスターを紹介されて好奇心と疑惑と拒絶反応の入り混じった目で彼を見た。

注目すべきは、シェリーが「図書館助成協会」の寄付を募る集会ではじめてシルヴェスターの社会的なプロフィルに接したときの彼女の変化である。母親に無理やりに連れて行かれた席にシルヴェスターがいた。彼女には彼がハットン家の牧場の処分についての弁護士を務めたインディアンであるという以外には何の知識も関心もなかったのだが、彼のスピーチを聞いたあと、一種のショックと感動ですぐさま彼に話しかけている。彼のスピーチはインディアンの子供たちの窮状を訴えるにとどまらず、要点を押えたその客観性で聴衆をひきつけた。シェリーはシルヴェスターが並のインディアンではなく、何を目指しているかを感じ取ることができたと言えよう。ただし一般の聴衆はそのなかのメッセージ以外のことを期待していた。彼は、この基金が子供たちに平等に、そしてインディアンの居留地の子供たちにも差別することなく配布されるべきであると説いたのだが、聴衆が知りたがったことはインディアンに対するステレオタイプの反応であった。

彼らは演説の中でシルヴェスターがもっと何かを語ってくれることを期待した。あのインディアン居留区から出た少年がいかにして人生の成功の道を歩くことができたのか。かれのバスケットボールの選手としてのキャリアについても。そしてとりわけ、ヘレナは州都であり政治の中心だったから、彼が政治家をめざす野心を持っているのかどうかも。(一一七)

その関心にはやはり違った人種に対するもの珍しさが大きく働いている。シルヴェスターの選手生活、あの貧しいインディアン居留区と弁護士としての地位と活躍、さらに彼の政治的野心の有無などが彼らの興味を掻き立てるのだ。

一方、シルヴェスター自身が立候補を決心するまでに最も心にかかっていたことは、彼自身の力量でもなく、プライヴァシーを失うことでもなく、周囲のサポートの強弱でもなかった。彼の懸念は自分をサポートしてくれる民主党が自分の故に分裂の可能性があるのではないかという恐れだった。彼はシェリーの前向きな質問に次のように答えている。

「いくらかは役に立てると思う。今よりはもっと多くのことができるとは思うのだが——でもそれで充分と言えるだろうか?すべての部族が僕の後押しをしてくれるだろうか?もしある部族が、またはひとつのグループが僕を望まなかったとすれば、——その理由はブラックフィートだからとか、法律家だからとか何とかあるだろうが——そうなるとひどいことになる。それに、白人側から充分な支持が得られえるだろうか?白人の中には僕がこの州(モンタナ)をインディアンの手に取り戻そうとしているのだと考えるものが大勢いるかも知れない。君のお父さんだってこの僕を支持してくれただろうか？今では僕が党の為にやってくれると思っている民主党の中においてさえ、僕が将来言ったりしたりすることで離反することになる人が出るかもしれないのだ。（二一二―二一三）

彼の第一の懸念、すべての部族の支持を得られるかどうかということはもっともである。モンタナ州においては部族間の抗争は激しく、しかもつい最近まで続いた。例えば、ウェルチの最もよく知られた作品『フールズ・クロウ』でも触れられているようにブラックフィート族とクロウ族との間には「馬泥棒合戦」を含めて数々の戦いが繰り広げられ、二十世紀の終わりにいたるまでその感情は完全に解消したとは言えない。第二に、彼は白人の社会で成功した弁護士であることがインディアンの側からの反感を呼ぶ可能性は充分に考えられることである。次に白人の側からの問題である。貧しきものの味方を標榜する民主党であれ所詮は白人の党である。西部の州モンタナは連邦政府が最後に手中にした地域のひとつ、それを先住民の側に取り戻されるとは比喩的にせよ大げさだが、完全に払拭しきれる悪夢ではなさそうである。ほんの些細なことからでもいつ芽を吹き出し党そのものの分裂につながる火種になるかもしれない。シルヴェスターのこれらの懸念は杞憂にすぎないとは言いきれないだろう。

シルヴェスターがかねてからもっとも恐れているのは自分の所属する部族と居留区から地理的にも心理的にも離れてしまうことである。このことは自分の職場、生活の便利さ、好みなどによっていつでも住居を変えることができ、さらにそこが自分の所属だと思える白人の（われわれ日本人も含めて）自由さでは想像のつかない意識である。シルヴェスターは祖父母の示した道を見失わなかった。彼の心の中には常にブラウニングがあったからこそ彼は「自分の出自の民族とは何のかかわりもない世界に生きるため、多くの友人、知人を置き去りにしてきた」（三八）ことを後ろめたく感じてきたのである。白人の社会への、そしてめざましいキャリアへのドアが開かれるたびに彼は故郷へのドアがひとつずつ閉ざされていくのを感じていた。

祖父の葬式に参列した日の夜、シルヴェスターはただひとり小学校のバスケット・コートでボールのトスをしていた。四月とはいえ冷たい霙の降るなかで、歴史に残るあの名選手シルヴェスターにしかできないボール捌きをあくことなく繰り返していた。——否、そのときたった一人の観客がいた。それは偶然に通りがかったリーナ・オールド・ホーン、彼の恩師そして彼の心の恋人であった。

あとがき

この物語には白人とインディアンとの間のはっきりした勝敗の決め手はない。しかしただの引き分けというわけでもない。ピーターズたちは退去したが、シルヴェスターは立候補取り消しという常識的には犠牲を払って、事なきを得た。そして、自分の所属に復帰するという大きな夢をも達成しつつある。また、これには白人であるパティ・アンの、得点にもつながるフリースローの発言が少なからず貢献している。一方ジャックは、パティ・アンの報告によると、「（彼は）今特殊要監視棟に居ます。私（パティ・アン）が彼のことを待っていて、出所したら迎えてくれるのなら、釈放か仮釈放までそこに居てもいいと決心しています。それも彼にとっては悪くないことです。少なくとも身の安全があることで心の平静を保っているからです。」（三四六）となっている。つまり、ジャックは平静な気持ちで刑期を務めており、パティ・アンはジャックのことも含めてすべてに対して感謝を表した手紙をシルヴェスターに送った。ジャックとシルヴェスターの対決はピーターズとシルヴェスターとの対決に持ち越され、その結果先住民社会の悪夢の張本人であるピーターズの輩は、刑務所内でジャックにゆすりを働くオールド・ブルやウォーカーの輩もともども、ひとまず一掃された。インディアンの手でインディアンの悪が片付けられたということになろうか。このことが作者ウェルチのこの作品に託した夢ではなかろうか。

引用参考文献

American Indian Quarterly: Winter and Spring 2005 Vol.29.

Ewers, John C. *The Blackfeet: Raiders of the Northwestern Plains*. U of Oklahoma P. 1958.

Fleming, Walter C. *Native American History*. Alpha Penguin Group Inc. 2003.

Kehoe, Alice B. *North American Indians: A Comprehensive Account*. Prentice Hall. 1992.

Lupton, Mary Jane. *James Welch: A Critical Companion*. Greenwood Press. 2004.

Milner, Clyde A . et al. eds. *The Oxford History of American West*. OUP. 1996.

Shurts, John. *Indian Reserved Water Rights: The Winters Doctrine in Its Social and Legal Contexts 1880s–1930*. U of Oklahoma P. 2000.

Welch, James. *Riding the Earthboy 40*. Penguin Books. 1971

———. *Winter in the Blood*. Penguin Books. 1974

———. *The Death of Jim Loney*. Penguin Books. 1979

———. *Fools Crow*. Penguin Books. 1986

———. *The Indian Lawyer*. Penguin Books. 1990.

———. *Killing Custer*. Penguin Books. 1994

———. *The Heartsong of Charging Elk*. Random House. 2000

アンティグアの娘の夢とアメリカ
――ジャメイカ・キンケイドの『アニー・ジョン』と『ルーシー』のさみしさと力強さ――

楠元　実子

序

「アメリカン・ドリーム」はアメリカで富や名声を得て成功する立身出世の物語である。ジェームズ・トゥルスロー・アダムズが「万人にとって生活がよりよく、より豊かで、より充実したものになる土地の夢」（二一五）として、一九三一年に初めて使用した言葉である。当時のアメリカは世界大恐慌後、経済の立て直しを図っていた。生まれながらに本人を取り巻く環境、つまり親の職業、階級、貧富などの差は偶発的なものとしたこの考えは、国内の恵まれない立場にいる人々に歓迎された。また、自由や富を求めてアメリカにやってきた移民やその子孫たちにとっても、人種に関わらず万人に成功の機会があるアメリカは希望の地であってきた。

ジャメイカ・キンケイド（Jamaica Kincaid 1949–）もアメリカ文学界での成功という点でその夢を実現した移民の一人である。彼女はカリブの小国アンディグア出身のアフリカ系アメリカ人の女性作家である。旧英国領のアンティグアを十七歳の時に離れ、ニューヨークに渡りオーペア（住み込みの家政婦兼子守）など様々な仕事をし、その後、雑誌ニューヨーカーの専属ライター、そして作家となり、数々の文学賞を受賞してきた。キンケイドは自伝的小説である『アニー・ジョン』（*Annie John*）を一九八五年に、『ルーシー』（*Lucy*）を一九九〇年に発表した。『アニー・ジョン』ではアンティグアの五歳の少女アニーが十七歳で外国への旅立ちを迎えるまでを、『ルーシー』では夢のアメリカに一人でやってきた十九歳の移民の娘ルーシーの一年間の経験をつづっている。二つの物語はいわゆる続き物で、登場人物やプロットの連続性が読み取れる。また感受性の強い娘の成長物語は、読者に普遍的な共感を呼び起こす。しかし、もちろん黒人であり移民であり女性でありクレオールである娘には、支配者—被支配者という構造が重層に存在するため、精神的な葛藤や自己規定の困難さがある。夢を追いながらも自分の位置を常に意識せざるを得ないため、明るさやすがすがしさだけというよりは、息苦しさや不安定さをも読者に残す作品である。

キンケイドについては、アメリカでフェルグソンやシモンズなどの研究者が作品論を出版しており、橋本安央が指摘している通り、「母娘の愛憎問題」、「イギリス帝国主義の支配・被支配のポストコロニアル問題」に還元した論が主に展開されている。そういったイギリスや母親の精神的、物理的支配が背景に大きくある点をふまえながら、本稿では、その中での主人公の成長を「夢」と「アメリカ」をキーワードにして考察する。『アニー・ジョン』ではアンティグアでの夢、アメリカに渡ってからの『ルーシー』ではその夢の達成、そして自己探求の軌跡を見ることによって、「夢」と「アメリカ」の主人公への係わりを見ていく。娘のさみしさを解き明かしながら、一九五〇・六〇年代頃のクレオール移民の娘のアメリカン・ドリームのひとつの形を考察する。

母を失う夢

風間賢二はキンケイドを「夢と欲望の領域である無意識と現実世界との境界を曖昧模糊としたものとして描く作家」（三二九）と評している。『川底に』（*At the Bottom of the River* 1983）ではその傾向が特に顕著なのだが、『アニー・ジョン』においては、夢は「私が見た夢」として現実と区別した形で数多く描かれている。「私の夢は何か本当でないものを本当のように見せるものではない。私の夢は私の実生活の一部であるか、実生活そのものなのだ。」（八九）と主人公が理解しているように、夢は現実の反芻、内面のリフレクションでもある。アニーの旅立ちまでの精神的な成長は、彼女の夢の中にどのように表れているだろうか。

アニーの夢は悪夢から始まる。美しい母の愛情が溢れているアンティグアで、アニーは母との「楽園」（二五）に暮らしていた。母子の愛は、娘の思い出の品でいっぱい詰まった母の「トランク」（一九）に象徴される。母の愛情を一身に受け、二人は「完全な調和」（二七）と描写されるほど深くつながった母子であった。しかし、娘が十二歳になると突然、母は娘にヤングレディらしく振舞うこと、つまり社会規範を強要するようになる。彼女はこれを母の裏切りと考え、母から自分が置き去りにされる悪夢を何度も見る。

私は母を見ようと振り返ったけど、母は見えなかった。私の目は母がいたはずの水面の狭い場所を捜したけど、母はいなかった。立ちあがって母の名を呼ぼうと思ったけど、のどから声が出てこなかった。そして目の前に巨大な黒い空間が現れ、私はその中に落ちた。前にあるものは何も見えず、まわりの音は何も聞こえなかった。母が私のそばにはもういないということしか考えられなかった。（四三）

母親を喪失し、呆然としている少女の姿が描かれている。「母なしの私の人生は考えられない。」（八八）とあるように、母親がいないところは無の世界であり、自らの死をも意味する。これほどまでの母子の一体感はアンティグアという島が持つ父親の影の薄さから来ている。ミストロンによればアンティグアで生まれる八〇％の子供が届けを出していない私生児であり（一五七）、アニーの年老いた父親も婚外子をたくさんもうけていた。アニーは孤児になった同級生に対して恥ずかしさを、母親と祖母を失った父に対して耐えられなさを感じている。キンケイド自身も父親とは顔も見ないうちに死別し、母方の祖父母は島の外にいた。母親にべったり依存していたアニーが母親に捨てられることに対して感じる極端な恐怖は、このような父親不在の文化の中で形成されてきたのだ。また、頼れる祖国や先祖がなく、常に変化が進行中であるディアスポラの状況においては、誇れる文化や歴史などの精神的なよりどころもない。クレオールの娘の孤独感は強いものとなり、母親への依存度は高いものとなる。後のアニーの外国への旅立ちは、たった一人の頼れる存在である母親から捨てられる前に、自分の方から親を捨てる行為であったという説明ができる。

逃避の夢

その後、新しい学校がはじまり、アニーは母親の代替を求めるかのように、女友達のグエンと急速に親しくなる。二人は「肩、お尻、足首、そしてもちろん心もまるでくっついているかのような」（四八）自分と一心同体化した友人であった。しかしアニーは母が認める友人グエンを、ひいては母を裏切る。「赤い少女」と呼ばれる髪の毛はもじゃもじゃ、木登りはする、お風呂に入らない、ビー玉遊びが好きなど、社会規範から堂々とはみ出している彼女とつきあい、そのことを秘密にするのだ。自由への憧れ、母への反発から急激に彼女に傾倒し、やがて彼女を崇拝するまでになる。アニーは女の子に禁じられているビー玉遊びをしていることが見つかったため外出を禁じられ、赤い少女には会えなくなるが、彼女がアンギラの祖父母のところに送られたと知った晩、このような夢を見る。

彼女が乗っていた船が海の真ん中で突然二つに裂け、彼女以外の乗客はみんな海に沈んでしまい、私は彼女を小さなボートで救い出す。私と彼女は島に行き、私たちはたぶんそこでずっと一緒に暮らす。野生の豚やウミブドウを食べて。夜は浜辺に座って、人がいっぱいのクルーズ船が通るのを見る。私たちが撹乱の合図を船に送ると、船は近くの岩か何かに衝突する。人々の喜びの叫びが悲しみの叫びに変わり、私たちは思いっ切り笑う。（七〇―七一）

二人だけの楽園は以前の母親との失われた楽園の再構築である。しかし自分が赤い少女を助けるという点において、より主体的で抑圧のない場所となっている。このように自由奔放な友人と一緒に母への裏切りを成し遂げる夢であるが、母の魔力が通用しない海を越えた自由の国に行く部分は後に実現することになる。

次の夢は次第に強くなっていく母親とその背景にある社会の圧力と対峙する夢である。アニーは歴史の教科書の挿絵のコロンブスに「この偉大な男はもはや立ち上がって歩み去ることもできない。」（七八）と落書きをする。この言葉はかつて祖父が歩行困難になったことについて母が誇らしげに言った言葉と同じである。この件でアニーはイギリス人のクラスメートに級長を取って代わられ、『パラダイス・ロスト』の書写を罰として命じられる。アニーは英国の価値観の押し付けをはっきりと認識する。中村和恵の指摘にもある通り、アニーの落書きは植民地主義への勝利宣言のつもりで、また母親の父権制／男性中心主義への勝利宣言と同調しようと思って行った行為だったのだが（一八八）、母親は支配側の味方につき、アニーを裏切る。周囲に自分を理解できる人もいないことで、アニーの出口のない息苦しさはさらに大きくなっていく。アンティグアという地獄に内包された矛盾と抑圧に追い詰められた彼女は、「機会があれば母は私を殺すだろう。勇気があれば私は母を殺すだろう。」（八九）という母親にやるかやられるかの夢を繰り返し見る。まだ自立できていない娘は、心理学でいう「母殺し」ができるほどの勇気もなく、かといって島を出る力もない。島の中では娘の精神は母と背景にある社会によって押しつぶされていくことになる。

さらにその後の夢では、アニーの逃避願望がより具体的な形を見せてくる。もはや精神的レベルが違う女友達のグエンとの会話は、アニーにとって何の意味も持たない。グエンが話している間は時間をやり過ごすために、大好きな小説に関する白昼夢を見る。

一番よく見る白昼夢の中で、私がベルギーで一人暮らしをしている光景が出てくる。ベルギーを選んだのだのは、私の好きな小説『ジェーン・エア』の作者シャーロット・ブロンテが一年余りをそこで過ごしたとある本で読んだからだ。それにそこなら母さんが旅をするのも難しいだろうし、こんな宛名で私に手紙を書かなくてはならないだろうから。

「ベルギーのどこかに住むアニー・ビクトリア・ジョン様」

私は足首まで長さのあるスカートをはき、やっと理解できるようになった本がいっぱい詰まったかばんをさげ、ベルギーのある通りを歩いていた…（九二）

この夢はアニーの実際の心の状態、つまり脱出の欲望を投影している。逆に言えば、どうしようもない現実が存在し、夢や想像の中で現実逃避をしている状態であるとも言える。母が届かない、アンティグアから物理的に遠い「どこか」への逃避の夢であるが、これもまた後に現実となる。自分を本の中の女の子と重ね合わせ、物語の最後を「女の子とその相棒は船に乗って、ザンジバルかどこだかとても遠いところへ行きました。二人は望み通りのことができるので、永遠に幸せにくらしました。」（八六）と書きかえ、想像の中に逃避する。

しかし夢で夢を見ているのも限界となり、アニーは心身症を病んでしまう。女性への社会規範を象徴している「世界をいくつも内包しているほどの重い指貫」（一〇三）を心に背負わされていると考え、「黒いもの」（一一一）が自分の中にあるのを度々感じるようになっていた。その後、自分が生まれ変わることを象徴するかのような夢を見る。

私はそこにつくと、とてものどがかわいていたので、海の水をものすごい大口でごくごく飲み始めた。飲みに飲んで海はとうとう干上がってしまった。海の水全てが私を頭からつま先まで満たし、私はひどく膨れ上がった。しかしそれから小さな裂け目ができ、水が漏れ始めた。はじめは縫い目から少しずつ、それから私がバンとはじけるとゴォーと大きな音をたてて。そして再び海を作り上げた。（一一二）

この夢をみながらアニーは夜尿してしまうのだが、この場面は出産の場面と重なる。精神的に痛めつけられた自分を水で浄化し再生させることで、自己を作り直す作業を行う。また、自分で再生した海は自分の力の及ぶ世界を表している。

夢の中で水は、よりはっきりした自分の意思や強さを表すイメジャリーとして使われている。アニーが夢遊病者のように、夢をみながら周囲の人の写真を洗い流す次の夢では、水はより主体的な行動の手段として使用されている。

…私には彼らから漂ってくるにおいが耐えられなかった。私はベッドから出て、手で写真をかき集めて洗面所の洗面器の中に入れ、しっかり水浴びさせてあげた。石鹸と水を使って…(一一九)

自分を支配しようとする人たちのにおいが耐えられないものとなり、アニーは夢を見ながら実際に水で写真の人々を洗い流す。他人のにおいを消すことで支配をやめさせようとするのだ。自分と自分の靴以外全てを消し去るこの動作は、彼女の自立宣言とも言える。

そしてついに長雨がやんだときに、アニーの心身症は回復する。自ら行動を起こすことが可能になったアニーはこのような願望を抱く。

誰も私を全く知らず、それだけで私を好きになってもらえる場所にいたい。私の生まれたこの世界全てが我慢できない重荷になってしまっていたので、これを小さく縮め、死んでしまうまで水の下に押さえつけておけたらにいいのに。(一二七―一二八)

母親の背の高さを超えて身体的な成長をも実感したアニーは、水の下に過去を葬るという作業、つまり母との別離を決意する。アンティグアでの孤独感、支配される感覚、誰にも理解してもらえない絶望から自分を救い出すため、海の向こうへ渡ることを決める。以上のように、夢の中の水は主体を回復し、脱出の決意を促す働きをしている。

旅立ちの船の中で、アニーが横になり放心して聞く細波の音の描写で物語の最後は締めくくられる。細波の音は「まるで液体でいっぱいのベッソルが横向きに置かれ、ゆっくりと空になっていくような思いがけない音を立てた。」（一四八）と描写される。「ベッソル」は容器、船、ひいては人間などを表すが、ここではアニー自身を表しており、中に詰まっていた液体は支配されていた自分の過去、古くなったアイデンティティを表している。この結末に関しては、二つの解釈ができる。新しい世界への旅立ちの準備ができたという明るい展開を期待させるものが一つであり、もう一つは自己を喪失した空虚な状態が続いていくという暗いものである。どちらにせよ、キンケイドにとってアメリカは自分を抑圧する土地や母親から自己を開放するための避難所となる。アニーは絶望から見るしかなかった精神的な逃避の夢を現実の逃避の行動へと転換する。理解できなかったものや気持ちの奥にあるものが、夢の中で反芻することによって見えるようになり、すべきことが見えてきたのだ。母親の「夢はまじめに受け取るもの」（八九）という言葉通り、彼女の見た夢は予知夢のように現実となった。アニーが夢の助けを借りて現実のものに変えたのである。

夢を見なくなる

次の小説『ルーシー』ではアニーはルーシーと名前を変えて「幸福の地点」、「救命ボート」(三)として思い描いていたアメリカに一人でやってくる。とりあえずアメリカに逃げてきたという点で物理的な国境越えは完了しており、今度は精神的な国境越えをアメリカで行わなければならない。祖国と母に対して心の中で決着をつけることはできるのであろうか。また人ごみ、エレベーター、冷蔵庫などのルーシーにとって新しいもので溢れるアメリカという国・文化ともうまくやっていけるのであろうか。

渡米当初は、前作から引き続いて、寝ているときの夢が描かれる。閉塞感や緊張感のトーンは以前ほど感じられないが、夢は落ち着かない少女の心を映し出す。アメリカでアンティグアとは違った冷たい気候、見知らぬ物に接して、ホームシックから世界で一番好きな祖母や祖母の作ったご馳走などの夢をみる。また、クリスマスの様子がプリントされたパジャマを手に持ち、そのパジャマの出自を調べる夢をみる。セッティングがアメリカに変わっても、やはりルーシーは自分の過去や植民地主義から完全に自由になることはできない。また、続けて母の夢を見る。

母の持っているきれいなマドラスの頭を包む布の一枚にくるまれた私へのプレゼントがあった。プレゼント自体は何かわからなかったが、私をものすごくうれしがらせるものであることは分かっていた。ただ問題は深くにごった水の下に沈んでいるので、どんなに水を汲みだしても手

が届く前に目が覚めてしまうのだ。（八七）

母親との決別という強い意志を持ってアメリカに来たのにもかかわらず、夢では母からのプレゼントについ手を伸ばしている。自分を形作ってきた母を簡単には断ち切ることはできない。プレゼントが水のなかに沈んでいて、手が届くことがないというところは、ルーシーがアメリカに一生懸命踏みとどまっていることを示し、夢を見ることで、現実世界では故郷へ手を伸ばさずに済んでいる。アンティグアや母に対するアンビバレントな気持ちの揺れは、彼女の自己実現の旅の入り口で、よりはっきりと姿を見せている。

物語後半では、寝ている時の夢は描かれなくなる。アメリカという現実の避難場所に慣れてきたため、夢や幻想に逃げ込む必要がなくなったからだ。ルーシーは過去とのつながりを絶つために、故郷からの手紙をブラジャーの中にいつも持ち歩きながら、決して開封しない。手紙を持ち歩くのは愛と憎しみをいつも感じるため、開封しないのは故郷への思慕を封印するためである。彼女のアメリカでの目的は、母やアンティグアからできるだけ距離を置くことであり、アメリカでできるだけたくさんの出来事を経験して、故郷を忘れることであった。ルーシーは現実のアメリカの生活の中で、実際の行動によって過去から自由になり、さらに自己実現を目指していく。

温かいアメリカ

『アニー・ジョン』では主人公はアンティグアを離れ、イギリスに向かうことになっていたが、『ルーシー』の主人公はアメリカに来ている。アメリカは彼女の夢を現実に変えるために必要な設定場所だった。「この生まれた場所が我慢できない牢獄になって、そこが天国だってわかっていても、慣れ親しんでいるものとは全く違うものを欲する気持ちがわかる。」（九五）とルーシーは世界の裏側に移り住んだ画家に共感して言う。支配側である植民地主義の宗主国イギリスと母親は同一視され、彼女は日常的に抑圧に対峙しなければならなかった。そういったものから逃れるため、全く違うアメリカという場所に来ることが彼女の痛んだ精神のために必然だったのだ。

また人物についても、成長の手助けをする温かい大人や賢者などはイニシエーションの物語によく登場するが、キンケイドの小説では主人公と遠く離れた人物またはアウトロー的な人物がその役割を担うことになる。『アニー・ジョン』においても優しく助けてくれる人物が登場していた。アニーが心身症に陥った際、彼女を助けてくれたのは、ドミニカから魔法の力で来たオービアの達人マ・チェスであり、奥さんを友人と共有するナイジェルさんの笑いでもあった。母親や土地との密着度が強かった分、第三者的な人物が重要な助けとなるのである。

『ルーシー』の中で、特に始めの方ではアメリカは灰色の空や冷たい空気で形容されるが、その中で女主人のマリアがアメリカの温かい部分を体現している。彼女は豊かなアメリカの白人家庭の主婦であり、考えや視点がルーシーのものと全く異なっている。列車で旅行をした際、ルーシーは自分が給仕側の人間であること、マリアは裕福な乗客側の人間であることに気付く。「マリアはいつもの様子で振舞っていた。つまり世界は丸くなっていて、そのことにみんな同意しているといった振舞い方なのだが、一方私の方は世界が平らになっていて、端っこに行けば落っこちてしまうと思っているのだ。」（三二）マリアが当然と思って生きているのと、ルーシーが危機感や不安感を抱いて生きていることが対比される。この後ルーシーは、何千人ものナタを持った人々に追いかけられる悪夢を見る。ルーシーの視点からは植民地支配を受けた者の視点が抜けることはない。またマリアが言った「ミリオン（たくさん）」という言葉も、ルーシーには「ミニオン（子分たち）」や「ドミニオン（領地）」といった支配―被支配に関係ある言葉に聞こえてしまう。

また、二人の対比や考えのずれがスイセンの花の捉え方の違いによりはっきりと表れる。マリアがスイセンを見て生きているうれしさや美しさを無邪気に感じる一方で、ルーシーは十歳の頃のワーズワースのスイセンの詩の暗誦とその後繰り返し見た悪夢を思い出す。

　私が詩を暗誦した夜からいつもと思われるくらい見続けた悪夢は、絶対に忘れてやると誓ったスイセン全部が束になって狭い丸石の路地を追いかけてくる夢だ。ついに私が疲れて倒れこむ

と私の上に重なり、私は二度と見つかることなくスイセンの下に埋められてしまうのだ。(一八)

アンティグアにはスイセンが咲いていない。ルーシーはイギリス文学の代表作であるという理由で見たこともない花の詩を無理やり覚えさせられ、本当の気持ちを隠し偽りの自分を演じなければならなかった。彼女はイギリス帝国主義の教育の支配と矛盾に気づいていたが、従わなければならなかった。上手だと賞賛されればされるほど、偽善を演じなければならなかった少女の心と行動が分断され、スイセンに憎しみを感じるまでになった。ルーシーは本物のスイセンを見る前から、スイセンに対して殺意を抱く。ルーシーはマリアにそのスイセンに対する自分の悲しみと苦痛をぶつける。もちろんマリアには支配されるものの立場や気持ちがわかるはずもない。会話もかみあわず、理解もしえない二人だからこそ、その違いがはっきり浮き彫りになり、全てを受け止めてくれるマリアはルーシーのかたくなな心を和らげる役目を果たす。

マリアはルーシーがアメリカで一番親しみを感じている人物である。ルーシーは母を憎むようになったきっかけをマリアに話し始める。それは三人の弟たちの誕生のことであり、息子たちの将来にだけ期待する母を見て、自分のたった一人の理解者であった母を喪失したことであった。ルーシーは母の裏切りに対しての悲しみが「心臓に短剣がつきささる感じ」(一三〇)であったことを思い出し、途中で言葉が出なくなる。マリアはルーシーを助けようとして、女性問題の歴史の本を渡し、読んでくれる。ルーシーの悲しみはルーシー特有の個人的なものあり、世界の他の女性たちと連帯して乗り越えられる苦しみではないことをマリアは理解できない。全くの見当違いではあってもマリアは人のために何かをしなくてはいられない親切な性格である。互いの真の理解は不可能であるが、ルーシーは自分を無条件に受け入れてくれるマリアの優しさからマリアを深く愛するようになる。このことはルーシーがアメリカをありがたく思うようになっていることをも示している。ルーシーはアメリカでイギリスの支配を撥ね退け、自分を見つめ、作り直そうとしていた。アメリカはルーシーの本当の自分の開放の場となっている。

自己を求めて

さて、マリアに話すこと以外でルーシーがアメリカで自己獲得のために取った方法はどのようなものであっただろう。アンティグアでは母親から「スラット（あばずれ女）」になるからと禁止されていたことがたくさんあり、ルーシーはその「スラット」としての暮らしをアメリカで実践する。この反抗は、母親と自分の支配―被支配の構造を壊すための試みでもある。しかし、心を深く預けるような恋愛はせずに、ボーイフレンドや周囲の人々に対して常に距離を置く。恋人のポールがルームメイトに取られている様子でも、それで構わないと思い、執着心を持つこともない。マリアの家族はいつまでも人によそよそしいルーシーの態度や様子を「来訪者」と形容する。母を喪失した傷があまりに深かったので、二度とそのような傷を受けないよう、また二度と支配をうけないよう、人との深いかかわりを自己制御しているのだ。ルーシーは自分と近い考え方をする男性たち――自由な旅人ヒュー、退廃的で感覚的な芸術家ポール、島出身のカメラ屋ローランドなどの男性と次々に親しくなり、関係を重ねる。昔の相手を思い出しながらヒューとキスをし、束縛を感じた時にポールへの愛情が急に冷めてしまうなど、彼女の恋愛は支配されるものではなく、自分の力を感じるためのものである。父親と似ているローランドとの一晩限りの関係のあと、タクシーを飛ばしてポールに会いキスをするのは、母親に対しての裏切りとも解釈できる。彼女の自己を取り戻す試みは、このように人と距離を取りながら行う孤独な作業である。これはアンティグアを捨て、イギリスを憎み、アメリカにも取り込まれようとせず、アフリカに心の故郷を見出すこともない彼女の状況と重なる。

ルーシーが自分を支配するものからの距離を置くのは、彼女の「におい」に対してのこだわりからも読み取れる。「におい」について、彼女はこんなことを言っている。「私は強烈な体臭を持ちたいと思っていて、そのせいで人に嫌な思いをさせても構わないと思っていることがわかるようになっていた。」（二七）マリアのように心地よいにおいをさせ、人のために生きるよりは、ルーシーは人に嫌われてでも自分のために生きたいと思っている。それは「誰かの模倣者として生きるのなら、死んだほうがましだ。」（三六）と思うほどであり、自由を得るため、自分の意思を表出させることがルーシーには最も重要になっている。

また自己の主体性や帰属を表すものとして名前があるが、『アニー・ジョン』、『ルーシー』ともに最後の章で自分の名前を主人公が初めて語る場面がある。アニーの場合は母と名前が同じため「リトル・ミス」などと家で呼ばれていたのだが、「私の名前はアニー・ジョン」と旅立ちの朝、自分で口にする。ルーシーの場合は悪魔に由来とすると聞いた自分の名前をノートに書き付ける。アニーは積み重ねた悪行の報いで天国から追放された悪魔ルシファーと自分を重ね、神に追放された寂しさと惨めさを感じていたが、ルーシーは自分を神や母への対抗勢力である悪魔と同一視することに喜びを感じ、自分の名前を愛おしく感じている。ここには悪を進んで引き受ける、より強くなった主体が読み取れる。

ルーシーは自分であることにこだわり、アメリカで「私の過去、いわば初めての本当の自分の過去」（一一三）を生き延びたとしている。精神的なよりどころがはじめから奪われており、帰属する場所もしたい場所もなく、頼りにする人も欲しないため、自分の直感のみが頼りである。見知らぬ土地アメリカに一人で自分の足で立ってからが自分の人生の本当の始まりであると見なし、妥協をせず本当に自分のしたいことをしようと考えている。どこかへ行こうと通りを歩いている人々の写真を撮り現像をすることで、自分というフィルターをかけ今より美しく新しい何かを得て、自分の未来を切り開いていこうとしている。これは書くことで魂の救済をはかったキンケイドと重なる。

島という閉塞的な状況で、母だけを頼って生きていた娘は母からの裏切りにあい、アイデンティティの危機に陥る。島から出られない間は、夢の中で精神のバランスを保つ。島で夢を見ているのにも限界がきて、母—娘、征服者—被征服者、男—女の関係を逃れるために、海を渡って第三者的な国アメリカに逃避した。

アメリカは自己をつかむため必要な場所であった。故郷への魂の回帰を否定しながら精神的な国境越えを試みる。彼女の夢は逃避から自己の理解、そして自分探しと、力強いものへと変化を遂げた。アメリカで支配されない意思を持ち、物や人から距離を置くエイリアンの位置を取り続けながら、アメリカに対しても、アンティグアに対しても細やかな観察と鋭い洞察を続ける。祖先がもともと捨てられた奴隷であったため、誇れる過去も民族同士や女性同士の連帯も見られない。その点が他のマイノリティー文学と違って、作品にさみしさを感じる要因となっているが、ルーシーの精神的な自由という夢をつかむ孤独な戦いは感覚的であるため力強い。

過去とのつながりを絶っていく否定の力強さを前進のエネルギーに変え、逃避の場を自分探しの場に変えたという点で、未だ自己確立には至っていないものの、このアンティグアからの移民の娘のアメリカン・ドリームは実現されたと言えるのではないだろうか。

引用文献

Adams, James Truslow. *The Epic of America*.1931. New York: Pocket Books, 1956.

Ferguson, Moira. *Jamaica Kincaid: Where the Land Meets the Body*. Charlottesville: UP of Virginia, 1994.

Kincaid, Jamaica. *Annie John*. New York: Farrar, Straus and Giroux, 1985.

———. *At the Bottom of the River*. New York: Farrar, Strus and Giroux, 1983.

———. *Lucy*. New York: Plume, 1990.

Mistron, Deborah. *Understanding Jamaica Kincaid's Annie John: A Student Casebook to Issues, Sources, and Historical Documents*. Westport: Greenwood Press, 1999.

Simmons, Diane. *Jamaica Kincaid*. New York: Twayne, 1994.

風間賢二「ジャメイカ・キンケイド」『越境する世界文学』河出書房新社　一九九二年　三二九―三三〇

中村和恵「ジャメイカ・キンケイド」『世界×現在×文学　作家ファイル』越川芳明・柴田元幸・沼野充義・野崎歓・野谷文昭編　国書刊行社　一九九六年　一八八―九

橋本安央「憎しみのカタルシス――ジャメイカ・キンケイドの母子世界――」『大阪千代田短期大学紀要』第二四号　一九九五年　四五―六八

あとがき

千里の道も一歩から始まる。熊本アメリカ文学研究会は小さな研究会ではあるが、コツコツと回を重ね、もう間もなく百回を迎える。長短の小説を中心にアメリカの文学について論じ合う会ではあるが、社会背景を知る上で参考になりそうなことも研究対象としている。また、門戸は広く一般市民にも開放されており、アメリカ文学に関心のある人は自由に参加出来ることになっている。その結果、研究会は談論風発、いろいろユニークな意見が出て楽しい会である。昨今、大学の地域貢献が慫慂されているが、この研究会はその良いお手本かもしれない。

本書の論考は「アメリカン・ドリーム」をキーコンセプトとしたものである。新しい作家については未だ研究書も少なく、執筆者は独自の視点を提供できたのではなかろうか。また、いわゆるカノンよりもむしろ、それから外れるであろう作家たちが取り上げられていることにお気付きであろうか。女性作家の作品も四本扱っており、興味深いことである。これは意図したことでは全くなく、「アメリカン・ドリーム」について検討するうちに、その光と影の部分が照射され、結果としてこのような構成になったのである。その意味で、正にこの研究書自体が「アメリカン・ドリーム」を表わしていると言えなくもない。読者諸氏には、挑戦するという各執筆者の心意気を感じ取って頂ければ幸いである。

本書の刊行にあたっては多くの方のご協力を頂いた。特に、編集上のいろいろと細かいことを熊本電波工業高等専門学校の楠元実子先生にお世話になった。また、開文社の安居洋一社長には今回も一方ならぬご協力を頂いた。心から感謝申し上げたい。最後になったが、熊本アメリカ文学研究会の生みの親である熊本県立大学名誉教授田中啓介先生が八月二九日にご逝去された。先生は常にわれわれを暖かく励ましてくださり、研究会の精神的支柱であった。本書が先生への恩返しとなっていることを願っている。

二〇〇六年一〇月

池田　志郎

＜なーら行＞

＜さーた行＞

索　引

＜あ－か行＞

執筆者（掲載順）

鈴　木　幹　樹　熊本学園大学大学院博士課程
後　川　知　美　宇部工業高等専門学校講師
里　見　繁　美　大東文化大学教授
藤　原　万　巳　熊本大学非常勤講師
池　田　志　郎　熊本大学助教授
永　尾　　　悟　崇城大学助教授
本　山　ふ　じ　子　尚絅大学教授
高　田　修　平　九州東海大学教授
アラン・ローゼン　熊本大学助教授
出　井　ヤ　ス　コ　元尚絅大学教授
楠　元　実　子　熊本電波工業高等専門学校助教授

アメリカ作家の理想と現実
—アメリカン・ドリームの諸相—　（検印廃止）

2006年10月20日　初版発行

編　著　者　里　見　繁　美
　　　　　　池　田　志　郎
発　行　者　安　居　洋　一
組　　　版　アトリエ大角
印刷・製本　モリモト印刷

〒160-0002　東京都新宿区坂町26
発行所　開文社出版株式会社
TEL 03-3358-6288・FAX 03-3358-6287
www.kaibunsha.co.jp

ISBN 4-87571-988-4 C3398